Kingdom of Clockwork
发条王国

[爱尔兰] 比利·奥谢 著
金雪妮 译

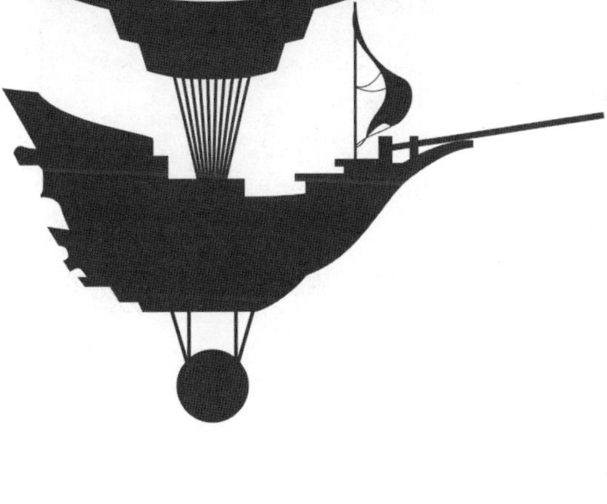

華文出版社
SINO-CULTURE PRESS

图书在版编目（CIP）数据

发条王国 /（爱尔兰）比利·奥谢 (Billy O’Shea) 著；金雪妮译．-- 北京：华文出版社，2024.1
ISBN 978-7-5075-5578-3

Ⅰ．①发… Ⅱ．①比… ②金… Ⅲ．①幻想小说－爱尔兰－现代 Ⅳ．① I562.45

中国版本图书馆 CIP 数据核字 (2022) 第 021110 号

发条王国

作　　者：［爱尔兰］比利·奥谢
译　　者：金雪妮
责任编辑：张颖潇
策划编辑：聂文聪
出版发行：华文出版社
地　　址：北京市西城区广外大街 305 号 8 区 2 号楼
邮政编码：100055
网　　址：http://www.hwcbs.cn
电　　话：总 编 室 010-58336239　　发 行 部 010-58336253 58336202
　　　　　责任编辑 010-58336254
经　　销：新华书店
印　　刷：三河市九洲财鑫印刷有限公司
开　　本：880mm × 1230mm　1/32
印　　张：9.5
字　　数：196 千
版　　次：2024 年 1 月第 1 版
印　　次：2024 年 1 月第 1 次印刷
标准书号：ISBN 978-7-5075-5578-3
定　　价：48.00 元

写给夏洛特

目录
CONTENTS

令人奇异

隔着迷雾

我们感知到了万物的内部构造

第谷·布拉赫脑中转动不息的齿轮

哥白尼的星球

在我头顶沉厚的云层中轻柔地奔涌

形成丹麦和瑞典的星轨图

——保罗·拉尔金《写给哥本哈根的圣诞颂歌》

这本笔记中，记载了我们发明发条铁路的全过程，以及国王陛下的北方探险之旅。一切记录都由我亲手写下，句句属实。

——卡尔·尼尔森，2413 年 6 月

第一章　一条被埋葬的铁轨

阳光沉沉地压在这座四门之城上，飞溅的尘埃里满是牛粪厚重的气味。坦塔本来是双手推着婴儿车的，可是当我们横穿马路的时候，她却依然记得要牵起我的手，引着我在牛车和自行车之间穿梭，还不忘招呼我的哥哥威廉一声，生怕把他落在后面。威廉紧随在我们身后穿过了马路，一位车夫对他愤怒地喊叫，要他看着点儿。在他安全通过之后，坦塔立刻训斥了他："小子，走什么神儿呢？”她发怒的时候就会说盎格里语，可是我更喜欢她对我们讲哥本语。

哥本堡最繁华的路边市集就在大桥街上。坦塔正操着一口短促而激烈的哥本语，和那些戴着头巾、一口阿加海姆[①]乡音的妇女砍价。她手中的银币叮当作响，新鲜蔬果也在婴儿车上越堆越多。一枚黄色的果子寂寞地躺在排水沟里，应该是不小心滚进去的，蚂蚁正在上面爬来爬去。我捡起果子，想要仔细看看蚂蚁，但是坦塔马上喝止了我，叫我把那果子丢掉。

我们从孤岛大门前面经过。我想凑上去看看岗亭里的皇家卫兵，坦塔却催着我们快走。于是，我们转了个弯，拐进了长长的林荫路，从无数精致宅邸和城墙的陡峭草坡之间穿过。婴儿车的车轮一开始还有规律地磕着鹅卵石，发出咔啦咔啦的声音，后来那声音也渐渐低下来了，四周重归静寂。威廉始终跟在我们后面，穿着深蓝色的校服大衣。我暗暗想，等我开始上学，我就能穿上这样的大衣了。

几个女孩子正在路旁玩一种拍手游戏。“瘦猴玛琳，瘦猴玛琳，一脚踩空掉进井，下面地窖黑又阴……”她们曼声唱着。出于好奇，经过她们身旁的时候，我忍不住多看了她们好几眼。

我们走到了铸厂巷的入口。路的另一边似乎正有什么工程在热火朝天地进行着，一群工人挖开了路堤，威廉便停下脚步，打

① 原型为丹麦的阿迈厄岛，紧邻哥本哈根，曾是都城蔬果的主要来源地。

量着他们。坦塔刚要对他说些什么，车里的婴儿就忽然大哭起来，她不得不马上弯下腰去把他抱起来哄。我抓准这个机会，赶紧撒腿跑到威廉身边，和他一起看。神色肃穆的卫兵穿着红白相间的制服，站在各自的岗位上，而那些工人就在他们身后进行挖掘工作。炎炎烈日之下，有些人打着赤膊，汗珠在他们宽阔的肩背上闪着晶莹的光。我怔怔地盯着他们的肌肉和身上的刺青。坦塔也走到我们身边，她抱着婴儿，轻轻来回摇晃。其中一个工人抬起头来对她喊了句什么话，她也毫不示弱地用哥本俚语回击。在他们挖出的大坑里，我看到有什么东西的轮廓渐渐显露出来，在日光下闪现出金属的冷光。工人们停下挖掘，开始费力地抬那个物体，想把它从地下撬出来。那个物体倒是没什么特殊的——只是一根长长的铁条而已。然而，铁条的全貌却不仅如此，它焊接在某种我不认识的庞大架构之上，远远看上去，就像是地上平铺了一架巨大的梯子。

“阿姨，那是什么？”我问。她说了一个我从未听过的词。

倘若没有之后发生的一系列事情，我或许就会把今天所目睹的一切彻底抛到脑后。在晚餐桌上，母亲依然坚持她一贯的要求，要我和威廉两个人多练练用盎格里语说话。她问我们下午的时候和克劳森太太去了哪里散步，我便回答她说，我们去了城墙旁，看到一些工人在工作，他们挖出了一段铁轨（我不知道这个词该怎么用盎格里语说出来，所以只好换成了哥本语）。

母亲猛然抬头，像是听到了什么极度让人惶恐又不可思议的事情。她和父亲匆匆地对视了一眼。“卡尔，这个词你以后再也不要说了。”她说。

“对不起，我不知道用盎格里语该怎么说。”

“问题不在这里。我的意思是，你绝不能再提起那个东西。不管是用盎格里语还是哥本语，都不行。”

“但是，阿姨告诉我那是铁轨。她说曾经有带魔法的大车，载着人从它上面经过……”

“卡尔，听着——”父亲打断了我们的对话，他谨慎地环视屋子，确认坦塔已经出去了，“克劳森太太没有上过学，难免会讲一些糊涂话。你必须向我保证，你以后绝对不会再提起那个东西了。如果你继续这样口无遮拦，我们都会惹上大麻烦的，明白了吗？”

我点了点头。那个时候，尽管我根本不懂父亲的意思，但我太习惯下意识地去服从了。不管在什么情况下，都要努力做正确的事情，或许这一直都是我最大的软肋吧。

我的故事就是从这里正式开始的——在哥本堡运河畔的一排老旧房舍之中。透过卧室的窗户，我能看到运河之上千帆来往，还有沿着码头悠悠而行的牛车。其中一些牛车里高高地堆着麦子，皇家卫兵寸步不离地把守在一旁。威廉说，正是我们的父亲在为这些卫兵下达指令，告诉他们麦子该运往哪儿去。这让我心中油然生起一股骄傲。入冬之后，牲畜和自行车都很容易在结了冰碴儿的鹅卵石上打滑，行人若是不多加小心，也容易失足滑进运河里去。有一次经过大桥的时候，我看到一驾马车车厢侧着栽在河里，坦塔便告诉我有一位贵妇和两匹马都淹死了。在那之后，每当有马车从我身旁经过，我都会忍不住打量它，想着那里面可能正坐着一位贵妇，或是什么地位特殊的人——会不会就是国王本人呢？父亲最爱吹嘘的一件事，就是老国王能叫得上来他的名字。倘若那天国王恰好在小麦集市上和他擦肩而过，对他打了个招呼——“尼尔森老板，你好啊！”（我想象着国王也会行一个脱帽礼，只不过脱下来的是王冠）——他一定会在晚餐的时候向我们炫耀。那时我想，国王或许有一天还会来家里拜访呢。可是，国王从来没有出现过。

随着时间的推移，我渐渐意识到我们和那些贵族后代之间的关系，似乎并没有父亲说得那么亲密。不过，尽管我们也需要操心每个月的账单，至少我家的生活境况在表面上是过得去的，甚至在某种意义上，我们还有自己的仆人，那就是住在地窖里的克劳森一家。只不过，罗夫·克劳森的腿脚实在是太慢了，我父亲是个急性子，他认为与其等罗夫慢吞吞地走上楼来应门，还不如自己动手。这让我母亲十分不满。我们管克劳森太太叫坦塔，在哥本语里，“坦塔”的意思就是“阿姨”。

在上学的路上，我和我的两个兄弟偶尔会跑到皇家铸造厂的门口，偷偷透过篱笆向院子里面张望。皇家海军所用的那些巨炮和铁锚都是在那里铸成的。如果我们来得巧，就恰好能看到一道道冒着丝丝白气的、烧红的铁水，像是燃烧着的小河那样奔涌向前，然后被庞大的黑色铸模尽数吞噬，看得我们目瞪口呆。

还有一次，一艘蒸汽船开进了运河。对于我们的邻里而言，这一幕不啻陡然降临的奇迹，令人兴奋不已。在我们眼里，那架机器长得怪异极了，身上的铁皮和木料一样多，几乎没有任何可以被称为风帆的结构，身后还拖着一大堆木材。它靠着自身的动力，平顺地掠过水面，驶入运河，炉洞里不断嗞嗞作响地喷出白烟。“那才不是炉洞呢，那个叫‘烟囱’。”威廉摆出一副懂行的样子。我们惊喜地发现，船竟然停在了我家所在的岸边，离我家前门只有区区几步远。在接下来的几天里，许多学校里的朋友都特意跟着我们跑回家来，只为了能多看蒸汽船几眼。我们兄弟三人的乐趣，就是对着每一位来客高调地炫耀这艘大船，仿佛我们就是真正的船主一样。比起其他的船来，这艘蒸汽船并不大——从头到尾算起来，也只不过有四五辆牛车加起来那么长——但真正令人惊叹的是它的外观。它的主甲板形状狭长，吃水很深，涂着灰漆。黑色的烟囱被缆绳固定在甲板正中，旁边矗立着一根孤零零的桅杆。我看到一面铜铭牌上写着船的名字：艾米莉亚号。我将大把的时间都花在观察那艘船上，想要搞清楚它究竟是如何运转的。偶尔有水手启开轮机舱沉重的大门，我便能瞥见里面巨大的金属活塞和齿轮，它们杂错在一起，令人目不暇接。如果换成是其他船，我们兄弟几个或许还有可能求一求水手，让我们溜上船去玩；可是这艘船的水手不一样，他们显然要谨慎得多，行事也神神秘秘的，于是轮机舱里的秘密对我而言，也只是不经意时的惊鸿一瞥。

每个周日，我们都会穿过鹅卵石小巷，走一段短短的路程，去一家盎格里教堂——领航员圣克里斯托弗教堂。那里华丽的螺旋尖塔望上去如魔似幻，令我痴迷不已。尽管我确信父母对宗教毫无兴趣，但是我们邻里的规矩就是这样，但凡是体面人，周日早上都一定要去教堂露个脸。我父母对外自称只讲家传的盎格里语，然而在父亲以为我们听不见的时候，我曾不小心听过他用哥本语讲粗话，花样还很繁多。还有一次，出门买东西的时候，我也听见母亲用哥本语和某位店主争执，讲得非常精练流利。受到坦塔和邻里其他孩子的影响，我和我的两个兄弟大部分情况下都会讲哥本语，只不过，按照母亲的命令，除了仆人之间私底下交流以外，举家上下都必须用盎格里语对话。

教堂的礼拜是用高等盎格里语举行的，据说每一句祷词都会重复三遍，不知是不是托了这个福，我们兄弟几人几乎一个字都听不懂。在熬过了令人头昏脑涨的仪式之后，我们便可以回到家里，吃一顿有肉的周日晚餐——一般是羊肉或者猪肉。在哥本堡，肉一向是稀缺品，即便最宽裕的人家也是如此，因此大部分人都会把一周中唯一的一顿肉留到周日再吃。不过，我听过一些传言，说国王和一些大臣每天都吃得上肉。大部分情况下，我们都以燕麦粥、炖菜和面包为食。这样说起来，在饮食的用料方面，我们这样的人家和整座城里最穷苦的人家相比起来，其实并没有什么区别，充其量只是做得精致一些罢了。

我们在学校度过了漫长的时光，听一群穿着黑袍、表情冷峻的学士讲课。学校离我们大约有二十分钟的步行距离，想去学校的话，要沿着运河的一侧一直向前走，跨过小拱桥，再从对岸往回走。不过，冬天的时候，运河有时会彻底冻住。这样的话，我们就可以从一架小金属梯上爬下去，从冰面上直穿过去，不用再绕那么远的路。鉴于我们谁都不会游泳，这条上学的路便总是走得刺激无比。

很明显，在我们兄弟三人之中，一定会是长子威廉来继承父亲的事业。至于乔纳斯，他擅长读书写作，成为学士的可能性很大。于是，最后就只剩下了我。我的未来是个令人头疼的难题：我一直是个孤僻的孩子，喜欢花上好几个小时自己待着画画；我对于玩游戏或是和同龄人在一起消磨时间毫无兴趣，日常的交流对象只有两个兄弟；在学校里，我的读书和写作成绩都在下游，除了数学和艺术之外没有任何拿得出手的科目，可即便如此，我的艺术才能也非常平庸——唯一幸运的事，就是那些我上课时信手涂鸦的老师肖像画，简陋到让人完全认不出来。父母在家提到我未来的职业发展时，曾经讨论过要送我去学做会计，每次说到这里，母亲就开始唉声叹气。然而，在我十岁的某一天，发生了一件事，我的人生就从这里开始发生了翻天覆地的改变。

我家有两台座钟，一台在楼道里，每天都在循规蹈矩地走着，乏善可陈。另一台和它恰好相反，有个性得过了头——每天清晨，这台钟都会在我父母的房间撕心裂肺地尖叫起来，让我父亲（以及这座房子里的所有其他人）不得不马上起身。在我的记忆里，那台钟是用涂着一层清漆的深色木头雕制而成，钟顶嵌着黄铜的天使像。钟面上覆着一面玻璃盖，想要为钟上弦的话，可以把玻璃盖撬开来。座钟侧面还有一个拉杆，它曾经的作用是调节座钟的音量，按理说是可以让这台钟稍微安静一点的，但它已经很久不起作用了。不仅如此，这台钟走动的声音急促而神经质，带着强弱不一的切分音。每次我噩梦缠身而不得不钻进父母被窝里和他们一起睡觉的时候，往往都会因为这台钟的缘故而彻夜难以入眠。

然而，有一天，这台座钟忽然自己罢工了。那天父亲起晚了，差点儿没能赶上上班的时间。他一边匆匆忙忙地准备出门，一边大声抱怨着修钟的不菲开销。当母亲来唤我起床的时候，我赶紧装出一阵剧烈的、上气不接下气的咳嗽，恳求她答应让我请假在家。那天我们有一场盎格里语写作考试，而这个科目一向是我的短板——这件事本身已经足够让我头痛了。对我深信不疑的母亲用手背试了试我的额头，便不假思索地附和说我一定是发烧了。她牵着我走下楼梯，让我躺在餐厅的一张睡椅上，为我掖好了毯角。据她说那里比较暖和，但我暗暗地认为，她其实只是希望罗夫可以更方便地监视我，来保证我自己在家待着的时候不会捣什么乱。吃早饭的时候，威廉和乔纳斯一言不发地舀着碗中的燕麦粥，两人不断地朝我这边投来狐疑的目光。母亲重新出现在我们面前的时候，怀里抱着那台座钟，将它重重地撂在桌子上——它有一个足球那么大，但是要沉多了。她吩咐威廉在上学的路上去钟表匠的店里打个招呼，请钟表匠过一会儿到我家里来修钟。（在过去的时候，人们往往会把钟表匠请到自己家里来干活，而不是带着钟到店里去。即便像是我家这样方便移动的小型座钟在当时的社会中也算是贵重物品，若是扛着这样的东西在众目睽睽之下穿街走巷，可能会遭到打劫。）

我的兄弟们出门上学了，母亲也紧跟着出了门。她每天白天都会进城，做一些很是神秘的事情，一般直到晚饭时分才会回来。（根据威廉的理论，城里像母亲这样略微有些身份地位的太太都流行在外面发展不正当关系，因此母亲白天的时候很有可能也在城里跟什么人幽会。然而，我怀疑事情的真相可能比幽会更令母亲羞于启齿——为了养家糊口，她在城里偷偷地找了份工作。）

这一天就这么无所事事地过去了，虽然乏味，不过至少不用去考试了。我用铅笔在纸上随手涂涂画画，勾勒出蒸汽飞船的轮廓，还有各种机器的结构图。生着双翼的蒸汽飞船在云中腾翔。发条驱动的铁牛将停泊的飞船拉入港中，由滑轨和铁臂组成的起重机卸下飞船上的货物。我期盼着钟表匠能早点过来，这样我就可以在旁边看着他工作了——我一直都对他修理钟表的过程有种天然的兴趣，尤其喜欢观察钟表打开之后的内部结构。然而，钟表匠迟迟未到。（后来，我们听说，他之所以爽约，是因为他的生命之钟恰好在同一天清晨选择了罢工——当妻子去唤他起床的时候，她发现他直挺挺地躺在床上，了无声息，身子早就僵冷了。我家的钟表一直都是由他负责维修的，因此他的讣告在我们看来，无异于一个非常不祥的巧合。在往后的几个星期里，父亲一直闷闷不乐，他怀疑这是个凶兆。）

随着时间悄然流逝，我开始觉得，如果我现在把座钟撬开、先替钟表匠做好修理之前的准备工作，可能就会让他方便一些。或许等钟表匠来了，看到我做好的工作，他还会对我笑一笑，夸我一句“真聪明”什么的。每次有人这么夸我，我都格外开心。然而，最重要的理由是，我可以借着这个难得的机会，仔细观察观察钟表的内部结构。我只看看，绝对不乱碰，这样没关系的吧？我这样想着，就掀开了身上盖着的毯子，从躺椅上跳了下来，溜到餐桌旁。我熟门熟路地在座钟背面找到锁扣。锁扣的结构十分简单，只要滑动推拉就可应手而开。不过，我也是有备而来的——我手里攥着我那把珍贵的多功能型螺丝刀，既能开螺丝，又能当折刀用。座钟的背板更像是被铰链固定住的圆形盖子，能够像小门一样打开。在那扇门背后，就是一整个由黄铜榫卯和齿轮组成的瑰丽宇宙。我看得怔住了。最顶上是两枚铜铃，大约就是它们负责在早上发出鸣叫。我不禁用手指拨了拨其中一枚铃铛，它“叮”地响了一声。我紧张地向门口望了一眼。不过，既然连女主人都出了门，罗夫自然也不会再乖乖地候在屋里，早就不见踪影了。座钟内部的结构十分精致，然而出乎意料的是，它并没有我想象中的那么复杂。我看到其中有两根螺旋形状的弹簧发条。其中一根在重重相连的齿轮的帮助之下控制着钟面上的指针，而另外一根只负责操纵着一把小锤子，让它去敲击铜铃。在旁边，便是调节闹铃时间的横闩。管理时钟运转的那根发条上弦上得实在是太紧了，不知为何，我一看到它，便下意识地感到肯定有什么问题；还有一枚齿轮看上去也是歪歪斜斜的。抱着试验的心态，我用螺丝折刀的尾端小心翼翼地把齿轮推回了它该在的位置上。机械发出响亮的“咔锵”一声，我赶紧抽回了手。然而现在，我能彻底看清问题所在了——这台座钟的发条上弦上得太紧了，过多的压力令一枚齿轮错了位，卡住了整个机械结构的运转。我觉得修理起来并不困难。首先，我需要释放出发条弹簧里多余的压力。我不知道应该怎么做才好，只能用螺丝折刀顶住那枚错位的齿轮，使它一直不断发出“咔锵咔锵”的声音。我足足等了半个小时才松开手，这下发条看上去就要舒展多了。然后，我又用螺丝刀拧紧了松散的螺丝，把那枚齿轮再度固定好。这下，指针欢快地嘀嗒嘀嗒走了起来，看上去座钟又重新恢复了生机。紧接着，我注意到本该用来调整闹铃音量的拉杆也微微有些变形了。我将螺丝刀抵到它下面，加了把力就大功告成了。不过，想要测试闹铃的修复效果，只有亲耳听听才行。我已经摸透了这台座钟的规律，知道钟面上有一枚小小的指针，是专门用来设定闹钟时间的。我谨慎地推了推指针，使它正指着十分钟后，然后开始等待。

很可惜，就在我专注修理的时候，乔纳斯刚好放学回家了。他一眼就看到了拆开的座钟，还有我在摆弄零件。他气急败坏地说父亲肯定会痛骂我一顿。然而，我必须承认，那时的我一点儿都不在乎了。我沉浸在由这些小零件拼装而成的世界之中，从中感到了无上的快乐满足。几分钟后，闹铃像往常一样发出了震耳欲聋的吼叫。当我轻轻推动拉杆的时候，闹铃声渐渐降低到了寻常的水平，而当我将拉杆回拉的时候，声音又重新变得刺耳起来。这台座钟，被我修好了。

让乔纳斯失望的是，我并没有像他预料中那样被父亲痛骂一顿。不仅如此，当我为父亲和母亲展示我的修理成果时，我还看到他们深深地对视了一眼，眼神显得郑重极了。只不过，在那个时候，我依然对未来懵然无知，丝毫没有想到我此刻的成功究竟会在日后把我卷入什么样的事情。

“卡尔，干得不错。”我的父亲说。在我的记忆中，那是我父亲第一次夸赞我。于是那天夜里，我梦见了无数锁钥、弹簧和齿轮。

第二章　是神赐予我们大海吗？

年满十五岁的时候，我正式开始在海港另一端的大学修习钟表制造学，隶属机械学院。我的毕业考试成绩十分平庸，这样一所声名显赫的学校——还是这座城市内唯一一所大学——为何决定录取我，始终是个谜团。毋庸置疑，父亲一定利用了他在王庭的某些人脉关系，替我说了情。幸运的是，他的时机掌握得很好。我大学二年级的时候，老国王驾崩了，而父亲在王庭里余下的那点影响力，大约也随着老国王的死而全部消失了。国丧那天，我听见火炮声响彻全城，皇家飞艇悬浮在空中，掠过高塔，将老国王的遗体运往旧都城安息。国王最年长的儿子雷吉纳德（在哥本语里，我们称呼他为拉格瓦德），几年前在与北方人的战争中不幸牺牲了，因此登上王座的是老国王的次子——诺伯特二世，一个与我年龄相仿的少年。只不过，在他接下来的统治中，相较他的大名，他更以“小国王”这个称呼为人所知。

当时的我并不太将这些事情放在心上，在余下三年的大学生涯中，我全身心地沉浸在发条机械的奥秘之中。我接触到了工字轮、复式与分离式杠杆擒纵机构，温度补偿器，控制和反馈机制，计算器，还有发条与蒸汽系统之间的接口。作为毕业项目，我设计了一种模块操作系统内芯，当下最普遍的任何一种计算器都可以安装我的内芯，可以在哥本、盎格里与汉桑三种不同的计数系统之间切换。（当然，那是好多年前的事情了，以如今的技术，不用更换模块内芯就可以自由切换计数系统。）后来，我的设计终于付诸生产，就连父亲的生意都用到了我发明出来的系统。那是我父亲职业生涯最后几年中的骄傲。

不仅如此，正式成为一名学生之后，只要我穿着红色的学生袍，就可以自由出入皇家图书馆。图书馆位于城中心，里面有一间富丽堂皇的阅读室——打磨光亮的原木、石头拱门、可坐得舒适壁龛和露台。像所有的年轻学生一样，我沉迷于那些禁忌的繁荣时代的神话传说。阅读盎格里语对我来说依然有些困难，更别说是古盎格里语了，不过，光凭插图——有些还是彩色的——也足以让我读懂书上的故事：会飞的房子，能产出无尽食物的箱子，可以将图像从一处传到另一处的魔镜。

还有铁路。几乎每隔一页，都会出现铁轨的图画。有些图画中描绘的东西如此巨大复杂，令人几乎难以想象。轨道接着轨道，车厢挨着车厢——六列、七列乃至更多的列车，并排停靠在一起。在其中一些图画的背景里，我能看到哥本堡熟悉的高塔和教堂耸立的尖顶。这代表，图中的画面正是这座我们称之为家的城市，只不过是它古代的样子。这些图画的真实性也在学术界引起了不少私下的争论，许多学士都曾表示这些图画很可能是彻底杜撰的；就算往好了想，也不过是基于传说与寓言而诞生的虚构插图罢了。所有人都知道，所谓“电力时代”，只是个谎言罢了。

至于这些精细得不像话的图画究竟是如何被创造出来的，也一直是众说纷纭。有些人认为古人一定拥有某种捕光的投影设备，然而大部分人都认为，那些画家只不过是技艺高超罢了，他们所使用的是一种早已失传的画技。当然，学士们都小心翼翼，绝不让自己的猜测与讨论留下任何字面证据：皇家检察院早已将一切关于过去技术的探讨贬为异端邪说，因为《圣经》中并未出现像铁轨、飞行器或是魔法交通工具这样的字眼。在中央大道暴乱事件之后，老国王亲自下达命令，严禁任何人讨论这些荒诞的传说——这项新律令严苛如铁，执行标准也反复无常，弄得人心惶惶。凡是触犯律令者都将被流放到城墙之外的荒野中，刑罚所带来的震慑力终于压制了一切公开讨论历史问题的声音。

然而，倘若将那些神话传说贬为赝品，皇室便不得不再提供一项更合理的说法，来解释那些不断从地下发掘出来的奇异物品。安德·卡尔斯坦森教授是皇家古文物研究者、知名学者，他曾在老国王在位早期表示：从考古学的角度来看，被大地掩埋的人类历史分为有理层和无理层。地表以下，有理层仅仅有两三码[①]深，几乎和墓穴的深度同等。若再往下挖掘，就要触及无理层了，那里的任何事物都是毫无逻辑意义可循的。教授说，无理层正如大脑潜意识在人类沉睡时制造出来的梦境，尽管里面会包含许多来自真实世界的有理元素，却不一定会遵循真实世界的物理法则与因果规律。同理，无理层正是人类历史与文化的集合潜意识所孕育，因此，在哪里找到的任何事物，都不能算数。

这样的说法既简洁，又不失学术气息，因此，哥本堡的普罗大众迅速欣然地接纳了它。毕竟，和绝大部分北地居民一样，我们也一直对于黑暗和地下心怀恐惧，据说那里居住着妖精、巨怪，还有各种各样想象不到的恐怖事物。我们属于地表之上的世界，我们是骨血上的沃土之民，精神上的航海家与贸易家。至于埋藏在地下的财富和秘密，就留给那些比我们更勇敢，或是那些不像我们一样拥有发达文明的野蛮人去发掘吧。山洞和深井，一向是哥本堡人噩梦的主角。幸运的是，我们的国土近乎平板，地下水位非常靠近地表，因此日常生活中几乎完全不需要进行深度挖掘。然而，出于同样的原因，哥本堡的房屋地基太浅，不得不紧紧互相倚靠在一起，就像一群醉汉东倒西歪、互相拉扯的样子。

我的机械历史学讲师莫丁森对于古代历史的态度也极为谨慎。

① 码：英美制长度单位，1 码等于 3 英尺，合 0.9144 米。

他每年仅用一节课的时间专门讲述电力时代，每次讲到这节课时，教室里总是挤满了人。他虽然身形瘦小，嗓音却出乎意料的洪亮，他讲课的声音能响彻整间透风的古老讲堂，震颤彩绘玻璃。日光映亮了教室前方的原木讲台，尘埃飞扬，他站在讲台前，开始罗列电力时代的几本著作：格雷所著的《当代奇妙发明》《不列颠百科全书》《绿野仙踪》。然后，他便会总结自己的观念——不出意料，他所谓的观念“恰好”与官方说法保持了一致。“那么，这些古书究竟给了我们什么启示？我们应该如何理解书中的内容？总体来看，故事的寓意是显而易见的。人类深入地面之下，在无理层中找到了一个巨大的宝库，其中储存着一种强大的能源。这种能量是古代魔法森林的残余物。当人类闯进宝库时，一般都会怎么做？对，他们会贪得无厌，拼命攫取。”（这时，他开始发放《乞丐的盛宴》——一张电力时代的油画的复制品，让学生们传看。）“因此，有很长一段时间，人类都拥有神明般的生活。食物永不枯竭，人类是全知、全能的，他们的城镇遍布世界，他们可以在空中翱翔。据说，他们甚至造访过月球。”（讲堂里响起一阵笑声。）“然而，几代过后，几乎所有的宝藏都耗尽了。为了争夺残余的最后一点能量，人类反目成仇，陷入连年的战争。他们发明了可怕的战争机器，还有威力巨大的爆炸物，能够摧毁整座城池，令空气中布满毒素。最后，正如你们所知，天启四骑士现世，然后便是饥荒和人类社会瓦解。大浩劫正式降临之后，就是长久的黑暗时代。

“先生们，我们该如何解释这一切呢？”（他忽略了讲堂里的几位女学生。）“听我说，我们在电力时代看到的一切，都仅仅是传说罢了，是富有教育意义的寓言。人类不能从土地中白白攫取任何非他劳动所得的回报。《圣经》上说，‘你应通过血汗劳动糊口’，这就是人类的天职。世界上从来就没有任何奇妙的自动机器，也没有人类梦寐以求的那种可以自动做工的锡兵。我们最伟大、最精深的技术永远都是发条机械，机械学是一项古老而高贵的传统，而你们正是它的传承人。你们也都知道，发条机械的工作原理十分明晰，你向其中注入多少力，它就会使用多少力，根本没有什么魔法可言。同样，如果我们要制造蒸汽机，就必须种植森林来作为燃料；如果我们采集风力来驱动水泵、产生能量，就必须等待起风之时，大自然赐予我们多少，我们就只能使用多少。这即是世界上最基本的定律之一。如果我们试图打破定律、从大自然中窃取本不属于我们的能源，那我们的下场将会十分悲惨——那些古书里的内容，尽管纯属虚构，也足以对我们起到警示的作用。”

讲堂里一片寂静，没有人提问题，就算有人对莫丁森的理论产生了怀疑，也还是不说出来为好。

我的学生岁月总体来说还算快乐——尽管在我看来，我把本该握着螺丝刀苦练实操的时间都花在了握笔学习理论上。我在学士酒馆里学会了喝啤酒和朗姆酒，也和其他学生一起造访过园林和游乐场。不仅如此，我对异性的了解也稍微加深了一些。在那之前，女性对我而言一直是个巨大的谜题。不知为何，我身边的女孩子似乎对机械都不太感兴趣，我也不知要如何寻找能令她们青睐的话题，因此我的感情生活自然也非常有限。人和人之间为何总要以聊天始、以聊天终？那些鸡毛蒜皮的小事又有什么可说的？我一直都想不明白。

十八岁时，我依然住在父母的房子里，没有收入，每天骑自行车去学校。不过那时，母亲已经开始了她未雨绸缪的准备，执意要先为我和邻居的女儿定下一门亲事。她的名字叫作乔安娜·克洛耶，一位造船大亨的独生女儿，将来会继承一笔不菲的遗产。（那时，父亲的身体状况一日不如一日，母亲担心最坏的情况可能随时都会发生，也意识到我们的时间很紧张，才决心提前打点一切，生怕我们家再度变得像他们年轻时那样穷困潦倒。）在我眼里，她无趣极了——她必然也是这么看待我的。有几个难挨的周日下午，我们俩都被迫在我家客厅里单独相处，试图玩一玩牌，再聊一些有的没的。她总是显得无精打采、愁云满面。当母亲终于放弃这门亲事时，我们俩都感觉轻松多了。（几周之后，我在街上看见乔安娜和几位女伴走在一起，她眉飞色舞、笑个不停，看上去既活泼又快乐。看来，她只有和我在一起的时候，才那么愁眉苦脸。）

我找到了一位朋友诉苦，把我全然不知要如何与异性沟通，甚至对异性没有哪怕一点点了解的窘境告诉了他。这位朋友名叫卡列·约翰逊，一位海军军校学员，出身于没落的北地贵族家庭。他的家族在国王面前失宠了，便决定举家迁移，来投奔哥本堡。

据说他的母亲来自极北的土著部落，不过从他的五官上，看不出任何母系血缘的印记。他已经在大海峡的一艘护卫舰上服役一段时间了，目前正在接受军官必需的学院教育。他在女孩子面前远比我游刃有余。他还有几个一起长大的姐妹，因此他比我更会讨异性欢心，这也实属正常……更何况，他还长得又高又帅，一头金发，并且佩着海军军官的胸章。

那夜，我们坐在学生最爱去的顶针酒馆里。当我对他讲述我和乔安娜·克洛耶之间失败的相亲经历时，他大笑起来。

“卡尔，你不如给自己造一个机械女朋友吧！”

“说得很对。别以为我没考虑过这个选项！”

“我的天，你和女孩子讲话的时候，别老是左一句榫卯、右一句齿轮的。你得知道怎么逗她们笑才行。”

“笑？”我试图想象自己给乔安娜讲笑话的样子。约翰逊望着我，怕是跟我想到了一样的场景。

“好吧，算了，你不如去找个其他类型的女孩，比如那种聪明独立、能言善辩的！”

“我上哪儿找去，请问？”

“大学辩论社就有很多这样的女孩子，我每周二都去参加他们的活动。下次跟我一起来吧！”

于是，几天之后，我就出现在了辩论社活动现场。一位名叫艾丽卡·索恩的年轻女学生正在慷慨激昂地演说，内容大体上是说“哥本堡王国应该迈向民主”。她很有魅力，不是那种传统意义上的美貌，而是一种由内及外的闪耀夺目。她的金发剪得很短，看上去几乎有些像是男孩子的发型了。她讲着一口流利的盎格里语，尽管从（大部分由男生组成的）观众席中偶尔传来调戏和起哄的声音，她也不以为忤，用幽默和智慧化解了一次次的尴尬。我渐渐开始意识到，如果辩论社的女孩子都像艾丽卡一样，那她们定然也不太可能看上我。

起初推动着我来参加活动的那点憧憬顿时全部消散了。活动结束后，约翰逊把我介绍给了他认识的几个女生，但我能看得出，比起和我交谈，她们更愿意和约翰逊讲话。过了一会儿，我就悄悄溜走了，去饮品桌边为自己再斟一杯酒。艾丽卡·索恩就在那里。

“你的演讲很棒。”我说。

“谢谢你，”她说，“你就是卡尔·尼尔森，对吧？”

我一下子愣住了，甚至忘了作答。

“我认识你弟弟，”她笑着说，“他告诉我的。”

“你认识乔纳斯？”

“我们是同年级的学生，一起上过雄辩学课程。你是学什么的？”

我最害怕的问题终于来了。除了把真相和盘托出之外，我还能说什么呢？于是，我对她坦诚地表示，我修习钟表制造术，过了今年就要毕业了。她礼貌地询问我钟表制造术所指的是什么，我解释了，然后便是一片沉默。

“钟表确实非常有趣呀。”最终，她开口说。

我猜，这个时候我就该努力逗她笑了，但是我搜肠刮肚，也想不出任何哪怕有一丁点儿幽默感的回答。正在此时，约翰逊走到了我们身边，艾丽卡也告辞了，转而去和其他几个人说话了。

“你可要小心她，”约翰逊低声说，“听说她在搞一些乱七八糟的事情。”他的警告在我看来委实毫无必要，因为她和我之间估计再也不可能有交集了。

“什么样的事情？”

“我之后慢慢跟你说，这里不方便。”

活动之后，我们转移到了顶针酒吧，点了几杯啤酒。我满脑子都是问题——大部分都是关于艾丽卡·索恩的。约翰逊毫不掩饰对她的厌恶。

“她总和一些危险人物来往。你听说过民主联盟吗？”

我正是那天晚上才第一次学到这个盎格里短语。

“她刚刚讲到了……让民众管理政府。”我大着胆子说。

约翰逊冷笑一声。

“民众管理政府！真是这样的话，他们怎么不用哥本语演讲呢？要我说，他们的意思其实是，应该换他们来管理政府！”

“他们是谁？”

“像你这样的人啊，卡尔——抱歉，我没有冒犯你的意思，我是指整个商人阶层。他们不满总是听命于皇室与权贵，自然，他们也想来分一杯大海峡通行税的羹。”

“什么？”

“老天爷，你究竟是有多不食人间烟火啊？你以为哥本堡是怎么赚钱的？钱从哪里来？”

“我猜，贸易和工业吧。跟所有其他王国一样。”

约翰逊又冷笑了一声。

“王国个屁！一座彻底隔绝的城邦，加上几座武装岗哨，就能美其名曰‘王国’！我们四分之一的人都为国王工作，剩下的四分之三里，绝大部分人都是直接或间接依赖国库糊口。除了阿加海姆之外，我们连农田都没有，没有任何属于自己的资源。事实上，卡尔，整座哥本堡只有一种真正的收入来源——那就是海盗！”

“海盗！”

“小声点。当然我们不会直呼‘海盗’两个字了，我们更愿意称其为‘赋税’。你看——每一艘东西航线上的商船，都不得不从大海峡通过。我们控制了唯一的通途，就能对每艘路过的船收取通行税。”

“可这样也没什么问题吧？”

“没什么问题？难道是神赐予我们大海吗？我们对他们征收巨额赋税：所载货物价值的一半甚至更多都要上贡给我们，要么支付现金，要么支付实物。如果他们交不起钱，就要被扣押；如果他们试图借着夜色掩盖偷偷渡过大海峡……”

他停顿了一下。

“那我们就会把他们称作海盗。可是卡尔，这些船大多都毫无武装。当我们抓住他们的时候，那些船员就会死得比老鼠还容易。我经历过一些事情……”

约翰逊长长叹了一口气，从口袋里掏出烟管。

“反正，那个所谓民主联盟，就是这样的。他们不希望所有的税收所得都归国王所有，他们也想来蹚一蹚浑水。”

“你怎么知道？我觉得她听上去，还是挺真挚的。”

“你说索恩？哦，没错，她的话确实很真挚。但是相信我，她背后的那些势力可就不一样了。分摊国王的权力就意味着分享国王的财富，这一点他们比谁都明白。”

“那你呢？你怎么看待这件事？”

他笑了。

“我是国王的人，是他忠诚的海军军官。我们这种人没有任何政见可言。”

最后，约翰逊去和他的一群同僚讲话了，我则起身准备离开酒馆。无巧不成书，正在此时，我看到了艾丽卡·索恩，她正和一位同学坐在一起。我对她笑了笑。

“和我们喝一杯吧，卡尔，”她说，“我需要一位科学家来替我指点迷津。”

我自认并不是什么科学家，但我还是听话地搬来一把椅子，坐在他们旁边。艾丽卡的同伴为我点了一杯啤酒。

“我的这位朋友彼得说，地下依然封存着大量的能源，只是教会从不让我们使用。”

“不是教会，”彼得把我的啤酒放在了桌上，“他们不过是贵族的喉舌罢了。他们要禁止我们讨论一切关于地下的事情。”

“可是，如果能源真实存在，为什么教会还想把它雪藏？为什么不能直接使用？”

“因为这样的话，所有人都会变成神明。我们就能像古人一样生活，人人都有惊人的财富和不竭的力量，没人会继续甘心俯首做他们的奴隶。”

“我不是任何人的奴隶，尤其不可能是贵族的奴隶。”艾丽卡说。我注意到她的短发并非是纯金的，而是带着一抹红色。她的脸颊和鼻尖上有一些雀斑。

“这只是你自己以为的罢了。”彼得说，“我们大家其实都是奴隶。只要贵族们持续封锁古代的秘密，我们就是奴隶。”

艾丽卡转向了我。

“卡尔，你怎么看？”

“我？”

我深深吸了一口气。他们都在等我发言，大概我那一瞬的迷惑被他们误认成了是在沉思。

“呃……像你们一样，我也读过那些古书。在我看来，倘若古人拥有某种未知的能源力量，这是完全有可能的。或许那些能源的确来自地下，但是没有任何能源是取之不竭的。我认为，就算那种能源曾经存在，到现在也该消耗殆尽了。再者，我并不相信魔法的存在。”

“那你就是个唯物主义者。”彼得说。

“我是吗？”

“是的。唯物主义的意思，就是只相信看得见、听得见、触摸得到的事物。”

“嗯……只相信能够测量的事物。确实如此。”

“那么，你相信爱情吗？”艾丽卡带着笑容问，“爱情可以测量吗？”

我不知道该如何作答。

“欲望呢？”她继续逼问道。

“那些都是……思维的现象。”

“可是爱情和欲望，都确确实实存在吗？”她向我的方向倾身过来。

“我猜是吧。但是，它们只存在于思维中，也只能影响思维。”

“还有身体。”

“硬要这么说也可以。但是它们不会对物理世界产生影响，和磁场、光、重力……那样的东西不一样。”

“然而，却有许多伟大的战争都是因为爱欲而起的。爱情和欲望是能够改变历史的！”

再一次，我词穷了。她笑了，她的手覆上了我的手背。

“卡尔，我是故意捉弄你的。雄辩学课程就是这样，我们天天辩论什么是真的、什么是假的，各种各样荒唐的东西，争来争去，也不会有结论的。”

我弟弟乔纳斯的出现，把我从尴尬之中拯救了出来。他看到我，脸色很是震惊，像是没想到我会与这些做学问的人混在一起。

“卡尔，你也在这里？艾丽卡，我能跟你说两句话吗？”

艾丽卡说了句抱歉，便起身和乔纳斯走到了远处的角落里。我们偷偷盯着他们看他们仿佛是在激烈地争吵。

“那个粗鲁的蠢货是谁？”彼得问。

“我弟弟。”

“哦！真对不起！”

我微笑着摇了摇头：“他是学神学的。”

彼得笑了起来，仿佛我刚刚讲了个笑话似的。

“你知道那句谚语是怎么说的吗？‘了解你的敌人，提防你的兄弟！’他怎么看待我们的古代历史？”

“我不知道。但我觉得他的思想偏向保守派，估计他会说‘《圣经》里根本没提到魔法机器’吧。”

“我也没说那些科技就是魔法啊。我觉得它们是真的。但是，如果放纵教廷一手遮天，那我们将永远不会再接触到任何有关繁荣时代的讯息了。你会看到，教廷已经准备要出击了。而现在，我也需要出击了。”

他起身离开了。我依旧坐在桌前，小口喝完那杯啤酒。这一天过得又长又累，我想赶紧回家休息。时间晚了，酒馆里的人群也逐渐稀疏。然而，令我惊讶的是，几分钟后，艾丽卡又返回了桌边，双颊气得通红。

“看来，你弟弟以为他能够控制很多人和事，”她说，“包括我在内！”

我笑了。

“我可不相信有人能控制住你。”

“卡尔·尼尔森，你什么意思？你是在说我很可怕吗？”她依然在生气。

“不，只是我……我一直不知道，试图控制别人，究竟有什么意义。毕竟我们是人类，不是机器。而且你说得对，世界上不是仅仅有物质力量的，我们的想法与情感也可以改变现实。”

她托腮凝视着我，仿佛是在思考着什么。

“我们换个地方吧。”她说。

几个小时之后，在艾丽卡的学生宿舍里，我惊讶地发现，原来女人的胸部并不像我想象中那样坚硬，而是比绸缎垫子还要柔软。她们的身体有那么多令我百思不得其解的曲线——这样的设计不会显得太不实用吗？至于女性器官本身，我唯一的想法是，皇家美术馆油画里的女性形象原来一直都在误导着年轻男孩。那是我迄今为止见过的最奇怪的部件，尽管它很有意思，但是它的外观似乎并不与功能相匹配。我想，如果是由我来设计的话，它一定会长得很不一样。不过，不管怎么说，艾丽卡都是一位相当负责的老师。那一夜中我所学到的知识，甚至要比我在大学度过的所有年头里学到的都多。

结束之后，她站在洗手盆前擦身，烛光在她肌肤上流淌。“你真美。”我说。我躺在她的单人床上，凝视着她。

“卡尔，是你见过的女人不够多。”她回头瞥了我一眼，说道，“我魅力尚可，但还谈不上美。”

“我觉得你很美。”

“别对着我做梦了，你可是个严谨的科学家。”

“我不是科学家，我是个机械师。其实，硬要说的话，我不过只是个钟表匠罢了。”

她走近床边，用一只手轻抚我的脸颊，另一只手臂托着自己的胸部。

“我觉得你也挺漂亮的，而且你的嘴很甜。不过，你最好明白，我可不会做‘你的女人’。”

“我没想那么多。”

“那你最好也别多想。卡尔，现在的年代不同了。女人愿意和谁睡觉就和谁睡觉，她才不是某个男人的所有物。好了，你现在起来，我用这些垫子给你铺个地铺。我的床挤不下两个人。”

第二天清晨，她煮了茶。她的宿舍里只有一个苹果，没有任何其他食物，于是我们便一人吃了一半。我讲了个有关亚当和夏娃的蹩脚笑话，她隔着小桌子对我浅浅微笑。我忽然感到迷惑起来——当她用手背将一缕头发从额前拂开时，一种奇异的情感也随之在我心中油然而生。我不太记得我们具体都说了些什么，但我在和她讲话的时候，却丝毫没有感受到什么障碍。令我惊讶的是，她似乎是真心实意地对我研究的内容很感兴趣。她对我讲了她父母家的钟表，其中有一座钟是她的最爱，每到整点，钟面上就会有一只鸟弹出来报时。

“大概在很多年前，这座钟还会叫‘布谷’，但是里面的机械实在是太老了，所以现在它唯一能发出的声音就只有‘嘎！’，就像乌鸦一样。”她笑着说，“所有来我家的客人总会被它吓一跳。你要是能亲眼看到牧师当时的表情就好了！”

那一刻，我赫然发现，或许我真的可以爱上这个女人，深深地爱上她。但是就在我心中升起这个念头的同时，市政厅大钟也敲响了。八点到了，她必须走了。宿舍不允许客人整夜留宿，所以我还要先在这里多等一会儿，然后装作若无其事地走出去，装成像我刚刚才来一样。

“今天晚上，你想和我共进晚餐吗？”她一边穿上大衣一边问。

我竭尽全力不想显得过度兴奋，但是我失败了。

“六点钟，你能在顶针酒馆和我见面吗？我的厨艺不算好，但起码还可以凑合做出一顿饭。”

她离开之后，我稍微浏览了一下她的书架。那里摆放着不少哲学和政治学相关的书籍，作者我一个都不认识；还有一些民主联盟的宣传页和一个夹子，夹子里满是她的课堂笔记。她的笔记上有许多涂鸦，有小动物，还有人。看上去她的画工要比我好多了。笔记中间夹着一份草稿，正是她在辩论社活动上的演说词。草稿上有许多画掉的句子，其中一个被她删除的自然段是这样写的：

“贵族们永远不会主动放弃特权。按照自然规律，他们会尽可能地使自己这一社会阶层受益。因此，我们也要努力使自己受益才行。对于我们而言，最大的益处即是推翻奴役者，建立公正平等的社会——就算诉诸武力，也在所不惜。”

这些话太有煽动性了，甚至有些危险，难怪她最终决定把演讲稿改得收敛一些。我感觉自己像是在刺探她的私事一样，于是我迅速将所有东西放回原位，然后起身离开。我走出宿舍大门的时候，门卫对我投来审视的目光。

晚上六点整，我就已经在顶针酒馆等着了。然而，我眼睁睁地看着市政厅大钟的分针抵达了六点十五分，然后是六点半。艾丽卡一直没有出现。最终，我还是慢慢地走回了家，心中满是疑惑与苦涩的失望。

在接下来的几个星期里，我一直在寻找她，但是我找遍了整个大学，都不见她的踪迹。我在和认识她的人聊天时，曾试图不经意间提起她的名字，但是话题总是很快就终结了。有几次，我甚至发现自己不经意间走到了她的住处附近，像个多愁善感的诗人般凝视着她二楼寝室的窗口。但是她再未出现过。最后我告诉自己，或许这样才是最好的。那样一个女人肯定有更重要的事情要做，不会把时间耗在我身上。她从果决的性格到激进的思想都宛如惊涛，而我这艘小船却只适合在风平浪静的时候航行。

几个月后，我获得了荣誉毕业学位。我身上红色的学生长袍换成了黑色的学士长袍，但是我的社会地位并未因此而改变多少。我的第一份工作是皇家钟表师助理——这个称号听上去远比这份工作实际的状态要高大。开始工作的头几个月里，我绝大部分时间都在为各个部门的几百座时钟上弦。尽管我经常出入于皇宫与大臣们那些装潢华丽的办公室，也从来没有撞见过任何身居高位的人，更别提国王本人了。汉德拉森，真正的皇家钟表师，才是那个负责与高层沟通的人。他是个古里古怪的男人，矮小敦实，喜欢穿暗色的衣服，那副小圆框眼镜几乎是粘在他的鼻梁上的。他看上去好像总是在嘲笑我一样——估计他确实是在嘲笑我吧。每次他说出“尼尔森，我有个新活儿给你！”的时候，脸上都挂着一抹刻薄的、让我心生抵触的微笑。

皇宫与那些行政办公室令我大开眼界。那些宫室都宽敞极了，镶木地板打磨得光光亮亮，随处可见落地镜与水晶枝形吊灯。然而，到了冬天，那些房间就变得冷飕飕的，所以我很庆幸自己只需偶尔去那里工作。我注意到所有的工作人员，不管是在室内，还是室外，都戴着厚围巾。起初，我以为戴围巾是这里的某种特殊着装要求——后来我才逐渐发现，围巾不过是保暖的必需品。

老板对我的信任与日俱增，我的责任也越来越重。其中一份工作就是照管市政厅大钟，每一日，熟悉的钟声都会响彻全城。大钟是全城最精美的计时器之一，它矗立在一座高高的方塔顶端，一共有四面。我很自豪能够成为这座重要地标的负责人，但我同时也很快明白了，为何这份工作需要一位大学刚刚毕业的年轻钟表匠来做——市政厅方塔共有三百二十三级台阶，经过一日日的重复工作，我几乎已经把每一阶的样子都铭记于心。不过，塔尖的风景极其壮丽。站在那里，我可以俯瞰整个城市，看到所有美轮美奂的宏伟建筑物。视线从海港边开始，掠过我家附近的社区小教堂尖顶，一直延伸到市中心的圆塔。皇家飞艇就悬停在那里。当时我还年轻，总会忍不住在心里想，我是何其有幸能够生在这座城市，得以亲自一睹它的繁荣与辉煌。

市政厅大钟的结构非常有趣，它是城中少数几座电钟之一。当然，说是电钟可能有点夸大了——它并不是纯粹用电驱动的，而是靠塔内两块悬在长长链条上的砝码。其中一块砝码会自然下降，牵动时钟内部的机械；一座不断喷迸火花、嗞嗞作响的发动机则会同时发力，将另一块砝码升到塔顶。之所以采取这样古怪的结构，是因为电能供应极不可靠。发动机所用的电源来自大风车——哥本堡规模最大的风车。大风车同时也负责为皇宫及行政办公室供电照明。只要有风，钟楼的发动机就会持续不断地将其中一块砝码运上塔顶，速度比下降的那一块稍快，再由它落下来，循环往复；然而，在没有风的日子里，上升的砝码就会停止运动。好在，另一块砝码依然会继续下降。这样，就算是暂时没有风，这座城市最显眼的大钟也会继续走动。但是，如果一连几天都没有风，就不得不借助人力，用摇杆手动将砝码运到塔顶。我不是危言耸听，这份工作可绝不轻松，就算是我这样一个年轻人做起来也有些吃力。

于是，当我终于被从钟楼调职、回去继续修理皇宫的钟表时，我也不禁松了一口气。皇家钟表匠的工房是一个由精美机械所堆砌而成的奇幻世界，只要是我们这个小小王国能搜罗来的工具和材料，在那里都应有尽有。对于抱持着我这样志向的人来说，工房简直就是天堂。工房里随处可见鸣响的钟表、航海经线仪和科学计时器、嵌在线条繁复的神话故事雕塑之上的钟、会奏乐的钟、附在能转的小风车上面的钟，以及那种每到准点报时就会有行礼的侍臣和跳舞的淑女悄然现身的钟。除此之外还有那些自动机械装置：八音盒、会歌唱的笼中鸟、巧夺天工的甲虫与动物、小玩具、游戏机，还有全由机械制成的布景摆件。每一件小物品都需要修缮和整理。有些是半通电的，如果你将它们和酸性电池连在一起，就会有灯光闪烁。这些小东西有很大一部分都是其他远方国家领袖送给国王的礼物，它们的机械构造对我而言也同样陌生。有些时候，那些部件在我看来几乎是纯然不可理喻的：这个小零件的功能究竟是什么？弄明白了这个问题，又得考虑它为什么要用在这里。问题总是层出不穷。每件物品都有自己独特的病症和缺损，尤其是那些上了年纪的物品，我总是得用最轻柔、最小心翼翼的手法，使尽全身解数，才能让它们重归健康，“说服”它们重新工作。我发现，我面对这种复杂机械装置时，似乎有种本能般的天赋——大概，这种能力和我面对人类时的左支右绌是相对的吧。或许，我本来真的可以在那个小小的工房里度过漫长而快乐的一生。但是，令我深深悔恨的事情发生了：有人注意到了我的天赋。

第三章　觐见国王

“国王想见你。”一天早上，汉德拉森忽然粗声对我说，“下午记得穿上你最好的行头！”

他这句话说得如此唐突，以至于我一开始还以为自己听错了。

“对，尼尔森，说的就是你！虽然听上去是够不可思议的。你给国王修理了东方跳舞女孩，他说活儿干得不错，很想见见那个修好它的人。但是你记住了，可别太把自己当一回事！在这个皇宫里，我们仅仅是修机器的而已——是仆人。千万别忘了自己的身份。”

汉德拉森口中的“东方跳舞女孩”实际上是一座钟——它的计时方法非常稀有，既不用小时也不用分钟为计量单位，因此一开始我甚至没有意识到它也是钟表。不过，在它彻底恢复健康、调试完毕之后，我便能看出它的运转是在粗略地遵循着以二十四小时为一天的规律。在一天之中的固定时间，钟面会弹开，里面拥出一批衣着清凉的女性人偶，开始跳一支奇异的舞蹈。这座钟的机械构造极其复杂精巧，我花了整整一个星期的时间，竭尽全力，轻柔地清理了所有古旧的金属部件，使它们复原；它们重获新生之后，我再去描摹、复刻、重制那些已经彻底损坏到无法挽救的零件。

汉德拉森带来的消息令我措手不及。我已经没有时间回家换上我最好的礼服了，所以我只能仓促地打理了一下，然后擦亮了鞋。

一个小时后，我们已经走在皇宫森冷的走廊里了。

“我做什么，你就跟着做什么，”汉德拉森低声对我说道，“而且记住，除非国王主动问你问题，否则就把嘴牢牢闭上。”

面前有两扇紧闭的门扉，看上去和走廊里的那些门没有任何区别。他敲了敲门，门应声而开，猝不及防间，我们竟已站在国王面前。

门后的房间很大，国王就伫立在房间正中。屋里铺着镶木地板，几乎看不到什么家具，装饰物只有满屋春日的灿阳。尽管我已经见惯了国王的画像，他本人却依然显得十分特别。他的身量比我想象的要小一些——比我的个头还要小——穿着白色衬衫和紧身裤，衬衫外罩着贴身的鹅黄色丝绸外衣，鞋看上去像是女式的鞋。他长长的深色头发绾在脑后，双眸则呈现出一种令人惊异的、我从未见过的黑褐色。那一刻，我几乎忘了鞠躬，汉德拉森的手在我背上按了一下，我才反应过来。

“陛下，”汉德拉森用优雅得体的宫廷盎格里语说，“这就是我的助手，尼尔森。”

国王走到我们身边，伸出一只手来。我不确定直起身来会不会显得不礼貌，所以保持着鞠躬的姿势，与他握了握手。汉德拉森叹了口气：“他不太习惯宫廷礼仪。”

“快起身吧，尼尔森！”国王兴高采烈地说。我站直身子，凝视着国王的双眼。这时候，我忽然发现面前站着的只是一位普普通通的年轻人而已，唯一的区别是他比其他年轻人要更加活力充沛。他的眼睛像是在对我说：但是千万别担心，我和你是一样的。

“你就是那个修好了安布布的人。”他说。我完全不知道他在说什么。这时，汉德拉森又一次及时地拯救了我：“陛下，尼尔森觉得修复那些跳舞女孩是个很有趣的挑战。”

“太好了！干得漂亮。”国王说，“那是我一位先祖收到的礼物。那些小人儿绝大部分都是礼物。但是，时时维护礼物也是很重要的，因为某位外国大使很有可能会心血来潮，想去看一看。对了，你知道那件礼物是做什么用的吗？”

“陛下，看上去……那是一座钟。”我结结巴巴地说。

“没错，那确实是钟。但我听说，它同时也有某种宗教意义，不过究竟是什么意义，就只有老天爷才知道了。希望它也能带给我好运吧。”

我不知道该怎么回答他，于是我继续沉默着。

“钟表匠，你想不想看看我的其他玩具？”

我立刻望向汉德拉森，但国王却是直接对着我发问的。“当然，这是我的荣幸，陛下。”我试图模仿宫廷盎格里语，给出最合适的回答。

“很好，”国王说，“汉德拉森，我能借用他一会儿吗？”

汉德拉森深深鞠了一躬，然后退下了。

“跟我来。”国王说。他引领我走到房间的一角，那里有一扇小门。国王亲自推开了门——旁边一个侍从都没有——然后带着我，沿着一条又长又窄的走廊走了下去。

“能在宫里见到其他年轻人真好，”国王一边走，一边回头对我说，“我们这里全是些跟汉德拉森同辈的老顽固，都是我父亲那代留下来的老臣，你知道吧？”

我其实一点都不知道，但谨慎起见，我最好还是不要多嘴了。

走廊尽头是一间庞大的宫室，满是华贵的家具，但是国王径直穿过了房间，拐入另一条逼仄的走廊。他走得飞快，我开始有些跟不上了。终于，我们在一扇看上去十分朴素的小门前停了下来。不知为何，那扇门上还画着一张图，是某种身上有条纹的动物。

“好了，这里有一些可能会让你感兴趣的东西。”国王说，“这里是我的婴儿室，之前是我父亲的婴儿室。”

他推开了门，为我撑住门，邀请我进入。我在国王之前率先走进了房间——从宫廷礼仪的角度看来，这显然是大逆不道的。

可是下一刻，我彻底愣住了，目眩神迷。我曾在旧书里看到过许多玩具店的图片，都像奇幻仙境一样，但是这个房间远远超越了我所见过的任何事物。我从未见过这么多令人惊叹的机械，它们高高地堆在架子上，摇摇欲坠一直抵到了天花板，挂在枝形大吊灯上，散落在地上和桌面上。其中有一两样，我曾在它们被送往工作室修理的时候有幸见过，但绝大部分物品都是陌生的。

“那些不太重要的机械制品都被扔在这里了。当然了，不包括那些钟，它们被丢在这里的话只会坏掉。但是这里有不少小人儿和小车。”

不过，那些机械小人看上去并不太仿真。它们仅仅有几寸高，身体是方形的，有些笨重。国王为其中一个小人上了发条，把它放在地板上。它发出一阵刺耳的呜呜声，笨拙地向前走了几步，左右摇摆着。

“我想，在古时候，它们可能就是战争机器。当然，放在现实生活中，它们可要大得多。想象一下，如果你只有这么高，”他用手比画了一下，大约有一只老鼠那么大，“有这样一个东西向着你走过来，你肯定会害怕的。”

我在心里暗暗地想，这样的东西也仅仅能当玩具而已。它倘若真的有国王所说的那么大，那么它一定很不实用——好多人加在一起才能给它上弦，而且即便这样也至多只能提供一分钟的动力。但是国王看上去那么开心，我绝不想扫他的兴。

接下来，他给我看了一艘发条小船，船尾有一枚螺旋桨。小船显然久经把玩，船体已经锈蚀了；然而，看上去，这艘船绝对可以在水里前进。

“我给机械师们看过了，”国王说，“但他们却认为，还是蒸汽更实用一点。我不理解他们的想法。进口木材需要花一大笔钱，烧木头又需要足足半天的时间。有了这样一种机械，我们将不再依赖风力或是天气。我们任何时候都能够起航，趁着那些海盗因为无风而被困在海上的时候，给他们来一个迎头痛击。”

我开始有些同情宫廷机械师了。很明显，国王喜欢天马行空、激情行事，却很少考虑实用性的问题。

紧接着，他给我看了一个飞行器。飞行器看上去破损不堪，遍身凹凸不平。它有着一对左右平衡的翅膀，奇怪的是，翅膀并不像鸟儿的一样能够上下扇动，而是僵硬地固定在机体两边；驾驶舱里则有一个机械小人飞行员，戴着护目镜，模样和我们自己飞艇舰队的士兵很类似。飞行器前端有一枝螺旋桨，长得就像小风车一样，看来是给飞行器增加推动力的。我也曾在皇家飞艇上见过类似的装置。他为飞行器上了弦，将它放在婴儿室地面上，那个小东西便跑了起来，歪歪扭扭不规则地绕圈。

“陛下，它会飞吗？”

“不会。不过，当我年纪还小的时候，经常从窗口把它丢出去，想看看它会不会飞，所以它才摔成了这样。我不确定古人是不是像我们一样擅长飞行。”

我想到了那些我曾在古书中读到过的飞行器。那样的东西听上去确实非常不可思议，就像是假的一样——可是，我同样也在书里看到过类似皇家飞艇一样的东西。那么，究竟什么是真，什么才是假呢？虽然心里转过了这个念头，我还是下意识地压住了这些离经叛道的想法，更别提在国王面前把我的疑惑说出口了。这些念头本身就是禁忌的——虽然国王本人似乎也很热衷于探查过去历史的种种秘密。但是话又说回来了，他可是国王啊，自然可以我行我素，口无遮拦。

“有了这些巧妙的机器，简直可以搭建一整座小型的机械之城了。”我在努力寻找一些不会引起什么争议的措辞。

然而，这句话的后果却是我远远未能想到的。国王猛地转过了身，攥紧了我的手肘。

“是的，一点都没错！你也看得出来，是不是？你也看得出来！”国王的语调激烈极了，眸中仿佛燃烧着灼灼火焰。

我不太确定我究竟该“看得出来”什么，所以我只能谨慎地点了点头。

“就是这样。”

看上去，有那么一瞬，国王彻底沉浸在了自己的思绪之中。我听到一英里①之外，市政厅大钟又发出了熟悉的鸣响，四十五分了。令我啼笑皆非的是，我发现自己此时竟然在想，不知今天钟

① 英里：英制长度单位，1 英里合 1.6093 公里。

楼里的砝码是在上升还是在下降。

“我接下来还有约。”国王说，“你明天晚上能回到这里吗？大约六点钟的时候？有一样东西，我非常想给你看。但是我需要提前准备一下。”

他对我微微欠了欠身，我想那就是礼貌送客的意思了。我感谢他愿意向我展示他的藏品，然后推开了离我最近的一扇门，转身离去。门后是一片我全然陌生的区域，我非常担心自己可能不慎闯入了内殿什么的。我花了整整一个小时，才走回了工作室——中途我一直担心，如果我乱转的时候在楼道里不慎撞见皇家侍卫，他们可能会直接把我当作入侵者抓起来。

第四章　一个特别的玩具

在晚餐桌上，我便把今天和小国王的奇遇讲给了父亲听，希望能让他开心开心。然而，父亲看上去和平时并没有什么不同，脸上依然写满了疏离与疲惫。母亲倒是挺为我高兴的，然而我知道，她内心深处一直不太信任权贵。在我还是孩子的时候，她有一次带着我去看皇家车队从运河大桥上通过。我记得，那个时候她轻蔑地说了一句:“他们不耕地、不伐木，那留着他们又有什么用?”不过，她很关心皇室会不会因此而给我一份宫里的工作。我含含糊糊地表达，或许有可能。(那个时候，我又怎能提前预见到未来会发生的一系列事情呢。)

“卡尔，你要小心，”她说，“宫廷是个泥潭，里面充斥着骗子和小偷。你尚未接触过这世界的阴暗面，所以你总喜欢把人往好处想。”她从未对我说过这样的体己话。我忽然沉默了。

那夜，我躺在床上，翻来覆去地思考着国王想要给我看的究竟是什么东西。或许正如他今天对我说的那样，他把所有的发条玩具都聚集在一起，亲手搭出了一座小小的机械城池。确实，这会是个浩大的工程，然而在我看来，这样的举动却是几乎没有意义的——甚至于说完全是儿戏了。我有种隐隐约约的直觉，国王正在计划的事情，恐怕不仅仅是想给一个小钟表匠开开眼。带着这些纷杂的困惑，我的眼皮渐渐变沉了。

令我惊讶的是，在我次日到达工坊之后，汉德拉森居然完全没有打听国王究竟对我说了些什么。他似乎对这件事一点都不感兴趣。如今，我被调职到了修缮部门，偶尔还会在汉德拉森的指导下接一些私人定制的工作。谢天谢地，又来了一位新的钟表制造实习生，接过了我先前那份为几百个皇宫办公室的座钟上弦的苦差事。

那天，我们正在制造一只汉德拉森为外事访问设计的机械歌唱鸟。机械鸟被关在笼中，上满弦之后，机械鸟的喙就会一开一合，杠杆拉动藏在它腹中的小小风箱，产生逼真的鸟鸣声。设计本身倒是没有什么可圈可点之处，然而鸟的体积实在太小，十分考验制造技术。距离外事访问仅有一周的时间了，我们不得不加班加点。

“尼尔森，我需要你今天留下加班。”汉德拉森站在工作台的另一端，一边端详图样，一边以他一贯那种轻描淡写的口吻说道。“加到八点如何？”

“我恐怕今天无法加班了，汉德拉森先生。”我说。汉德拉森猝然抬头，眼睛越过镜片凝视着我，目光犀利。我此前从未公开拒绝过他。

“我……有约了。”我甚至无须说出对象是谁。一阵沉默。

“哦，这么说你已经攀上高枝了。是这样吗，尼尔森？”最终，汉德拉森开口了，语气中满是讥讽，“真有一手啊，卡尔！我相信你一定会前程似锦的！”

我不知道该说什么才好。我开始结结巴巴地向他道歉，他却不肯受下。

“不，尼尔森，我刚刚的话只是取笑你罢了。我看得出——你眼中没有狡诈，也没有贪婪的野心。相反，你又单纯又善良。然而我还是希望你能好好思考一下，单纯和善良到了宫廷里，会落得什么样的下场。”

我们再度陷入沉默。那一瞬，我因他脸上所流露的深深的疲惫而震惊。那是我第一次意识到，曾几何时，汉德拉森也该是老国王宫廷中一位朝气蓬勃、前途无限的少年。他见到了什么，又最终学会了什么？我突然很希望能够诚恳地与他倾心谈一谈，但是我们悬殊的地位就像是一道无法逾越的鸿沟——就连汉德拉森自己，也时常在向我刻意强调我们之间的差距。我唯一能感知到的是，此刻的汉德拉森，已是个疲倦而失望的老人。

汉德拉森像惯常一样五点钟准点下班回家。我留在工房，继续制造那只机械鸟。我紧张至极，饥肠辘辘——说真的，我宁可像平时一样下班回家吃晚饭，也不愿去赴那个约。然而，是国王亲自邀请了我，我不能不去。离六点还有一刻钟的时候，我收拾好东西，沿着那条长长的走廊慢慢前行，努力回忆昨天去皇宫的时候汉德拉森究竟敲了哪扇门。我一开始还认错了门，幸好并没有人回应。最终，我成功地找到了正确的那扇门，轻轻敲了敲。我的心在胸腔中狂跳起来。两扇门扉应声在我面前洞开，只不过这次门口等待的不再是国王本人，而是一个侍从。侍从领着我回到了门外的走廊中，七拐八绕，下了几层楼梯，最后停在一扇看上去非常朴素的门面前。那扇门看上去极不起眼，一点都不符合其他宫室那金碧辉煌的风格。“在这里等着。”侍从说，然后转身离去。我便依言静静等在门口。时间一分一秒地流逝，门却始终紧闭。我听见外面的市政厅大钟不时鸣响：六点一刻，六点半。我开始思考，是不是有什么事情搞错了。如果我这时候折返回家，跟家人说国王爽约了，那也显得太丢人了。在我就快要放弃希望的时候，门终于打开了，另一个侍从示意我进屋。门后是一段狭窄的楼梯，向下蜿蜒。我随着侍从走下一阶又一阶，直到我彻底确定我们已经置身地下。最下面又是一条短短的楼道，尽头是一道厚重的木门。侍从拉开了门，引着我进入最后一个房间。我发现自己正站在一个狭长、低矮的殿堂之中，里面满是石柱和石拱，肃穆如教堂。首尾相接的长桌绕了房间整整一圈，其上竟然铺开了一条拼接的铁轨。铁轨那一格一格宛如梯子的造型顿时唤起了我尘封的记忆。国王和几个大臣远远站在房间的另一端。一瞥见我，他便毫不犹豫地朝着我大步走来。幸亏，这次我终于记得要对他行礼了。

“尼尔森！你终于来了！”他粗声说，仿佛我才是那个不守时的人一样，“你觉得怎么样？你知道这是什么吗？”

“陛下，我知道。”我回答道，“我曾在古书里见过这种东西。这是铁轨，对吧？”

“铁轨——钟表匠，你说得没错！当然，这只是个小模型罢了。快来看看它是怎么运行的。”

他拿起一辆小模型车，用钥匙上了弦，然后轻轻把车放在了闪闪发光的金属铁轨上。它顿时蹿了出去，快得不可思议。这样的东西在现实世界中，想要达到如此极速几乎是异想天开——前提条件是，它确实在现实世界中存在。我的心猛然一沉：当然存在了，因为我见过啊。那么多年以前，我曾亲眼看见工人掘出造型一模一样的铁轨。真的……有可能吗？

国王向我演示，他的玩具车后面还能挂上一节一节相互连接的车厢，车厢上刻出了车窗的形状，车窗里还画着小小的旅客图画。那些旅客看上去和正常人别无二致，只是他们身上穿着的衣服非常怪异。然后，国王将那串模型递给了我。它沉甸甸地躺在我的掌心里。

“很棒，对不对？”他问。

我仔细打量着模型:“陛下，这可真是巧夺天工啊。”

只不过，我的话说得有些违心。车厢模型由轻薄的金属打制而成，上面的涂色和雕刻都非常粗糙，车厢下有四枚金属车轮。一枚普通弹簧被固定在棘轮上，上弦的钥匙直接穿过金属外壳，抵达弹簧中心，为车子提供动力。有几枚负责将能量传输到车轮的齿轮，但它们也没什么特别之处。我在工房里见过的机械造物可比这个车厢要精细复杂多了。唯一令我感兴趣的是，这辆车可以保持匀速前进——全靠一个飞轮。在车厢最后面有一些杠杆，用来调节速度和行驶方向。无论怎么看，它都只是个普普通通的玩具罢了。

“那么，钟表匠，你能做出来吗？”

“陛下，您说‘做出来’是指……”

“在现实生活中，这样的东西能行得通吗？”

渐渐地，我反应过来国王要求我做的究竟是什么了，可那时已经太晚了。

“陛下，我担心过程会……非常艰难。”

“但我看得出来，你很有天赋！我相信你。”

于是，那个改变了我一生的重大任务，就这样开始了。

第五章　海峡之战

国王单独为我设立了一个工房，还派遣了三名助手。“其中有人一定是间谍，”我的父亲说，“他会暗中监视你的一言一行，向国王汇报。你一定要时时刻刻记得对国王表忠心。”

根本不用他提醒，满足国王的期望、显示我的忠心，可谓是我现在的首要任务了。然而，我也清晰地意识到，国王将一个几乎不可能完成的任务派给了我。我该如何向他解释，他的要求是完全不现实的——甚至是近乎疯狂的？我解释不了。普通人本来就不该对国王提出异议。更何况，国王还付给我双倍的工资，外加一个全属于我自己的得力团队。

国王的玩具车厢最多能运行五分钟，一旦超时就需要重新上弦。就算我们默认将玩具车厢放大到真人尺寸之后上弦产生的弹性势能仍然不变（其实就连这一点也很难保证），短短五分钟的时间，也不够车厢穿越一整条街道。接下来的问题更为棘手：像这样的弹簧要怎么上弦？靠什么上弦？我们总不能找一队人扛着一把巨大的钥匙，每时每刻追在车厢后面吧？

我强烈抗议过这个不合理的构造，因焦虑而满身冷汗，到处都散落着我搭建的模型和勾画的草稿。然而，我所做的一切努力，都不过是在引着我走向一个必然的结局：这个任务终会失败。一想到我会因此而得罪国王，我便满心阴霾。

接下来的政治危机却让我得到了片刻的喘息之机。战争（这一带常有的事情）又要打响了。北地人不满于我们以“收税”之名屡次攻击他们的航船，正欲调动舰队入侵哥本堡。顿时，我们在科学和工程上的全部人力物力都投入到战争机器的开发之上。我好不容易才劝住国王：他之前提到过的那种“巨大的、人形的战争机器”以现在的科技水平和紧迫的时间来看，似乎不太可能实现。不过，我也确实可以为备战贡献一点自己的力量，不在地上，而在天上。

国王最自豪的就是那艘名为“芙蕾雅”的皇家飞艇。纵览整个北境，它是同类飞艇之中体积最大的，只不过它大部分时候都停靠在城中心的圆塔旁，而不是真正用于飞行。皇家储氢舱紧邻圆塔，那栋大型建筑曾是一座教堂，而今装满了一个个玻璃容器，绿藻在容器中咕嘟吐气，不断生成氢气。尽管绿藻产生的氢气量算不上大，也足够令飞艇飘飘悠悠地悬在半空。

飞艇是水空两栖的，从外观上来看，它就是一艘木头的大船，被几个氢气球吊了起来。飞艇也有船帆，然而为了避免彻底依赖风向，飞艇上也安装了由通电马达驱动的螺旋桨，飞行员可以自由操纵航行的方向。马达的动力太小了，在长航中派不上用场，不过当飞行员需要在无风或是风向不合适的时候试图停靠飞艇，就可以依靠马达了。有些时候，乱风会将飞艇吹得在城市上空飘来飘去，如果不是有了马达，卫士们就必须去找一根粗长缆绳，一头拴着飞艇，一头连在牛车上，借助牛车的力量把飞艇强行拖进泊位。国王很不喜欢这种“不优雅”的停靠方式。

更复杂持久的引擎依赖于更多的能量，然而连通螺旋桨的电动马达必须依靠又大又沉的铅酸电池才能运转。想要更多的能量，就必须增加电池的数量，马达的重量也会持续上升——这样的话，沉重的飞艇几乎无法腾空了。我向国王建议，我们可以制造一些小型发条引擎，在起航之前上满弦储存势能，来取代电池。原先的电动马达和电池组可以挪到圆塔顶端，用来给发条引擎上弦。这个主意让国王激动万分。我一直试图劝说国王他应该放低期望，因为发条引擎能提供的动力，最多不过维持十五分钟。绝大部分时间里，飞艇的动能都只能来自风。

然而，国王像往常一样，完全听不进我的任何一句话。为了故意引起别人的嫉妒，他还对宫廷里的其他军事机械师公开夸赞我是个天才。其他人察言观色，都开始渐渐与我保持距离。他们深知国王的恩宠意味着什么。

我向国王借走了他的玩具飞行器，模仿它的螺旋桨和马达设计了一个更大的版本。令我欣慰的是，我制造出来的螺旋桨居然真的在工房里掀起了一股强风。为了尽可能地压缩重量，螺旋桨是木制的，配以金属的弹簧和齿轮。国王起初希望我做出一个像之前那样的大型引擎，幸好这次我说动了他，坚持若干个小型引擎要比一个大型引擎更有效率。在反复试验了不同体积与动能大小的关系之后，我们敲定了最终的设计：四枚螺旋桨，一边船侧有两枚，可以指向任何方向。理论上讲，飞船现在甚至可以倒着飞，这个功能也让国王惊喜不已。他命令我们以最快的速度改造飞艇，势必要赶在北地人出击之前。飞艇一贯是国王的骄傲，北地人也知道这一点；因此，“芙蕾雅”一定是战场上最瞩目的目标。

就算哥本堡国王的性格里缺点多多，起码他不缺勇气。他愿意效仿那些古代君主，亲自乘皇家飞艇率军杀敌。他一旦下了决心，就没有任何人能拉得回来——大臣们说的话没有一丝作用，绝大部分时候，国王都在对他们发牢骚。

“你们都是老顽固！老顽固！”国王一边在议会大厅里走来走去，一边大喊，“你们这一把骨头早就歇软了，我看现在你们就是白白躺在床上等死！老天爷，就不能来个骁勇善战的吗？”

他蓦地转向我。

“钟表匠！飞艇可以安全载人吗？”

“陛下，一切安全。”我回答，只不过我心里一点儿都没有底。

“听听！”国王说，“钟表匠——就连一个钟表匠，都有乘着这艘飞艇身先士卒的决心！‘芙蕾雅’会降火雨于北地人头顶，把他们彻底驱逐出我们的领海和天空，为哥本堡再度带来胜利和荣光！”

于是再也没有反对的声音了。国王命令我们早日造好飞艇。我心事重重地回到家中。不知怎么搞的，我就突然成了舰队中的一员，即将跟着国王走上战场。

“你知道古时候的国王如何管控船上的大炮质量，防止走火吗？”次日，国王带着一抹坏笑问我。一般来说，国王喝了酒之后，我都会尽量避开他，但是看样子他今天把喝酒的时间提前了。

“每当一门新的大炮第一次开火，他们就让首席制炮师坐在炮管上！”他被自己的笑话逗得哈哈大笑，“非常有效的质量管控手段，你说是吧，钟表匠？”

他对我的称呼是“钟表匠”这三个字，以来提醒我，我在他面前的地位有多卑微。不管我是不是天才，都不可逾矩。

“确实很有效，陛下。”我说。就在我开口的一瞬间，我的心就沉了下去：我的回答，正是他期盼我做出的。

“那么，既然是这么有效的手段，我们是不是也该效仿一下呢？明天，你就和我一起乘飞艇吧！”

次日天色清透明亮，空中飘浮着小朵的白云。正是适合飞行的好天气，我一边骑车去往城中心，一边沮丧地想。按照官方说法，今天只是试飞而已，出去巡逻一圈就返回基地；按照私底下的说法，国王是想借此机会找北地人的麻烦。北地人也有自己的飞艇，只不过他们的船小得多，也比我们的庞然大物更加灵巧轻便。我怀疑，国王的目标就是攻击那支舰队，而且动手越早越好。

“我们必须尽早对他们展示谁才是大海峡真正的主人，”他对我说，“我们整个国家的命脉都系在大海峡上。只要对他们施以致命一击就行了。”

“芙蕾雅”这次是轻装上阵，黄铜大炮的炮管也仅仅有成人手臂那样长。（不过，我之后才发现，它们体形虽小，后坐力却一点都不小。）船上还准备了一些火枪，不过最具攻击力的武器依然是那些燃烧弹。燃烧弹的原理和每年十一月城内为国王庆生的大型焰火类似，就像是填充火药的改良版烟花弹。它们重量极轻，仅仅由薄纸和纸板制成，然而倘若准头好，能让燃烧弹直中敌船船帆，就能瞬间点燃一场大火。燃烧弹还有另一个版本，可以在空中轰然炸开，洒落无数火星。

可是，不管我们手握什么武器，敌人都拿得出大致相同的配置。因此，我清早的那份恐慌，是有缘由的——两艘飞艇一旦在空中相遇，几乎就是殊死搏斗，最后总要以其中一方的毁灭陨落告终，最坏的情况下还会同归于尽。

我非常缺乏航行天赋，仅仅是登上“芙蕾雅”——圆塔顶端支起了一架梯子，连通飘浮在半空中的飞艇的甲板——都令我胆战心惊、双腿发抖。船员松开系在塔顶的缆绳，飞艇倏然起航。我不禁思索：我这辈子还有机会再看这座城一眼吗？脚下一排排的红顶房屋和雅致的尖塔在逐渐变小，那一刻的哥本堡，是我此生所见最绮丽的景色。

飞艇上升的速度令人心生恐惧。不久之后，我就能将城市的每个角落都看得清清楚楚：从北门外的茂密森林而起，直至阿加海姆插满秧苗的丰饶农田。船帆鼓满了风，我们如箭般向着东方大海的方向飞去。眺望大海峡另一端，北地的海岸线就在眼前。如此看来，敌人简直就是一直酣睡于我们的卧榻之侧啊！

甲板一侧为我设立了小小的格子间，里面有新发条引擎的控制台，还有一个望远镜。我的正式工作是随时计算飞艇的速度与位置，监管发条引擎的运行情况——不过，鉴于我们应该只有在返程的时候才会用到引擎，我现在便有些无所事事。为了强制压抑紧张情绪，我一路上都把头埋在地图中，不停地确认各种坐标，尽管全船的人都早已对我们的航线了如指掌。我双手发抖，心脏狂跳。在我们身处的海拔，风已经变得寒冷刺骨，这也是我始料未及的。我一边瑟瑟发抖，一边在心里怪罪自己，出发之前真应该穿几件厚衣服。

越过船舷，我看到下面波光粼粼的大海，波浪无声地起伏翻卷，仿佛无数盘缠的巨蛇。几艘渔船正在出海。从这个高度看，它们比国王那些玩具船还要小。国王在甲板上踱来踱去，一时兴奋不已，一时又烦躁无比。现在，我已经能非常清晰地看到敌国的海岸线了；我知道敌人也一样能清晰地看到我们的飞船。在我们这样明目张胆的挑衅之下，敌方不可能一点反应都没有。我才想到这里，就看到一阵火光闪动，轰鸣声响起，敌方开炮了。国王抓紧护栏，向船舷外探出半个身子，大声咒骂着北地人。我们迅速迎风转向，这样一来却不得不让船身横在他们的炮口前。船身还未转向完毕，一枚炮弹就撕破了船帆，砸落在某个横桅杆的一端。能打中我们，其实是他们走了运——以飞艇和炮口之间的距离，这一击本该有极大概率打空的。然而，就在这一刻，我们见到了最担心的一幕：右舷外一艘敌军飞艇在空中逐渐攀升，想要迎战。

几秒之后，另一艘敌军飞艇也出现在了左舷。船上的几名士兵开始对着脚下一通开火，但枪炮军士却命令他们立刻停火，等候命令。头顶的云团在空中滑过，影子也慢慢掠过甲板。我太紧张了，那一刻竟然有些惊讶——身处在如此水深火热的环境中，我几乎都忘了身边的自然世界还在自顾自地按照规律运转。

敌军飞艇比我们的船更轻更小，没费什么工夫就攀升到了我们所在的海拔。乱射开始了。我亲眼见到我前面站着的男人倒下，医生立刻跑到他身边查看起来。我们此时正处在被双面夹击的劣势之中，两舷都有敌船同时开火。居然没有哪怕一枚炮弹打中飞艇的氢气球，这怎么可能？更有甚者，我们船上的小炮开火时，巨大的后坐力让船体猛烈摇晃起来，歪向一边，一时间我感觉自己就像是坐在游乐园的某种刺激的娱乐项目上。我拼了命地攥紧护栏，惊恐地凝视着脚下无边无际的大海。我宝贵的黄铜望远镜从桌上滑落，滚到了甲板另一头，狠狠地撞在对面护栏上，发出玻璃粉碎的脆响。船身再度倾了回去，我听见燃烧弹发射时“咻”的一声。

片刻之后，船员们叫起好来。我鼓足勇气抬起头，看见其中一艘敌船的船帆已经烧了起来。几秒之后，火焰就吞没了整艘飞艇，它像一枚巨大的火球朝着大海直直坠了下去，在空中连滚带翻，拖着又长又浓的黑烟尾巴。船员再度大声叫好，然而我想到了那艘船上可怜的船员们，就连一点笑容都挤不出来了。

击中敌船后，最理智的做法就是迅速回撤，不给他们反击的机会。国王虽然极易冲动，但他并不是傻子。他命令掌舵的人立刻掉头，向着哥本堡的方向疾飞。第二艘飞艇紧追不舍，想要替同伴复仇。尽管风向正好，可是风对我们有多大助益，就同样对敌人有多大助益。北地人的船轻得多，转瞬间便已经逼近了我们。一枚燃烧弹落在甲板上，船员们迅速将火扑灭；另一枚又在近处爆炸了，喷发的火星溅到了我们的船帆上。

国王走到我身边。“钟表匠！”他吼道，“你该上场了，快为我们力挽狂澜啊！”我没想到自己需要在战斗过程中操纵那些引擎，但我明白，只有借助引擎，我们才可能有唯一一次逃脱的机会。每个引擎指向的方向都由金属线控制，金属线则紧紧缠在甲板的绞盘上。船员们都忙于调整船帆和火炮，我便没有下达任何命令，而是自己走向了绞盘，一个一个地调整，直到全部引擎都笔直地对着船头的方向。

从一个绞盘到下一个绞盘，我不得不四肢着地爬行，把头深深地埋下去，以防被乱飞的子弹伤到。好不容易调整好了绞盘，我又迅速跑回控制台旁边，推动每个杠杆，使引擎转动。一阵震动传遍甲板，螺旋桨开始旋转。起初引擎并没有什么显著效果，然而随着时间推移，我们看到咬在身后的敌船逐渐开始落后，直至我们彻底离开了它的射程。

船员们第三次庆贺起来。我仍然觉得他们高兴得实在是太早了——不过，紧接着，我就看到敌船在空中一个转身，放弃了追逐。

我起初预估引擎能提供足足十五分钟的动能，其实是太过乐观了。引擎仅仅支持我们飞了不到十分钟而已，不过幸好这点时间已经足够了。在螺旋桨彻底停转的时候，我们已经返回了哥本堡上空。最爱炫耀的国王立刻打出信号，命令全城上下每一口钟都同时敲响，以欢庆我们的凯旋。耗尽能量的引擎派不上用场，因此我们不得不靠牛车才得以成功停泊，但是这一点微小的“不优雅”已经没有人在乎了。钟声响彻全城，人们汇聚到圆塔之下，欢迎我们归来。

飞艇被牢牢拴好，我们一个接一个爬下梯子，到了圆塔顶端。国王决意要在塔底发表胜利演说。趁着无人注意，我赶紧溜出人群，寻找我的自行车。然而，我的腿抖得太厉害了，连走路都困难，根本骑不了车，所以我只好慢慢把车推回了家。

那场战役后来被称作“海峡之战”。后来的史书是这样记载这一战役的：由于我们超绝的科技，“芙蕾雅”以一敌多战胜了一整个敌方飞艇舰队；我们的海军也大显神威，在碧波之上足足杀灭了五十艘敌方巨船。皇家美术馆里挂着纪念这场战争的大型油画，画上满是战船、飞扬的旗帜和连天的炮火，“芙蕾雅”沐浴着无上的荣光，悬在天空中。只不过，那一天我亲眼所见，除了几艘渔船之外，海面上几乎是空荡荡的。或许我只是没有注意到那些舰队，又或许，我只是对政治一点都不了解罢了。

第六章 成名

在我为大海峡之战做出了所谓“杰出贡献”之后，我就成了国王眼中的大红人。在他看来，似乎我的一举一动都绝不可能出错。随着哥本堡和北地人之间的矛盾逐渐平息（我是说，如果两国之间确实有矛盾的话），他也开始催促我回归那个制造发条列车的项目。

我依旧不理解为何国王如此痴迷于这个疯狂的构想。再一次，我有种隐隐的直觉，关于这个项目，国王肯定还有什么事情在瞒着我，但我别无选择。我的薪水在原来的基础之上又翻了两倍，国王甚至赐予我一枚奖章，表彰我“交战时无畏的英雄精神”。我不知道是不是每一个曾因“英勇无畏”而获得奖章的人，感受都和我一样——我觉得自己就像个冒牌货。我接受《哥本堡日报》采访的时候，曾试图说出真相："我当时害怕极了。我只不过是做了必做之事罢了。"那是我心中真实的想法，然而日报却将我赞扬为"谦虚知礼"。

那年春天，我的人生也有了诸多变化。首先，我搬离了父母家，在同一街区买了一座不大不小的房子。正如父母一样，我聘请了一对中年人——戈特弗里德森夫妇来替我做饭打扫。然而，不同的是，我坚持自己应门。对于我这个社会阶层的人而言，这个举动无疑是非常离经叛道的，也引来了邻居们的侧目和窃窃私语。不仅如此，我还坚持用哥本语和戈特弗里德森夫妇对话。尽管母亲费了那么大的力气，让我和兄弟们说着盎格里语长大，但哥本语毕竟是我的母语。我从来没有彻底接纳盎格里语；况且，我跟我的员工们既然有着共同的母语，又何必要故作姿态地使用什么高级语言呢？自然，这个决定也引来了不少非议。每当同事来我家做客，都会露出怀疑审视之色。这也令戈特弗里德森夫妇有些不自在，仿佛和我说哥本语是一件非常越矩的事情。最终，我们达成了共识：每当有访客，我就换成盎格里语和他们对话。这样总算让大家都满意了。

四月份，我父亲去世了，我的长兄威廉继承了房子和粮食生意。父亲去世后不久，威廉就遵从母亲的安排娶了一个女孩。现在，有了房子、妻子和稳定的收入，威廉也勉强算是个人生赢家了。然而，尽管威廉与父亲有诸多相似之处，他却有着一个父亲所没有的致命缺点——好赌。我偷偷希望，他至少能够看在母亲的分上，不要弄得我们负债累累。而今我已经小有名气，因此我总觉得威廉开始有些疏远我了，难以再像我们小时候那样无忧无虑地和我玩在一起。不过，每周日我们依然会在教堂相遇，亲切而略有尴尬地寒暄两句。我们最小的弟弟乔纳斯也已经从学校毕业，在大学里谋到了职位，只不过我一直都不知道他的职位具体是什么。对于自己的私生活，他总是神神秘秘、遮遮掩掩的，当时我想他大概是太过内向害羞吧。起初他一直和大哥、母亲同住，但是在威廉结婚之后，他便意识到家里已经逐渐失去了他的容身之地。他搬到了城中心的学校宿舍里，在那之后，我们就很少再看见他了。

接受报纸采访是个巨大的错误。在那之后，活动邀请像雪片一样向我飞来。我最痛恨的就是这样的社交场，也做不到一直勉强自己站在某位富商的客厅里，手举酒杯高谈阔论。之后，我就示意戈特弗里德森先生替我婉拒一切社交邀请。如果他们因此觉得我是个怪人，那就这么觉得好了。每周日的礼拜之后，都会有无数个我从未谋面的妇女挤在教堂外，一边过分热情地询问我母亲的情况，一边拼命把我介绍给她们带在身边、明显闷闷不乐的女儿们。我总觉得似乎全世界都在观看这一场闹剧。不久，我心里就对这些老母亲萌发了恐惧，每当见到其中一位的身影出现，我都会毫不犹豫飞奔离开，仿佛每位老母亲都是自地平线上雄赳赳气昂昂阔步而来的狂战士。

请务必理解，我并不是天性冷漠无情，我只是不擅长和人打交道罢了。我很难读懂他人的心，而他人之中也少有知我者。我时常因为缺乏经验而不小心打破社交规则，引人非议，这使我十分痛苦，因此我宁可尽量不和别人交往——尽管这样的行为替我冠上了“自大狂”的名头。令人惊奇的是，所谓“远近闻名的高傲狂妄”不知为何让我的名声与地位更上一层楼，慕名前来结识我的人更多了。即便是那些我非常尊崇的学者和机械师都开始联系我，请我为他们的工作和研究提提意见，即便我对他们的工作领域一无所知。

真正的危险就是由此诞生的。不得不说，我立刻就预见到了这份危险：在这样的吹捧之下，一个人很容易就会昏了头。倘若你也是宫廷里冉冉上升的新星、身佩无上荣耀的奖章、由国王钦点为盖世奇才，你便会渐渐开始相信这样浮夸的赞美，以为自己确实是个勇敢、卓越、才华横溢的人。毕竟，身边的所有人也是这么看待你的。

只有我自己心里知道，这些全都是虚妄而已。尤其在面对难于登天的发条列车项目时，我迅速被现实打回了原形：我仅仅是个钟表匠而已，擅长的是利用规模细微的势能、操纵精致纤小的物件。我不是土木工程师，也不是科学家。绝望之下，我向国王申请扩张手下团队，批下更多的经费。国王答应了我的请求。于是，我的团队里又多了好几个机械师和铁匠，还有一个名叫汉森的物理学家——是我弟弟乔纳斯推荐的人。

汉森的样子符合人们对科学家的全部刻板印象：白发、半秃、鼻梁上架着眼镜，他甚至偶尔还会穿白大褂。我曾在古书中见过科学家的图画，因此怀疑汉森是在刻意模仿古人。他的天赋倒是不容忽视——不是说他有多么擅长科学研究，而是说他巧舌如簧、手段高明，能说得动宫里批下更多资金。

“只要告诉他们这玩意儿是军用的，你的资金就取之不竭。”有一天早上，汉森这样对我说。

他开始往烟斗中填充烟草，准备点烟——抽烟也是他维护科学家形象的一部分。我们正坐在由马厩改造而来的临时工房里，讨论着应该如何找到一片合适的空地，来测试这个或许会有高危风险的造物。我们需要更多的工房，以及一个能量源。阿加海姆倒是有片合适的地方，那里是个旧军营，有一架风车和几栋东倒西歪的破楼，只是禁卫军牢牢把控着那片地。他们总是这样，不管那地方多么破败，只要冠在他们名下，他们就绝不肯放过。

“那就不必和他们多费口舌抢地盘了，”汉森对我建议道，他的烟草传来刺鼻的味道，“把我们的项目标注为‘秘密军事研发’，禁卫军自然会替我们用栏杆圈好地，替我们维护工房，甚至心甘情愿地替我们当守卫。得来全不费工夫！”

“可是发条列车究竟能有什么军事用途呢？”我问。

“你当然不能直接说你造的是一辆列车。你该称呼它为‘高级弹簧强力机械’——不，‘高级弹簧强力装置’更好。”汉森思考了一分钟，“可以用在火炮上。万一你发明了一种特别厉害的弹簧，可以在全然不需要使用昂贵火药的情况下对敌人发射炮弹呢？当然，你可别急匆匆地把这个发明讲给每个人听；你要在某次晚宴上，悄悄讲给某个位高权重的将军，表现得越神秘越好，还要央求他千万别告诉别人。只要做到这一点，那么恭喜你，这位将军此后就是你的金库了。”

我说过了，汉森是个很有……天赋的人。

那年四月，我的团队终于搬进了新建立的工房。我至今仍记得那些老旧木屋和砖砌殿堂有多么寒冷刺骨，冷飕飕的穿堂风一刻不停。然而，我心中却逐渐升起了更多的信心，毕竟我手下有这样一支才华横溢的团队。我想，如果这世上有任何人能解开这个发条列车的难题，那一定是我们；如果我们做不到，那就不可能再有别人做得到了。

项目被标榜为“一级机密”，严不外传，不仅是为了给我们更多的自由，也是为了保持民心稳定。正如汉森所说，皇室可不能冒着节外生枝的风险，让国民天天讨论列车、铁道这样的话题，产生什么不必要的幻想。所有的团队成员也发了保密誓言。我们每个人都得到了一枚穿了链子的皇家徽章，挂在脖子上，作为身份凭证。这样，我们就可以在由皇家侍卫把守的酒馆里饮食，甚至还有一名特殊的理发师为我们服务，以防会有北地间谍潜伏在哥本堡的某个理发店里，借此机会暗杀我们。

在设计列车的时候，需要思考的第一个问题自然是动能的来源。国王的玩具模型上有一个长得像烟囱的装置（“它的学名叫

‘烟囱’。”我对汉森说。“就不能随便管它叫炉洞吗？”汉森疲倦地回答道。)，这代表列车是被某种火力驱动的。蒸汽是一种可能性，但是当我们计算制造足以驱动列车的蒸汽所需要的木材数量时，我们发现，即便在保证功率最大的情况下，这个设计都是不切实际的。哥本堡的木材储备本来就不多。城墙外散布着几片森林，然而那些森林都属于军方；汉森也说了，倘若我们用光了本来可以制成桅杆或者甲板的木料，海军是不会高兴的。电力也不实际，因为电池太重了，而且国王那个小玩具的引擎是靠发条上弦驱动的。他之所以指派我这样一个钟表匠来设计列车，不正是因为这个吗？因此我们别无他法，必须造出一辆发条列车。

小玩具的驱动部件是一个结构简单的螺旋弹簧，和我曾在无数钟表上见过的一样。当然，我们可不希望这列车只运行几分钟就宣告力竭，所以我们没法直接造出一个和玩具造型一样的巨型弹簧来安装在列车上。这样的弹簧足以支撑钟表运行好几天，但是钟表的耗能本来就是微乎其微的，也不用像列车一样跑来跑去。

汉森提议我们设计一种全新的弹簧。弹簧的原理即是储存能量：把有弹性的金属扭曲成一个不自然的弧度，即可在金属中储存势能；一旦金属猛地弹回它原本的形状，就能释放能量。理论上讲，这个过程可以多次重复，直至出现金属疲劳。当然，不是说你储存了多少能量就能释放出多少能量的——摩擦力等外部干扰都会增加耗能。汉森认为，最终的输出功率应该在 60% 左右。

总体而言，我们必须要储存大量的能量——足以让列车跑上至少一个钟头——然后慢慢地释放这些能量，而不是全部在同一时刻都爆发出来。这意味着我们的能量储存器必须十分坚固。

“就像是要把一只非常强大的精灵封印进瓶子里一样。”汉森说，“首先，你需要在他不情不愿的情况下，强行把他塞进一个非常狭小的空间；然后，你就得保证他能一直在瓶子里待下去，而不会砸碎瓶子逃出来。”

我们这枚特制弹簧（假设我们真的能把这个东西造出来）的能量必须要逐渐释放，最好保持着某种持续而平均的输出水平。汉森把他自己的设计称作涡卷弹簧，形如圆锥，可以不断蜷曲，塞进很小的空间里去。让它们一枚一枚地释放，就可以保证列车一直都有平均持续的能量供给。铁匠们起初看到设计的时候，一直在摇头咋舌，却还是乖乖拿走了图纸。一天之后，他们用重铁造出了巨大的涡卷。在放松状态下，一枚涡卷立起来足有一人高；然而经过压缩，它们便能变成马车车轮般大小的扁片。这样巨大的弹簧在我这样的钟表匠眼中难免显得有些粗笨，甚至令人生怖。再一次，我感觉我的知识储备要不够用了。

接下来就是上弦储能的工作了。造出一枚可以储存巨大势能的弹簧很重要，保证能够为它成功上弦也很重要。我们唯一的能源就是风车。幸好风车是专门为了磨玉米设计的，转动起来的时候强韧有力又极为缓慢，很适合我们的设计。我们第一次试图给弹簧上弦的时候，将一个棘轮安装在了风车轴上，结果整个机械都锁死了，风车轮也停转了。于是，我们调整了齿轮的结构，减缓了上弦过程，效果就好一些了。实验了几次之后，我们终于成功地在一枚弹簧里储存了达到上限的能量。上弦完成后，我们就可以通过反转上弦的操作，把能量一点点释放出来。在无风的日子里，我们甚至可以操纵风车倒着转——汉森觉得有趣极了，只不过有一些阿加海姆的当地农民也见到了这一幕，他们被吓坏了，以为是什么不得了的巫术。过了几天，我们有一次不小心上弦上过了头，弹簧过载了。伴随着一声轰然巨响，弹簧炸成了碎片，在风车内壁上炸出了洞，屋顶的瓦片也簌簌碎落。幸好没有任何人员伤亡，但是风车的损毁非常严重。我亲眼见到好几个老妇人路过我们这里的时候一直哆哆嗦嗦地在胸口画十字。由此，我们“装神弄鬼、操弄巫术”的名头也更响了。

现在知道了怎么上弦，我们下一步需要做的就是储存这些弹簧。就拿最大的弹簧来说，它们压缩后产生的能量如此之大，就连最坚固的金属防护壳都会炸裂。当然，我们也可以把防护壳打造得像炮管那么厚，但是这样一来整个装置就会太过沉重，难以挪动。最终，汉森不得不妥协了，重新设计了小一号的弹簧。虽然它们的储能效果比之前略差，但至少可以被安全地封进钢铁的圆筒中。汉森将那些圆筒称为“储能舱”。我们可以用风车将舱内的弹簧逐一上好弦，再将一个个储能舱滚到列车边安装好——当然，前提条件是我们能成功地把列车也一起造出来。

炎夏转凉，转眼便已入秋。我意识到我应该开始考虑如何设计列车的本体了。我以为，我们的列车应该在外观上尽可能贴近国王的玩具，因为根据我对国王的了解，他希望我们能够完全把他脑海中列车的样子复刻出来；一切与他的构想有异的产品，无论我们设计得多么实用，都不会令他满意，甚至可能还会激怒他。因此，正如玩具一样，我们的列车也必须有四个轮子——尽管在我曾见过的那些图像上，古代列车的轮子似乎还要更多一些。然而，汉森对于在列车上安装烟囱这件事，表示了十分的不解与不屑。

“压根就没有烧火的必要，我亲爱的尼尔森！安装这玩意儿有什么用？”

“用处很大。”我回答，汉森对我挑了挑眉毛。

“这样的设计，比较容易让其他人信服。”

他瞪了我一眼，却说不出什么反驳的话。他心里也明白，我们造出的产品不仅仅是用起来合适就可以的——在那些为我们提供资金的人眼中，这个产品必须看上去也一样“合适”。这样一个大规模项目，实用性总要为政治做出让步。正是汉森本人教会了我这个道理。

每个储能舱都安装了一个活塞，以释放弹簧的势能。然而，要如何将这股巨大的能量转化为可控的动能，也是一个问题。幸好，在面对这个问题的时候，我的技能终于有了用武之地：一个钟表匠最擅长的就是将一股不受控制的大型能量分流管控。这份图纸是我设计的，严密地规划了齿轮、擒纵机构、杠杆，以及一切琐碎小零件的位置，足以将弹簧的能量转化为可用可控的动能，驱动列车强而有力的车轮以牛车的速度转动前进。在做计算的时候，我还用到了国王赏赐给我的礼物——那是他收到的外交礼物之一，对他来说没有任何用处，就给了我。那是一个由打磨光滑的木头和黄铜制成的计算器，工业设计带有明显的外国色彩，运作起来精巧又缜密。我爱极了那个计算器，为了看看它的数字轮盘转几下、听听它运转时的嘀嗒声，我甚至宁可多做点工作。

在很大程度上，设计列车引擎只是我日常工作的进阶版罢了，所用到的知识都是基础钟表学里的内容。我了解每样所需的材料，包括它们的最大荷载限度、拉伸与压缩的强度、膨胀系数与弹性指数。经由我的手设计出来的列车可以变速，可以倒车，也可以随时刹车——最好是能够实现精确刹车。草图初稿花了我一个星期的时间。当我把我的设计给汉森看的时候，就连他那么吹毛求疵的人也不禁赞叹。

“一个钟表匠懂得还真多！”

“那是，我们的工作可不仅仅是修钟表啊。”

即使这样，他还是在我的图纸里挑出了一大堆错漏。最重要的是，他希望能换个更简便的方法，来把储能舱一个一个地装到引擎上去。

一位宫廷画师替我们绘制了许多国王玩具列车的图样。我研究了图样，发现列车头上面有个圆形的舱口，看上去，倘若这样的列车真实存在，那么这个舱口应该也是能打开的。如果我们在里面安装圆柱形的贮藏器，就可以从列车头部装载储能舱。虽然我们需要大改原先的引擎设计，但这个构想确实是可行的。不过，我们的创新也总是伴随着新的问题：储能舱的能量向列车尾传送，压动杠杆，使列车前行；然而，它同时也会产生同等的反作用力。如果我们不克服这一点，储能舱就会被反作用力推着冲出圆形舱口，直接化作一枚炮弹。

最后，我们在储能舱外面又加上了一层表面有螺旋纹路的外壳，这样就可以像拧螺丝钉一样将这些储能舱固定在列车头中空部分的内壁上。我们把那个部位称作“车筒”。

不过，我看得出汉森显然也跃跃欲试，想造出一尊真真正正靠发条弹簧驱动的大炮。在我们忙于储能舱设计的同时，汉森也在附近的一座小工房里开始了他自己的子项目，尝试用这些储能舱对着指定目标发射炮弹。他的实验结果也相当可观——虽然发条大炮的冲击力不能与火药相比，但是它们要更加轻便、便宜，也能完成非常精准的近距离打击。飞艇在近战中绝对用得着这样的武器。

几个军官来视察的时候，汉森展示了他的发条大炮。军官们显然颇为满意，因为耶鲁节[①]到来的时候，我们的新资金没有受到任何阻碍便顺利地批了下来。

直到此刻为止，我们的设计都主要基于理论与天马行空的构思；但是接下来，我们就不得不面对更具体的细节。列车究竟要多

---

① 耶鲁节：是古代日耳曼人所庆祝的宗教节日，后来接受基督教文化后改为庆祝更为著名的圣诞节，所以说耶鲁节是圣诞节的前身。学者认为这节日是为了接连庆祝野生狩猎节、北欧神奥丁和盎格鲁 - 撒克逊人的夜间母神节。

大才好？车身越大，运行的力量就越大。汉森认为我们应该在保证列车可运行的情况下从最小的版本造起，等这份设计彻底实验成熟，再渐渐放大尺寸。我也同意了他的说法。

那么，最小的版本，究竟该多小呢？这又取决于和列车匹配的铁轨有多宽。国王玩具铁轨的每一块枕木之间，大约相隔两指宽的距离。如果我们能得知铁轨在现实中的大小，就能借此计算出列车的大小。最简单的方式当然是去测量一下偶尔被挖出的古老铁轨，但这个任务必须暗中进行，因为只要我们任何人胆敢公开宣称人类过去的历史中曾存在过这样的铁轨，就有可能被以异端罪论处，几乎与叛国无异。

有天吃午饭的时候，我不经意地向一位家住铸厂街的机械师打听皇家铸造厂最近有没有挖上来什么新的铁料。这位机械师脑子很机灵，一下就明白了我的用意，便跟我说他两天前刚刚目睹一车“铁棒”被拉到了铸造厂。如果铸造厂的工人还没来得及把这批铁都熔掉，我就有机会进行测量。

那个周六，我回到老房子看望母亲和兄长威廉——威廉夫妇刚刚生了个小女孩，我有了侄女，自然该回家打个招呼。之后，我在散步的时候故意路过了铸造厂的大门。我还记得年幼的时候，我和我的兄弟们就站在这里，目不转睛地凝视着里面烧红的铁水奔流的奇景。我装出一副自己是来执行官方任务的样子，径直走进了铸造厂，对警卫们随意地点了点头。里面一片嘈杂，都是敲敲打打的声音，但是院子里却空无一人。工人们一定都在别处工作。院子一侧有个巨大的、谷仓般的建筑，显然是他们的储物间。我走过去，向内张望了一下，立刻惊喜地发现地上散落着好几截铁轨。我从衣兜里掏出卷尺，迅速地测量了一下铁轨的尺寸，记在笔记本上。我还画了草图：铁轨体积大得非同寻常，轮廓也十分特异。然而，光凭这些资料还不足以判定铁轨本身究竟有多宽。就在我四处寻找更多线索的时候，我猛地瞥见一个铸造厂工人正在狐疑地打量我。

我心一横，干脆以进为退，指着铁轨问道："你们找到这些东西的时候，上面有没有连着什么木板之类的东西？"一般贵胄和重臣讲通俗哥本语的时候，总会不经意带上几分轻飘飘的盎格里口音，因此我故意把语气放得更加粗暴蛮横一些。

"是的，先生。挖上来的时候，它们一般都连着木板。"

"那些木板这里还有吗？"

我发现这个工人正在偷偷瞄我的胸口。我意识到我还挂着国王的徽章。他大概猜到我是谁了——但愿他猜不到我家其实也住在这条街上。

"当然了，先生。我们一般把木板丢进熔炉里烧毁。"

他带着我走到院子的角落，那里堆着二三十根粗短的木板。木板上满是锈迹和小洞，显然它们曾和铁轨是一体的。我量了量木板的长度。这个长度很奇怪，完全不符合我熟悉的任何哥本或盎格里计量法。如果把国王的玩具列车按照这个比例放大，那么我们最终造出的……应该是一只庞然巨物。我们的工房甚至都容纳不下它。

“铁轨和木板是怎么连接在一起的？”

工人将一些金属托架指给我看。

“螺栓就安在这里……还有这里。很巧妙吧？那些古代人真有智慧。”

他狡黠地看了我一眼，仿佛我俩之间正在分享什么不得了的秘密。我故意不去和他对上眼神。

“铁轨一直都是这么宽吗？”我指着木板上的痕迹问。

“八九不离十吧，先生。有些木板要窄一些，但是很少见。”

我感谢了他，并付给他四分之一金币作为答谢。不过我也明白，这么一点小钱还不足以封住他的口。很快，御用钟表匠跑到皇家铸造厂来问东问西的消息就要传开了。可是那又怎么样呢？我可是在为国王办事啊，用这种鬼鬼祟祟的手段解决问题，又不是我的错。但我依然不禁为此感到一丝担忧。

第七章　蒙羞

春天再度来临的时候，我们开始建造列车车身。我下达了命令，让所有人严格按照国王玩具的样子建造列车。列车的外壳被我们称作“篷盖”，用轻薄的钢铁打造而成。车体以墨绿色为主，车顶装了一枚和玩具一模一样的铜铃。玩具列车车侧印有一些字，虽然只是一些无意义的数字，可我们也全部复刻出来了。车筒上面还有一些特殊的凹凸之处，比如先前提到的烟囱——姑且当那是烟囱吧，还有其他用途不明的装置。车筒后面有个狭窄的驾驶舱，司机就站在里面。和玩具一样，驾驶舱也是开放式的，随时可以供人上上下下。虽然不知道为什么要设计成这样，但我猜测大概是让司机得以在遇到紧急情况的时候及时逃跑吧。

我让我的团队来推举第一位试驾司机。工程师们大多都是青年人，几乎所有人都跃跃欲试。最终我们决定在试驾当天靠抽签选出司机。

列车底盘的建造很顺利。我设计的机械经过微调之后确实十分耐用；当我们在工房针对引擎进行无摩擦力测试的时候，发现引擎可达到的速度超出了任何人的想象，甚至比飞艇还要快。当然，如果引擎还要拖着沉重的车体前进，那就是另一回事了。在某种意义上，这种不可思议的轻便实际上也是个幻觉：储能舱需要连续多日上弦，才能勉强为引擎提供一小时左右的能量。显然这种交通方式完全不实用。我有些苦恼，但是汉森却依旧沉着。

“我听说以前的那些国王下令搭建了富丽堂皇的宫殿，花园里有璀璨夺目的喷泉。”他说，“牛牵着泵轮，让喷泉日夜不息地奔涌。据说足足用到了几十头牛。当然，牛都被小心翼翼地藏在看不见的地方，才不会糟蹋喷泉的梦幻。尼尔森，你要记住，我们为贵胄工作，而不是平民。对于贵胄来说，做足表面功夫就已经足够了。”

汉森并不是愤世嫉俗——他只是个普普通通、热爱钻研的科学家罢了。只要有充足的资金和有趣的难题，他就会满足。而我却是个机械师。我希望一切事物都能物尽其用。一想到我们竭尽心血的列车项目很可能只是一场虚幻、是国王给自己找的乐子、是用来娱乐外国使臣的噱头，我的心中就笼罩了一层阴霾。可是谁又知道国王的本意是什么呢？我坚持相信，国王之所以让我们大费周折地设计列车，一定不仅仅是为了取乐。不过自然，我这些想法也不会和其他人分享。

五月份的某一天，我们开始用绞车将车身和底盘焊接在一起。工作进行得缓慢而缜密，一切完成的时候，已经是深夜了。我们终于得以喘息，停下来仔细欣赏这份杰作。在汽灯光芒的映照中，列车头看上去是那么高大壮丽。从底部到烟囱全算上，它足足比两个成人摞在一起还要高，有三辆牛车那么长。新漆闪闪发光。其中一个叫作汉宁森的机械师带了酒，我们把酒倒在便携小茶杯里，对着列车举杯，彼此庆贺。我醉醺醺地骑车回家，摇摇晃晃，心里却充满了巨大的喜悦与自豪——我们真的做到了。

那是我最后一次因为这个项目而感受到那么纯粹的快乐。

次日我抵达工房的时间，比往日要稍晚一些。我发现所有人的情绪都有些低落。有一位机械师抱着储能舱走到列车边，正想要安装，活塞突然失控了，狠狠地打在了他的肩膀上。他立刻被送往医院，但看样子那条手臂是保不住了。我们团队里没有特别迷信的人——起码我们努力不要太迷信——但这个意外似乎代表着某种厄运。我们商讨之后，决定更加缓慢谨慎地推进进度。用俚语说，就是“慢工出细活”。我们不急着赶时间，宁可慢慢来，也千万不要再发生什么意外了。我们安排两个人一组，小心翼翼地把剩下那些上好发条的储能舱从风车那里抬到列车旁，然后把储能舱在车筒里旋紧。

储能舱安装完毕，车筒头部的圆形舱口关闭锁死，终于是时候启动列车了。工房前方铺了一段笔直的短铁轨，和我那日在锻造厂测量的铁轨比例完全一样。我们又推又拉，对接列车和铁轨。带有凸缘的车轮轻而易举地和铁轨的凹槽契合在一起。一切顺利。

如之前商议好的，年轻人们通过抽签决定谁来进行第一次试驾。最终，埃里克·克拉默得到了这份殊荣。他身量瘦小，一头黑发，脸庞稚气未脱。大家都记着前几天的意外，因此没有人高声祝贺，只是默默地拍了拍克拉默的肩膀以示鼓励。克拉默咧嘴笑着，往头上扣了一顶我们专门制好的司机帽，然后爬进了驾驶舱。

刹车器松开的一霎，传来一声刺耳的尖响。“哥们儿，慢点！”我喊道，“越慢越好！”克拉默一点点撬开节流阀。列车猝然一震，开始缓缓沿着铁轨前进。现在机械师们都喝起彩来。在此之前，还从未有任何一个人见过陆地上的自走车。列车平稳地跑起来了。春日暖阳下墨绿色的庞然大物轰鸣着前进，那是我所见过最美丽的景象之一。对我而言，看到我设计的机械第一次试驾就宣告成功，令我惊喜极了。或许，我确实是个天才吧。

我们总共铺了二十码的铁轨，列车跑完这一程之后，克拉默便停下了车。自然，有了克拉默的成功，剩下的每一个机械师都想试试驾车的感觉。太阳落山的时候，我们已经熟练掌握了前进和后退的机关。幸亏我们很有先见之明，提前给一大堆储能舱上好了弦，否则以风车的功率是断断无法保证列车来回跑上这么多次的。第一天过后，我们需要再等上好几天，风车才能再度为储能舱上好弦，开始新一轮的试驾。

一个月后，我们终于觉得是时候在国王面前展示成果了。我们选择了六月末晴朗的一天，邀请国王、首席大臣们和最高阶位的军官一起到工房来。不过，这个项目目前依然处于保密状态，因此我们没有邀请任何记者——事后，我无数次庆幸自己当时那么有远见。

我亲自编排了展示的项目与顺序：首先由我站在铁轨旁的台子上，做一段短短的欢迎演讲（我邀请汉森也一起来，但是他却婉拒了）；紧接着，列车将缓缓开出工房，由宫廷乐师吹号伴奏。列车将在观众席前短暂停留（此处应有掌声），开进轨道尽头的二号工房里，然后倒着开回来（真神奇啊！），最后在观众席前停稳；最后，我将简单解释列车的工作原理，但愿那时群众都在赞叹不已。

经过讨论，我们决定在铁轨两旁铺满稻草束，不仅出于安全考虑，也是为了掩藏铁轨的踪迹。这是因为我们制造的铁轨和那些从地底挖出来的古代铁轨太相似了，我们不希望引起某些叵测之人的注意，给他们怀疑我们“偷偷研究禁物，传播异端邪说”的机会。

展示之日到来的时候，我又兴奋又自豪。我的前任老板汉德拉森，皇家钟表师，也会出席这次演示。我迫不及待想要给他展示我努力的成果。他一定会被我震撼的。

宾客们乘着车，陆陆续续地抵达了工房，入席坐好。按照礼节，国王是最后一个抵达的人。他的位置就在观众席正中，他对我笑了，然后招了招手。万事俱备。

我双手直发抖，勉强爬上演讲台，做了一段欢迎介绍。我向来不擅长在大庭广众之下演讲，因此我尽可能地精简了介绍的内容，力求大家把注意力都放在列车身上。我首先感谢了国王对这个项目的慷慨支持，然后表示，希望我们用整整两年制造出来的产品可以令他满意。我也感谢了汉森和团队里的其他成员，大力赞扬了他们的不懈努力。最后我说，请容许我们展示这项伟大的发明。我走下演讲台，对汉森点了点头，他便分别示意宫廷乐师和驾驶舱里的司机，展示可以开始了。

接下来发生的事情，如果非要往好了说，就算是……出乎意料吧。工房里传出一阵绞磨般的刺耳响声，伴随着一声震耳欲聋的轰鸣。下一秒，列车以不可思议的速度从工房里直接蹿了出来，轮子摩擦着铁轨，火花四溅。大臣们纷纷惊呼，四处散开，寻找遮蔽物。列车抵达轨道尽头的时候，前轮已经全部腾空了，仿佛是要起飞一样。我看到司机从驾驶舱里狼狈不堪地滚了下来。宫廷乐师依然在努力维持伴奏，可是音乐也已经七零八落。庞大的机器靠着两枚后轮蹦跳着前进，以四十五度角轰然撞进了二号工房中，工房顿时四分五裂，爆开的木屑在空中横飞。最后，它翻倒在地，四轮朝天，还兀自空转着。这一切从开始到结束，不过用了几秒钟。

乱七八糟的伴奏也渐渐没有了声音。有些稻草溅上了火星，燃烧起来，到处都弥漫着黑烟。在咳嗽声和尖叫声之间，我辨认出了一个奇怪的、高分贝的声音。

那是国王在狂笑不止。

我小心地穿过烟幕，走到观众席面前。我只能看到国王坐在那里，他弓着背，双手按在膝盖上，笑得全身发抖。

“陛下……”我结结巴巴地开始道歉，但他却打断了我。

“尼尔森，干得太漂亮了！”他喘息着断断续续地说，“我很多年没有见过这么好笑的东西了。你这玩意儿可把他们都吓坏了！”他指着身后的观众席。大臣们正在一个接一个地从椅子背后露出头来。

“那句话怎么说的来着？这下要‘重起炉灶’了，是吧？”国王仍然在笑。他拿起长袍走下观众席，随行人员急匆匆地追在后面。

一批人乱哄哄地向着停车的地方走去，有些人一瘸一拐，有些人紧紧捂着自己的手臂。其中一个大臣在经过我身旁的时候恶狠狠地说：“幸亏陛下没事！算你走运！”

我也看到了汉德拉森。我试图和他搭话，但他径直和我擦肩而过，一直在摇着头。

我环顾四周。列车无力地躺在二号工房的废墟里，轮子仍在空转。其他人正在把摔倒在地的司机扶起来。他没受伤，但是依然处在震惊中。大家都沉默着，没人知道在这种情况下要说什么才好。最终，汉森站了出来，他命令几个人立刻关掉引擎，然后打水来扑灭着火的稻草。然后，他转向我，短促地笑了笑：“不管怎么着，我们起码证明了这玩意儿还能当武器用！”

他走到铁轨旁边，踢开碍事的稻草，从地上捡起木屑和金属片。作为一个科学家，他是真真切切地感兴趣这次试驾究竟出了什么问题。

我却不行。我站在原地一动不动，甚至还没从刚刚发生的一切中回过神来。我心里只明白一件事：我的职业生涯正如眼前的这一幕一样，彻底四分五裂。

第八章　围栏

虽然我的职业名声遭受重创，列车本体却没有受到太多损害。在接下来的几天里，我们在吊车的帮助下扶正了歪倒的列车，放回到铁轨上，然后推回了工房里。

我们很快就发现了问题所在。

一开始，为了能自由调控引擎的输出，几个储能舱其实是可以同时发送能量的；理论上讲只要控制到位就不会有问题，然而在这次试驾中，当司机释放第一个储能舱中的涡卷弹簧时，震动不小心引起了连锁反应，同时触发了临近的三个储能舱。

于是，注入引擎中的能量一下子多了四倍，令引擎超负荷运转。为了防止这个问题再发生，我设计了一个转轮式装置，让车筒内所有的储能舱都围着一根中轴钢管依次转动，一次只能使用一个储能舱的能量。汉森觉得这个主意十分巧妙，也由衷地称赞了我。这令我稍稍高兴了一些。

我们花了几个月的时间重新完善列车的设计，然后在这次完工的时候，所有人都一致认为，所有的漏洞都补上了，不管在什么样的境地里，这列车都是绝对安全的。

然而，这一次我们不能再大张旗鼓地举行什么展示大会了。我们需要经过一次又一次的试驾，直到万无一失，再正式宣布任务完成。

某个周一清晨，当我过完周末后第一次踏入工地的时候，我看到那片汉森原本用来测试发条大炮的空地被围上了高高的木围栏。除了汉森自己的工房之外，还有一大块场地也被圈了起来。通往场地的入口处搭了一座低矮的小木棚，由警卫把守着。

我询问汉森这是怎么回事，他解释说只是为了提防鬼鬼祟祟的外人前来窥探。然而，这里根本没有什么“鬼鬼祟祟的外人”——除了皇家侍卫之外就是我们团队里的自己人，都通过了安全审查，因此汉森说的话让我十分迷惑。

接下来的几天，没有人看到汉森的踪迹。然而，当我们反复测试列车的运行状况和载重性能的时候，我们听到汉森的棚屋附近不断地传来敲打声和爆炸声。

临近周末的时候，那声音已经变成了烟花爆竹般的噼里啪啦。最终我决定，我们不能再放任首席科学家继续这样行踪诡秘下去，因此我决定去找他谈谈。（我承认，我也很好奇他究竟在偷偷搞什么实验。）

我走进了木棚，却惊讶地发现里面还有一张充当接待前台的书桌，访客要绕到书桌后面的另一个门口，才能走进汉森的实验场地。前台后面坐着一名皇家侍卫，在看到我的一刻迅速起身，堵住了我的去路。

我震惊地看着他:“哥们儿，挡我的路做什么？我现在要见一见汉森博士。”

“抱歉，先生，他现在没空。”他答道。

“我是这个项目的负责人！我命令你现在立刻带我去见汉森博士！”

“先生，请稍等。我去请示一下侍卫队长。”

他消失了，把我一个人扔在棚屋中。门后再度传来噼里啪啦的响声，站在这里听比刚刚在外面的时候更加震耳欲聋。我已经没有耐心再等下去了，便径直穿过棚屋，走进了实验场。

眼前的景象令我目瞪口呆。

汉森正与一群军官站在一起，围着一门大炮低声讨论。这门大炮与其他武器的区别在于它的炮筒是可以旋转的。这个设计与列车引擎的旋转设计十分相似，只不过衔接在炮筒上的炮管更细小，所匹配的炮弹也远远小于我们那些储能舱。炮弹是从大炮后方装载的，而不是像列车一样从车头装载。五十码距离以外——大概就是大炮的射程了——竖立着一个粗糙的木制飞船模型，上面满是弹孔，熊熊燃烧。

“尼尔森先生！”侍卫在我背后大声喊道。

汉森猛然抬头，对上了我的眼睛。那一刻，他脸上的表情极度陌生，像是嫌恶混杂着暴怒。他向着我大步走来，目光灼灼。

“尼尔森钟表匠，这里不关你的事！我需要请你立刻离开。”

侍卫把一只手轻轻放在我肩膀上，请我转身，押着我走出了实验场。

我的第一反应是困惑，然而随之而来的就是屈辱和愤怒。我明明是项目的负责人——他凭什么对我如此无礼？只要我对国王提一个字，我就可以把他从这个项目里踢出去。而且，现在列车已经造好，他就没有任何用武之地了。他不用再编造那些“讨好军方”的谎话了。

然而，那天在食堂喝下午茶的时候，汉森又重新出现在我们的工房里，态度一如往常，闲散又友善，就好像什么都没有发生过一样。

“出了那样的意外，真是抱歉。”他轻声说，“那只是一场表演。”

说到“表演”这个词的时候，他故意用了哥本俚语，本意是“娱乐项目”或是“穿插戏码”。他的意思是，他对我的态度只不过是在演戏罢了。然而我却觉得他早上的样子看上去并不是在作假。

“必须要让军官们满意。而他们那种人最在乎的就是保守秘密。”

“你盗用了我的旋转机械设计！”我说。话出口的瞬间，我觉得自己听上去就像个正在发脾气的小孩子。

“是啊。不过，那根本算不上是你的设计，不是吗？确实，基本构思是你想出来的，但是为了让它可以顺利投入使用，我也做了不少修改。这项技术你不是也用在列车上了吗？就当作团队合作的成功吧。”

可是他这副敷衍的傲慢态度，是糊弄不住我的。

“汉森，听我说。我是这个项目的负责人，我需要强调的是，这片工地上举行的任何一个项目，我都有知情权和参与权。不然，我要怎么掌握工作的进度？你这些大炮本该是用来给我们打掩护的，可是现在看来，它反而成了你的主业！”

“对啊，问题来了，你觉得哪个项目是掩护，哪个项目才是主业呢？”

“你到底是什么意思？”

他沉默了，然后掏出了烟管，目光扫过食堂里其他的团队成员。确认没有人注意我们的对话之后，他压低声音，继续解释道：“卡尔，听着。你确实是个很有天赋的钟表匠，是个绝顶聪明的人。但是在政治的世界里，你单纯得就像个初生的婴儿。你根本想象不到获得军方支持有多么重要。你想想，我们的项目占用的毕竟是他们的地盘啊。只要他们一句话，我们的所有努力就会付之东流，所有人都去喝西北风。我需要不断地向他们证明，支持我们的项目对他们自己也有好处。我不得不说，我迄今为止还挺成功的。”

我回忆起了实验场里木制的飞艇模型，飞艇在燃烧。

“那个东西……那个武器，它的功能是什么？”

“如果一切走运的话，它就代表着我们的未来。军方对这个设计非常感兴趣。我们只要吊足他们的胃口，就能继续获得大笔的资金。”

“汉森，你亲眼见过人在燃烧的飞艇里死去的场景吗？我见过。我不希望再目睹一次了。”

汉森抿着嘴唇，表现得极为有耐心。

“我正在设计一种能保护我们国家的武器，这没什么可奇怪的，科学家和机械师的工作一向如此。而你就不同了——你设计的东西，可是很危险呢。”

“你说列车？别开玩笑了。列车能有什么危险？它根本就不会伤人！”

“如果我是你，我就不会管它叫所谓‘列车’。”

“你到底在说什么？”

“钟表匠，你只不过是手下有个项目罢了。至于这个项目是什么、要做什么用，你不能知道，只有国王才能决定。有些事情再打听下去很危险，可能会引火烧身，我建议你置身事外比较好。”

“汉森，我们在造的就是列车啊！古代人也有一模一样的东西。国王一直都是这么说的，既然他都没有什么顾虑，那我也没有。所有人都知道，曾几何时，列车和铁轨是真实存在的……”

“那些东西不能提！”汉森说，声音陡然拔高。其他人纷纷看向我们。“你明明知道那是禁忌！”

一片寂静。突然间，我感觉好像食堂里的每一个人都在盯着我看。窘迫之下，我推开椅子，走出了食堂——那一刻我忽然产生了一种奇怪的感觉，好像我此时的反应，完全在汉森的计算之中。

第九章 玫瑰城堡之谜

一整个周末，我都心绪不宁。汉森的所作所为太古怪了。我在沉默中吃完了每一顿饭，甚至忘记感谢为我煮饭的戈特弗里德森夫妇——在哥本堡文化中，随时对仆人致谢是重要的礼仪。不过，我觉得就连他们也看得出我的焦虑不安，因为他们一直小心翼翼地躲着我，不想打扰。我怔怔地望向窗外，反复琢磨着汉森对我说的话。我是不是被人愚弄了？我是不是已经走入了别人设下的陷阱？哪个项目是掩护，哪个项目才是主业呢？或许汉森起初答应加入这个团队，就是为了得到机会设计他自己的武器。但是为国王开发新武器又没什么值得遮掩的——既然如此，为何不光明正大地说出来呢？为何要大费周折地用一个全然不同的项目来打掩护呢？我百思不得其解。

独居的坏处就是找不到任何可以聊天的人。我必须把这些心事对谁讲一讲，但是除了同事之外，我没有任何朋友，也没有妻子。（不过，就算我有妻子，我也不能和她说任何关于这个项目的事情。我发过保密的重誓，倘若“破密”——这个词的原意是擅自打开国王信件阅读——等待我的处罚将是死刑。）

我自然而然想到了家人。首先，以威廉的性格和作风，他是绝对当不了知心对象的。他的想象力和共情力都太匮乏，注意力全都放在自己的事情上，根本没有能力站在他人的角度考虑问题。接下来就是我最小的弟弟乔纳斯，尽管我们自孩提时代起关系一直算不上太亲近，但是他最早介绍汉森认识了我，而且他也在大学任职，算是半个“内部人士”。或许他知道一些有用的消息。

周日晚上，我给乔纳斯发了一封信，立即就收到了回复——他一定是叫送信人在门口等着他写完回信，再马上原路送还给我。他让我星期一下午去他家找他。

我们约好三点整见面，我像往常一样准时抵达。在钟表堆里浸淫了这么多年，受其影响，我心中一直很在意时间观念。

我穿过大楼宽阔的门厅，走上一段华丽的楼梯，敲了敲门。一个侍女引着我走进了乔纳斯一楼公寓的会客室。这里要比我想象的豪华多了——地方很大，四处可见打磨光亮的贵重家具和巨大的落地书柜。他甚至有一个侍女！我们国家的学者，都是这样的生活水平吗？大楼的侧窗正对着一片郁郁葱葱的花园，花园正中有一个喷泉。我不禁开始思考这个喷泉是如何运转的。是不是有几头牛被关在黑暗的地牢里，正竭力拖动喷泉的机械？那些可怜的动物，一辈子生活在黑暗之中，日复一日和齿轮共同转动，一点点耗尽自己的生命，永远不知道自己存在于世的意义或是这份工作的价值。对于贵胄来说，做足表面功夫就已经足够了。正在我凝视着花园出神的时候，我注意到窗台上摆着一个椭圆形的相框，里面是一个年轻女孩的画像。我仔细端详女孩的脸。那是艾丽卡·索恩。

乔纳斯来得有些迟，穿着一袭华贵的、教士般的黑色长袍。穿这样的衣服来见自己的哥哥，未免太正式了吧？后来我又想，他或许是直接从大学那边过来的，来不及更衣。我已经有几个月没有见过他了，我们上一次碰面还是在我母亲的葬礼上，那已经是夏天的事情了。那次我们友善地打了招呼，却没怎么聊天。他开始戴夹鼻眼镜，还蓄了山羊须，只不过我觉得他并不太适合蓄须。

“太抱歉了，”他说，“我刚刚在开会，会议延迟了。”

“请原谅我的无知。我一直……一直没有搞清楚你在大学的工作究竟是什么。”

“或许你只是从来没关心过别人的任何事情吧，卡尔。不过，当然了，一个像你这样身居高位、日理万机的人，又怎么可能关心我的事情呢？”

他言语之间带着一丝刺人的锋芒，可他始终和煦地微笑着，把讽刺之意掩了过去。

“我在历史系工作，最近正在完成一个皇家图书馆的项目。”

“什么项目？”

“没什么，都挺无趣的。”他不屑一顾地说，“给书分类什么的。”

他随意地挥了挥手，表示那些都是些鸡毛蒜皮的小事，不值一提。

他为我倒了一杯朗姆酒，我迫不及待地小口啜饮起来。他也为自己倒了一杯，然后重新加满了我杯中的酒。

“你遇见什么事了？”他靠在扶手椅上，随口问我，“汉森给你找麻烦了，是不是？”

他的料事如神令我有些震惊，但我努力控制住了自己的表情。

“乔纳斯，我不知道该做何反应才好。这个项目跟我想象中的一点都不一样。当然，保密协议在身，我不能说太多，但是——”

他长长叹了口气，手探向衣领，掏出一枚挂在链子上的徽章，在我眼前晃了晃：“哥们儿，别担心。我的保密级别和你一样。你就随便说吧。”

于是我向他细细叙说了项目最新的进展，还有汉森诡秘的行踪与奇怪的言论。

“我觉得汉森博士只是在试图警告你罢了，”他说，“汉森这个人虽然有些古怪，但绝对不是坏人。他可能只是担心什么别有用心的人听见你们说的话罢了。”

“但是，乔纳斯，我们团队里的每一个人都知道这个项目的真相。我的天，我们造出来的东西，就是一辆列车啊！”

“可是不论如何，它都是个秘密项目。汉森有没有在你面前用过‘列车’这个词？”

我仔细回想了一下。

“嗯……没有。我不记得他说过。但是对他而言，我们建造的是什么本来就不重要，列车也好，不是列车也罢，在他眼中那只是一系列技术难题罢了。这有什么区别吗？”

“卡尔，你记住，在这样的事情上，你必须格外小心。记得父亲说过的话吗？‘你的团队中，有人一定是间谍。’汉森只想明哲保身罢了，你可不能怪罪他。如果有人掌握了你言语不检的确凿证据，你肯定会付出血的代价。”

“但我就是不明白，搞得这么神秘究竟是为了什么？这不就是一辆列车吗？古代人有成百上千辆列车呢！”

“你这些都只是猜测罢了，没有证据。”

“我在古书里亲眼见到过列车的图画！”

“你根本无法确定你看到的究竟是什么！”乔纳斯突然激动起来，语气铿锵有力，“年轻学生只要看到古书里一些彩色插图，就会异想天开。教会已经公开表示那种东西是不存在的；那么请问，你难道是觉得你懂得比所有的神学家加在一起还要多？”

我瞠目结舌，我眼前的乔纳斯倏然变得那么陌生。震惊我的并非他的言论，而是他的态度，他可是我的幼弟啊。童年时期，他总是像条小狗一样跟在我身后，我做什么他就做什么。我曾从后花园里折来树枝为他做玩具弹弓——还被母亲狠狠责怪。而现在，他说话的样子，就像个大权在握的政客。我感觉我像是从未认识过他一样。

“好了，卡尔，你听着，”他放轻了声音，继续说，“你造出的东西或许确实有历史原型，或许没有，我们不得而知，而且长远来看，这也完全不重要。但是这个问题，确实关系到哥本堡的声誉。举国上下都知道，我们是第一批发明机械的人。倘若大家知道，千百年前曾有魔法机器替我们做工，载人四处游荡，甚至可以上天下海，大家只会感到恐慌不安。”

“但是我们挖上来的那些铁轨……”

“别忘了，不管我们挖上来的东西是什么，它们都来自无理层。一切埋在地下的东西都是混乱无序、毫无意义的，这是所有人都知道的公理。像我们会做梦一样，地球也会做梦。无理层里有各种各样的噩梦：骷髅、鬼魅和魔怪。每个有理智的人都会尽量避免与无理层打交道。你上学的时候没学过吗？”

“但即便国王本人都知道，铁轨在古代是真实存在的！连他都不怕直呼其名！”

屋里突然安静了一霎。

然后，乔纳斯静静地说：“国王是个疯子。”

突然间，我感到天旋地转，眼前的景象似真似幻，仿佛我置身梦中一般。我竭力控制住自己的情绪。我再度开口的时候，声音压得低低的，语气中满是怒火：“你一直警告我不要随便乱提古人的事情，而你自己却胆敢说出这样的悖逆之语！”

“我敢，卡尔，”乔纳斯淡然地说，“我敢，是因为你是我哥哥，是因为我知道你绝对不会把我们今天的对话对第三个人提起，也是因为你心知肚明，这样的话传出去会有什么后果。”

他说得很对。我们的对话没有任何见证人。如果我举报乔纳斯对国王不敬，那么被抓起来的很有可能是我而不是他。

“陛下的臆想症偶尔会发作，”乔纳斯继续说道，“这确实非常不幸，但说实话，皇室家族也不只有他一位臆想病人。你以为玫瑰城堡是做什么用的？”

玫瑰城堡是一座矗立在城郊的塔楼，四面都是花园。我知道国王偶尔会去那里小住，但我一直以为他是在玫瑰城堡接待外国贵宾或者看望姬妾。

乔纳斯猜到了我的思绪。

“老国王发病的时候，也被关在玫瑰城堡里。难道你以为那里的警卫是为了不让外人进来吗？”他含笑问我。

“现在，我们都十分担忧国王的精神状况。”他继续说，“陛下不仅总有情绪起伏，还时常会说一些危险的、几乎可以用异端罪论处的话。随意议论揣测古代之事，将幻想与现实混为一谈，这些是哥本堡法律中明文禁止的。现在对我们而言最重要的事情，就是避免国王的臆想症过多地影响朝政。保证我们的国家、城市、法律与秩序一直坚固如铁、运转如常，要比任何一个人的生命都更加重要。包括国王本人在内。”

我面前的这个人是谁？他绝不可能是乔纳斯。

“国王交代给你一个任务，那就是把他的某样玩具按比例放大。很好。赶紧把活干完，拿到钱然后走人。别打听，也别议论，永远保持缄默。作为你的弟弟，这就是我能给你的唯一一个建议。”

乔纳斯摇响传呼铃，让侍女把我的大衣取来。我离开他的住处时，满心都是困惑与愤怒。

走到街上，我听见市政厅的方向响起了熟悉的钟声。四点整。皇家图书馆四点半关门。我脚步匆匆地穿过狭窄的鹅卵石街道，在图书馆前台的访客手册签下自己的名字，然后走进了阅读室。我必须确认我是不是疯了。

我没有填写任何表格也没有任何预约，但是此时我已经顾不得循规蹈矩。我径直走到书架前，取出一本厚厚的皮面大书。我坐在桌前，看也不看地翻到了 152 页，那里有我最喜欢的一张图片，描绘着哥本堡古时的样子，图上可以见到有一排列车停靠在某个站台前。那页不见了。书页被人用小刀仔仔细细地裁了下来，还能看见剪裁后整齐的断边。我又取出了另一本书《大众机械》合集，写于 1932 年。但凡是提到列车、飞行器或是自走车的内容都不见了，几乎什么都没有剩下。我状若疯狂，开始一本接一本地翻阅书架里剩下的书。昔年学生时代那些曾令我心驰神往的文章和图画，此时已经全部消失了。

一个警卫出现在我身旁，抓住了我的手臂。

“钟表匠尼尔森先生，你没有预约记录。我必须现在请你离开这里。”

“见鬼！”我大喊，“有谁来过这里？谁把这些书都毁了？”

这一场骚乱惊得图书馆里其他学士都抬起头看着我们。

“放开我，你这该死的——我奉国王之命来这里查资料！有人提前一步动手了。有人在故意损毁这些书！”

另一个警卫也赶了过来，两个人一起钳住我的手臂，把我押出了图书馆。

第十章　通往潜意识的铁路

还算走运，我没有当场被投入监狱。我被逐出图书馆之后，一直精神恍惚、漫无目的地在街上闲逛。

天色渐晚，路旁的商店也一个个打烊了。我经过学生时代最爱去的顶针酒馆时，决定进去坐坐。

我一直走到地下室，要了一杯啤酒，一个人坐在角落里，默默望着身旁叽叽喳喳的年轻人。

对我而言，此时此刻，就连脚下踩的大地都已经不再坚实。陡然之间，我迄今为止所认知到的一切都出现了巨大的偏差，危机四伏。我不能相信任何人，就连我自己的家人也不例外。

我就好像一盘大棋中的小卒，可我甚至猜不到这个棋局究竟是为了什么。

刹那间，我心中涌现了无数念头：如果我现在逃离哥本堡王国呢？如果我立时自尽呢？最终，我却只能叹了口气。我知道，我本质上就不是那种会走极端的人。

几个小时后，我终于回到了家门前。戈特弗里德森夫妇不知道去了哪里，并没有来应门，所以我自己动手开了门。

前厅的小桌上放着好几封信，其中一封盖着皇家印章。信封里是一张请柬，邀请我周四下午前往玫瑰城堡觐见国王并汇报项目进度。

如果是一周以前，我定然不作他想，然而现在，当我看到“玫瑰城堡”的地址时，不禁一阵恶寒。请柬底端还写着一行小字：“陛下要求你随身带着如下物品前来觐见：至少五码长的卷尺，绘图本和铅笔。”那位替国王写下这行字的侍从一定很迷惑。

接下来的几天，我画了不少列车的草图，外观和内设都有。我觉得国王一定会对此感兴趣。出于谨慎，我没有画出铁轨的样子，想来国王心里应该也有数。可是他为什么非要我带上绘图工具和卷尺呢？我百思不得其解，不过国王确实总爱下达一些奇奇怪怪的命令，我也算是习以为常了。

我始终和汉森保持着距离，幸好他也已经很少在工房出没了。我很不擅长掩饰情绪或是说些油嘴滑舌的场面话，因此当我打心底不信任某人时，那个人很容易就能看出我的敌意。我不希望汉森从我的表情或是讲话的声调里解读出我对他的不信任。从此刻起，我一定要好好保护自己。

周四下午，我备齐了所有材料，准备去觐见。

那天阳光灿烂，我身上又带了不少东西，不适合骑车，因此我决定步行穿城前往玫瑰城堡。

微风轻拂，叶子已经从初春的嫩绿转成了夏末的深绿。街上行人的笑语令我的心情稍稍放松下来。我走了一个小时左右才抵达哥本堡的最东边，玫瑰城堡就矗立在皇家花园中间。城堡是几座古意盎然的塔楼，由红砖建成，屋顶铺着漆成绿色的铝片。比起守护城市而言，玫瑰城堡本质上还是一座装饰性的建筑，不过它的四周也环绕着宽阔的护城河。当我踏上护城河狭窄的木桥时，心里的紧张远甚于往昔。

皇家侍卫拦住了我，开始一贯的盘查。难道你以为那里的警卫是为了不让外人进来吗？我想起了乔纳斯的话。侍卫检查了我的请柬，一番搜身检查之后，终于把我放了进去。一名侍从负责带我去大殿。我们沿着石头的螺旋楼梯向上走了好几层，才抵达大殿的入口。

一进门，我就看到国王背对着我站在房间正中，穿着一袭长长的白色貂皮华袍。国王打扮得如此隆重，看来在我到访之前，他一定也忙于其他的政治会晤。大殿庞大而空旷，甚至比我在皇宫见到的大部分宫室面积还要大。殿堂一端是一座凸起的石台，王座就在上面，俯瞰着整个房间。地上铺着黑白相间的大理石砖，沉重厚实的天鹅绒窗帘遮挡了每一扇落地窗。显然，哥本堡的国王们都很在乎自己的居所是否足够气派。屋里回荡着轻柔而优雅的弦乐，但是我却连一个乐师都没看见。

国王转过身，一眼就看到了我。他喊了一声“尼尔森”，便露出了笑容。接下来，令我极其震惊的是，他大步向着我走了过来，紧紧地拥抱了我，就好像我是他失散多年的兄弟一般。

音乐戛然而止。国王走到墙边的一个孔洞旁，对着洞内鼓掌，喊道:“可以了，乐师！弹得真棒！你可以下去休息了。”

“我的先祖设计了这个装置，”他对我解释道，“乐师都在下面，他们演奏的音乐通过这个孔洞传入大殿。真是巧妙的发明，当然，有得必有失，声音能从下面传上来，就也能从上面传下去，所以讲话的时候一定要万分谨慎。”

我不太理解他的意思，所以只好客气地点了点头。

“快来看看这个。”他开心地说。

大殿正中摆放着那一整套玩具列车模型，铁轨首尾相连，形成一个回扣的椭圆。国王上好了弦，玩具便拖着几节车厢，欢快地在铁轨上奔驰起来。

这样一个小玩具，却给我的人生带来了那么多大起大落。眼前这一幕太过荒唐，令我几乎要当场笑出声来。

国王却将我的笑容误认为是欣赏:“很有意思，对吧？不过，你再看看这里。”

在某一段笔直的铁轨周围，他用书堆了一个洞穴。列车从洞口驶入，短暂地消失，又从另一端驶出。

“如你所见，列车也可以在地下运行，甚至不会在地表留下任何痕迹。”

国王是不是真的疯了？他的言语在我听来仅仅是一场儿戏，没有任何意义。

我打开了我的画夹：“陛下，我带了……”

“图样吗？很好，很好。我们移步图书馆，一起看一看。”

国王带着我走进隔壁的房间，里面布满了一排排的落地书架。书架上大部分典籍都像是古书，标题是古盎格里语或是我辨认不出的语言。房间正中是一个巨大的八角形桌子，国王将我的图画在桌上一张张铺开，饶有兴致地观赏起来。

“尼尔森，你造出的东西确实令人惊叹。那些储能舱真是巧妙极了。”

我之前从未跟国王提起过涡卷弹簧储能舱的事情。尽管我在图画里绘出了它们的样子，却始终没有把这个我们自己起的学名写在旁边。那么，国王怎么知道“储能舱”这个名字？我那时疑心病已经重得厉害，身边的一切都令我感到叵测。其中一个一定是间谍，我又想起了父亲的话。

“陛下，它们也能应用在其他的大型机械中，比如起重机，还有……”

“还有武器。说得没错，这项研究带来的可能性太多了，真是令人振奋。现在，我们仅仅需要再多建一些风车，就万事俱备了！”

国王顿了顿。我脑海中似乎也同时浮现出了他所幻想的场景。崭新的风车遍布海岸线的每一寸土地，每一架风车都在为一个储能舱上弦，而这成百上千的储能舱，是为了……什么？

“陛下，恕我直言……”我犹犹豫豫地开口。

“亲爱的尼尔森，我从不提前给予宽恕。你先把你的‘直言’说完，我再来决定要不要宽恕你。”

“我在想，这辆……机械装置，究竟是做什么用的呢？”

“尼尔森，我会在合适的时间和地点告诉你一切的，但是……”他蓦地大叫起来，“现在隔墙有耳，绝对不行！”

我被吓了一跳。乔纳斯说过，国王有时候情绪不太稳定。

“好了，我们现在最重要的任务，就是造出一辆像古人在他们的铁路系统中用过的那种列车。”他继续说道，声音又立刻平静下来。

我终于忍不住了。

“陛下，很抱歉，但是……您是真的认为这样的铁路系统曾在古代存在过吗？”

“当然了，尼尔森。这件事就连傻子都知道，连路边的野狗都知道！”

他敏锐地觉察到了我的困惑不安。

“怎么了？”

“就是……”我搜肠刮肚，在盎格里语寻找着合适的词汇，“您的父亲，先代国王，曾经颁布过一道禁令……”

“那个啊！对，没错。其实禁令最早是我曾祖父起草的，我的祖父更新了一次，我的父亲又更新了一次。大体内容是说，谁都不许提起那个神话中的繁荣时代。最新版本的禁令又加了一条，不许讨论与无理层相关的内容。不过请切记：首先，我是国王；其次，我疯了。所以，我随便想说什么都可以。”

“陛下，我不懂。”

国王把一只手轻轻搭在了我的肩膀上。

“疯国王住在高高的玫瑰城堡里，玩着他的玩具。”他用极轻极轻的声音说道，“所有人都这么想。但这只是做戏罢了。”

他指着一把扶手椅，示意我坐下，然后他走到书架边。

“我发现，这座城中，有一些人正在大肆毁坏皇家所有物，真令人遗憾。”他的声音稍稍提高了一些，“我知道那些人是谁，我要让他们为自己的暴行付出代价。”

他从书架里抽出一本皮革封面的大书，拿到桌边放下。他示意我保持安静，然后轻轻翻开了第一页。那本书是《当代奇妙发明》，皇家图书馆里被毁坏的古书之一。他翻到中间的某一页，然后指给我看列车与铁轨的插图。这一页在皇家图书馆里的那本书里已经不复存在了，不过国王手里的这本书还是完好无损的。

看完之后，国王合上书，放回书架上，然后又拿出一本书：“我很喜欢研究古代典籍。人总是能从古书中学到许多东西，尼尔森，比如建筑学知识……”

我惊讶地看到这本书竟然是以哥本语的某种变体写成的。在我的一生中，我见过的所有书几乎都是盎格里语的。书名叫作《玫瑰城堡：一段历史》，里面有好几幅古老的插图。国王指着其中的一张图，那是城堡地下室的平面图，上面醒目地绘出了一条从地下室通往城堡外的密道。

“我对历史学很有兴趣，”国王说，“以及一些古代科学，比如考古学。”他悄声说出了那个名词。在我有限的了解中，考古学是黑魔法的一种——和死人有关系——王国之内早就禁止了这种异端邪说。

国王的目光投向了窗外将沉的暮日。

“今夜，我需要你跟我一起去冒险。”他喃喃地说，“你必须非常勇敢才行。你准备好了吗？”

“当然了，陛下。我愿意跟随您去任何地方。”我不知道自己为何会脱口说出那样的话——读了这么久，对于我的品行，各位读者心里应该也早就有定论了：我绝对算不上是个勇敢的人。然而那一刻，我却觉得我说的每一个字都发自真心。

国王笑了，用力拍了拍我的背：“太好了！放心，我们不会去太远的地方，几个小时就能回来。你带了画具吧？那就行了。还有，你要穿厚一些的衣服才行。我去找两件衣服给你换上。”

彼时正是八月底，即使夜间也颇为炎热，但国王的命令是不能拒绝的。

国王先请我和他共进晚餐。房间空荡荡的，只有我们共同坐在长长的晚餐桌一端。

晚餐是简单的鸭肉而已，也不是森林里打来的野味，而是在护城河附近抓的鸭子。鸭肉和土豆与一些蔬菜同煮，就是一顿任何平民都吃得起的晚餐（最起码周日的时候能吃到），毫无奢侈之处。

不过，桌上的起泡酒对我来说却是见所未见的——我只喝过啤酒和朗姆酒。金黄的酒液在镶银的水晶高脚杯里闪闪发光，杯身烫着繁复的皇家徽章。我努力控制自己不要像个乡巴佬一样死死盯着杯子看。

吃晚饭的时候，国王为我介绍了玫瑰城堡和它的历史，比如先代国王们放在这里的挂毯和油画，还有传说中用独角兽的角装饰的王座。我感觉他这一席话是早就排练过千百次的，用来讲给每个参观者听，而参观者只需要点头微笑就好了。他言语之间没有触及任何禁忌秘闻，更没有提及哪怕一丝自己是“被强迫关押在这里”的。当然，我也不敢主动提起这个问题。

饭后，国王遣退了全部侍从，带着我单独去了更衣室。他脱下长袍，然后翻出了一些秋冬装。他递给我一件厚实的针织毛衣和一双毛皮靴子，那些是国王叔叔的旧衣，我穿上也很合身。国王自己也穿上了类似的衣服。最后，他找来一个巨大的皮质背包，让我把画具和“我们要带上的其他必需品”放在里面。

我们沿着我来时经过的石头螺旋楼梯向下走了几层，直至抵达地下室。国王拉开一扇门，门后是一间地窖，房顶低矮，由石拱支撑。侧墙高处嵌着唯一一面小窗户，一线天光从中透入。地上、粗糙的木桌上，散落着各式各样的发条玩具。我认出了一些熟悉的机械小人和车辆，但是还有一些我没见过的东西，比如掌心大的旋转木马，和中心广场在集市日到来时会搭建的大型玩具如出一辙。国王为旋转木马上好了弦，玩具便悠悠地转了起来，悦耳的、叮叮咚咚的音乐也随之响起。

“我总是在这里玩，”国王说，“人们从来没有起疑过。不过是疯国王在玩玩具罢了。”

令我惊讶的是，他在我们身后关上了门，然后插上了门闩。

房间的一角有几盏油灯。国王划燃火柴点亮了一盏灯，把另外三盏递给了我。我问他是否也需要我点一盏灯，不过国王却说有他手里的灯就够了。

一个五斗橱摆在墙边。国王请我和他一起把五斗橱挪开，我们便各自抓住一头，吃力地将五斗橱移到了别的地方。五斗橱挡住的墙面上有一个小洞，大小恰好容得下一人通过。

“你看看。”国王说着，拍了拍手上的灰尘。我把头探入洞中，顿时感到一阵刺骨阴风掠过面颊。洞里黑漆漆的，一股潮湿的泥土气息。当我的眼睛适应了昏暗的环境后，我勉强辨认出洞口后有一条狭窄的甬道，甬道由粗粝的石阶铺成，向下蜿蜒，仿佛没有尽头。

“我的先祖们建造了这条路。”国王说，“我猜这是一条逃亡通道。几百年来，这个入口都隐藏在墙后。我在刚刚给你看的那本书里发现了有关它的记载，就下决心一定要找到它。我在地下室里找了一个星期才找到这个入口，我想，除了我之外，应该再也没有人知道了。是不是很有意思？”

“陛下，这条路是通往……地下吗？”

“当然了，尼尔森，一直通向无理层。所以我才说，要沿着这条路走下去的话，必须非常勇敢才行，乃至疯狂。幸好，我够勇敢，也够疯狂。”

我到底糊里糊涂地把自己卷入了什么事？凛冽寒意沿着我的脊柱爬了上来。然而同时，我也感到一丝隐秘的喜悦：国王是把我当作自己人的。他如此信任我，我必不能辜负他。（这份天真热血，就是我最大的软肋。）

国王将油灯放在地上，倒转身子，灵活地钻进洞里。他半个身子钻进洞中后，便伸手去够油灯，让我把其他的器材一并递给他。最后，我也学着他的样子，从那个窄窄的洞口挤了进去。

洞内猛然开阔，我甚至可以完全站直身体。国王提起油灯，率先沿着石阶走入下方的黑暗，我则扛着书包和那几盏备用的油灯，踉踉跄跄地跟在后面。

说我现在感到“紧张”都算是轻的——恐惧已经快要冲破我的胸膛。虽然我非常敬爱国王，但我却并不能保证对他每一个判断都深信不疑。自幼时起，我便被告知无理层里满是令人恐慌的东西。我每踏出一步，都暗暗心惊，觉得黑暗中随时有可能蹿出只存在于我噩梦中的怪物。

台阶下降之势逐渐平缓。我们保持着国王昂首挺胸在前引路、我战战兢兢跟在后面的状态，沿着甬道继续走了约有十分钟。国王越走越快，突然间，油灯的光亮消失了。一时间，只有我一个人被留在黑暗之中。

“陛下！”我几乎要尖叫出声，再也无法掩饰自己的恐慌，“求您……这里、这里太黑了！”

“啊——真抱歉，尼尔森！”国王的声音远远地飘了过来，“我们快到了。”他将油灯放在了地上。在我看来，那个小小的光点大概离我还有五十码远。我跌跌撞撞地冲着光点走去。等我终于走到了油灯旁，发现甬道戛然而止，国王却也不见踪迹。

“爬上来有点难……你先把灯递给我。”声音在我头顶响起。我猛然抬头，看到甬道顶上有个洞口，国王正在洞口探头向下看。

“用手脚抵住两边的墙，爬上来，”国王说，“把手给我。”

在国王的帮助下，我也爬到了甬道顶，从洞口钻了出来。我喘息着环顾四周，在昏暗的光线之下，依稀能看出这里又是一个地下洞窟。

“听！”国王说。他拍了拍手，声音回荡在洞窟中，像涟漪般扩散，久久不绝。这里一定又庞大又空旷。

国王举起油灯。我倒吸了一口冷气。洞窟看上去足有一座教堂那样宏伟，几乎可以用鬼斧神工来形容，然而那些精雕细刻的拱门和向四面八方扩散的通道却足以证明这是人类的手笔。墙上有许多告示牌，从字母的样式看，应该是古哥本语，但我却难以读懂。我脚下的地面非常光滑，显然是经过打磨的，只是覆了厚厚的一层灰尘。我小心翼翼地向前踏了一步。

“小心脚下，”国王说，“地上有坑——比如这里！”

油灯照亮了前方一小块地面，那里出现了一个巨大的罅隙，足有一码来深。我一眼就认出了罅隙底部的东西：列车铁轨。

“陛下，这是什么地方？”我问。

“我相信，这里是一座车站。”

他说了一个盎格里语单词，那个词的意思是“车停靠的地方”。

“但这里是地下！”

“没错。于是问题来了：为什么古人要在这么深的地方、在无理层正中，建造一座车站呢？他们就不怕遇见鬼怪吗？”

“古人是怎么在黑暗里生存的？”

“屋顶嵌着很多盏灯。我猜他们是靠电力点灯的，但是这样的话一定价格不菲。因此我相信，这个地方一定不是给平民用的。”

“尼尔森，你仔细看看这里的墙。”国王用手指刮去了一层墙上的薄尘。

“白色的瓷砖。匠人的手艺也精致极了。这个地方到处都铺满了这样的瓷砖，每一块都完美无缺。还有一道楼梯，比我每一座宫殿里的楼梯都更宽大壮观，台阶都是由陌生的外国石头砌成的。这里的奢靡华丽远远超过了任何人的想象。我想，这是专为国王建造的地方——即将踏上盛大旅程的国王。”

国王走到月台边缘，低头凝视着轨道。

“古代曾有个著名的哲学家，他的名字叫作弗洛伊德。这位弗洛伊德曾经详尽地描述过一条‘去往潜意识的御道’。我想，这就是那条直接穿透了无理层的‘御道’——或许，我该称它为铁路比较好。只要沿着它往下走……”他指了指月台下面，铁轨延伸，消失在一个隧道中，“我们就能抵达潜意识。”

我一点都不想在这里面沿着任何一条路往下走，更别说抵达什么所谓潜意识了。

“陛下，您之所以建造列车，是为了这个吗？”我犹犹豫豫地问。

“这个？当然不是。除非我们在地上挖一个很大很大的洞，否则根本就不可能把列车运到这下面来。那样的工程太大了，会牵涉太多人。这种事情可不能让全国人民都知道。”

我明白他的意思。如果平民听说了这个地宫的存在，那么他们认知中关于历史和现实的一切都将被彻底颠覆——教会口中的“古人没有列车和铁轨”就成了天大的谎言。不仅如此，人们也可以由此推断出，古人的科技要比我们的先进得多。

“所以，”国王说，“从这里开始，我们必须委屈一下，步行前进。”

他直接跳下了月台，落到铁轨上站稳，没有一丝犹豫。

“陛下，我们现在要去哪儿？”我恐慌道。

“去隧道里面。别担心，我之前已经探过路了。钟表匠，我敢保证——你会看到极其奇妙的东西！”

我提起油灯和画具，颤抖着爬下月台，跟在国王身后，每一步都踩在铁轨间的枕板上。这道铁轨的枕板不是木制的，而是某种坚硬的石料。

“在古盎格里语中，它们被称作‘沉睡者’。”国王说，“非常富有象征意义的名字，指代古老国王手下沉睡的勇士，一旦有外来者入侵，这些勇士便会纷纷苏醒，保家卫国。”

在列车制作上浸淫了这么久，我知道这些所谓“沉睡者”只是一个简单的工程设计罢了，旨在固定铁轨、分散压力，但我明白此时用这些话来反驳国王毫无意义。

我们走进了隧道张大的巨口，国王指了指墙上一些奇怪的字迹。和我先前所见的精细印文相比，这里的字迹十分狂放潦草，尽是不同的颜色，字迹在墙上的位置恰好与一个成年人抬手书写的高度平行，但内容与其分布却相当随机，毫无规律可循。看上去，这些字像是什么诡异的魔法咒语，十分不祥。

“我曾经抄写过它们，试图解读，但它们似乎并没有任何实际含义。不过这也在我意料之中。我们现在已经抵达无理层了，这里的任何东西都是没有意义的。尼尔森，我知道我们的社会中有些所谓禁忌完全是荒唐可笑的，但你也要千万记住——关于无理层的那些传言，都是真的。我们是冒着生命危险来到这里的。”

像是与国王的警告相呼应一般，我听到一阵遥远的呼啸之声，好像有一辆巨大的列车正在沿着这条铁路隆隆而来。我僵住了，倾耳细听。

“只是风声。”国王说，他毫不退缩，大步走进了隧道中，“在这里，风能到达深深的地下，感觉就和在地面上无异。我不知道为什么会这样。或许这阵风是从冥河上吹来的吧？”

我并不太懂国王提到的“冥河”具体指什么，但我很庆幸我没有听懂。这一天下来，他告知我的一切，已经足够令我极度不安。

我们一路走入了黑暗。我身上扛着太多重物，深一脚浅一脚地走着，步履艰难。而像往常一样，国王一点都没注意我是不是还紧紧跟在他身后，只顾着自己向前走。再一次，油灯的光亮消失了，四周一片沉黑。我喊了国王一声，却没有得到丝毫回应，于是我继续努力沿着铁轨跋涉，用靴尖一点点探出前进的方向和面前的障碍。最终，我看到一点点光从穹顶洒了下来。

我抬起头的一瞬间，感觉血都凉了——一只庞大而沉默的怪物正挡在我面前的路上，它的眼睛闪闪发光，几乎有整个圆塔那么大。双眼之下，是张开的巨口，口中一片漆黑。极度恐惧之下，我脱口尖叫出声。

“尼尔森，控制一下你自己！”国王说。他的脸突然出现在怪物的一只眼睛里。那一刻我才看清，原来那双“眼睛”不过是两扇圆窗罢了，汽灯的光芒映亮了它们。那张嘴则是一个门洞，只不过门洞的下沿很高，与我的头几乎齐平。

“你从那里进不来的，”国王说，“需要从旁边绕过来才行。”

我小心翼翼地扶住隧道的墙，一步一步从那个巨大装置旁边绕了过去。我很快发现了另一扇门，门下是数级台阶。国王把我扶了上来。从汽灯微弱的光线里，我勉强看出我们身处的地方是一个狭长的房间，房间两侧有一列列整齐排好的座椅。

“陛下，这里是做什么的？”我问。

“你还没猜到吗？钟表匠，仔细看看，这是一节列车车厢！”

当然是这样了。我不敢相信自己居然没看出来。那一刻的窘迫感甚至击败了这一路走来的全部紧张与恐惧。然而，我面前的车厢却与国王的玩具装置没有一点相似的地方。

“这里有好几节车厢，但是没有列车头——真有意思！”

我可不敢用“有意思”这个词来形容这个隧道里的任何事物，然而此时此刻，我已经保持着惊弓之鸟般的状态过了太久太久，因此就连恐惧感都有些麻木了。四周的一切都有些失真，像个我拼尽全力也无法从中醒来的噩梦。而在这之后，还有更多的恐惧在等着我。

“现在，”国王说，“我要给你看看真正的秘密。跟我来。你可以把身上背的东西留在这里。”

他沿着两列座椅之间的走道走了下去。我把背包和备用油灯放在地上，跟着他继续前进。

我们经过了一道狭窄的门关，进入了另一节车厢。

“小心。”国王说。他猝然止步，举起了油灯。

座椅之间的走道上，躺着什么东西。我的眼睛仍需适应黑暗，因此在我看来，那就像是一座雕像……但是不对，不仅仅是这样……该不会是……

那是一具人的骷髅。

“陛下，那是真的吗？”在片刻的失语之后，我悄声说。

“是的。我相信那应该是我的某位祖先。现在，尼尔森，你该知道为什么这座建筑物埋在地下了吧——这里是一座墓园。皇家墓园。国王在此踏上最终的旅程，去往潜意识之地，那里栖息着我们所有的梦。”

那具尸骨并不孤单。昏暗的光线里，我还能看到其他的白骨：到处都是干枯的手臂和腿骨，以诡异的角度分散四处。这个地方，简直是座藏骸屋。

“陛下，这里还有别的尸体？”

“有的。我猜是被用于祭祀的侍从，陪葬在这里。他们要陪着国王一起去往冥界。但是从这些尸骨的分布来看，中间的这具骷髅一定是最重要的。旁边还有别的陪葬品。这位国王踏上旅程的时候，随身带了一些魔法用具，象征着他的力量。这里有一本书，书上有个玻璃屏幕；一顶神圣的帽子；一个保护他的折叠盾牌；还有很多其他的物件。这一切陪葬品都表示他是个地位十分崇高的人。这位国王是个真正的战士。”

国王站在先祖身前，微微倾首，用高等盎格里语说了些致敬的话。然后他转身，领着我回到了第一节车厢之中。

“现在，”他说，“把其他的油灯点燃，分开摆放，让这里亮一点。然后，我需要你把车厢里的一切都绘制下来，一点细节都不能放过。只画这节车厢就行了，埋骨之地不用画。外部也画下来。量好所有物件的尺寸。回去之后，你的团队要把这节车厢全部复刻出来。我们的列车必须要有车厢才行！”

在狭小的空间和昏暗的光线中，我花了一个多小时，才画好了国王要求我绘制的一切。之后，令我大松一口气，国王终于领着我穿过来时的隧道，原路回到了玫瑰城堡中。我把新画好的图纸和从前的手稿一起放在画夹中，打道回府。

如今已近午夜，我出门之前，国王手写了一张纸条给我，倘若城中有警卫拦住我盘查便可出示。然而，这一路上，没有任何警卫走过来拦我——我的腿抖得那么厉害，恐怕在他们眼中，我和街上随处可见的醉汉并无二致吧。

第十一章　适合国王的列车

接下来的几天里，我一直在工房埋头工作，把我那日在隧道里画好的草图和测量好的车厢尺寸全部整理了一遍，重新绘制出精细的工程图。窗外寒风萧瑟，枯叶在鹅卵石小路上打着旋。秋天已经到了。

即便在那次惊心动魄的地下之旅后，国王依然没有明确告知我列车项目的意义究竟是什么。这让我感到十分烦躁。至少国王没有疯——好吧，如果他疯了，那我也一样。虽然他说的一些话颠三倒四，想法也过于激烈极端，但他显然脑子清醒，一点都没疯。那么，他为什么还是不肯告诉我真相？是不信任我吗？

渐渐地，我悟出了一个答案：或许，国王在皇宫之内，并没有全部的掌控权。他确实手握一些权力，但是同时也有各种势力在制约他，乃至败坏他的名誉，令他的话再不可信。这样的话，那些人或许就能彻底架空、推翻他，甚至做出更糟糕的事情。因此，国王谁都不能相信——自然也不能相信我。毕竟，我的亲弟弟或许正是密谋要推翻国王的人之一。

可是，这些阴谋论的想法，其实还算是比较乐观的。在我心态极为崩溃的时候，我也曾认真怀疑过国王其实既没疯，也不是思维方式异于常人，而是和乔纳斯所说的一样，他仅仅是想让我把他喜欢的玩具按照比例放大罢了。这样的话，他根本就没必要对我说那么多，因为从我造出列车的一刻起，我就没有用了。

像往常一样，我依然通过工作来分散自己的注意力。对付抑郁与怀疑，工作总是最好的解药。设计车厢不需要涉及任何钟表学知识，但对我而言，这些机械有着治愈人心的力量，总会让我感觉更平静。

然而我有时候还是会觉得，我在这列车上花费的一切功夫，都好像在徒劳地擦洗一艘将沉之船的甲板。

我不得不简化车厢原型涉及的许多细节。我仔细观察过隧道里车厢的轮子，却没能够看到底盘的样子。车厢与车厢之间的连接部位也极其复杂，在当日那种昏暗的光线之下，我根本无法捕捉到全部的细节。而且，一些机械的具体作用我也根本猜不到。因此，我仿照国王的玩具列车，用简单的钩扣铰链取代了原先的设计，来串联车厢。我又模仿哥本堡一些豪华马车的样式，设计了钢板弹簧悬架四轮底盘。

车厢内部，我按照原型设计了两排座椅。可是国王又坚持要在车厢里安置卧房和做饭的厨房。一节车厢肯定塞不下这么多东西，因此我提议干脆建造两节车厢，国王也欣然同意。我又设计了第二节车厢，里面有一个小厨房，还有足以容纳八人的铺位。我想，倘若国王想开着列车踏上旅程，那么八个人应该是操控列车所需的最少人数。（不过，我压根儿无法想象在没有铁轨的情况下，国王到底要如何才能让列车前进。）

现在我们开始着手设计多节车厢了，我才发现原型上用来连接车厢的那种两壁十分有弹性的舷门也是极难复制的。如果我按照原型的样子老老实实地建造，那么可以想象，列车拐弯的时候，车厢一定会脱节。于是，我凭借一时灵感，在每节车厢尾部加了一个小平台。车厢之间靠一个又一个小平台连接，人可以通过平台在车厢之间自由来去。国王的玩具列车看上去和我的构思也差不多，只不过玩具自然要粗糙得多。

至于车厢外部的涂装，我在上面绘制了和原型如出一辙的字母和数字。国王说这些字符可能有什么宗教含义。当时隧道里太黑，我没法准确辨认车厢的颜色，只能勉强猜出它是红褐色的。这种颜色和列车头的墨绿色搭配起来倒是很好看。车厢的车身由木头制成，底盘是生铁，轮子则是钢。

我与其他机械师们仔细讨论之后，做好了技术校对工作。一周结束的时候，我终于将完成的精细图纸交给了国王。国王通过了我的大部分设计，唯独吩咐我修改一样东西：他希望两节车厢的中心都有能用木头生火的暖炉。他用铅笔草草地在我的图纸上画出了暖炉的样子，又在图纸底部写上了自己名字的首字母，“N II”。车厢里的暖炉和做饭的炉灶难倒了我手下的机械师——有人甚至说了一句：“国王这是要造一个可移动的桑拿房吗？”大家都很担心，在一个行进中的车辆内部生火，底盘之下又是那么多枕木，可能会有极大的安全隐患。最终，我们还是找到了解决方式：在暖炉和炉灶四周都铺上一层金属，再用金属包裹车顶窄窄的烟囱。

完成后的图纸从机械师手中传到了工匠那里。几个星期后，我们便成功地建成了两节精雕细琢的列车车厢。我们颇为自豪，把之前造好的列车头和车厢连在一起做了好几次试驾。只不过，我们的铁轨太短，加了两节车厢之后，顿时显得捉襟见肘。出于职业病，工匠们又在车厢上加了不少华美的细节：用抛光木材来做饰条和檐口，又用细软的红色天鹅绒蒙住座椅。这确实是一辆适合国王的列车。

我肯定不是私下偷偷琢磨这列车用途的唯一一个人，但是所有人都明白，列车是个不能提起的禁忌话题——尤其是那日汉森在食堂对我发过火之后。哥本堡这座城市太小了，光靠脚程就能在几个小时内穿越全城，因此建设铁路没有任何意义。城墙之外的世界则充满了动荡，更不适合建设铁轨。如果我们想让铁轨一直穿过密林，抵达阿尔辛纳或是旧都城，这将是个费神费力的大工程，几年都不一定做得完；而且，可能不出一个星期的时间，铁轨就会被人偷走破坏。如果是放在哥本堡范围内考虑，这种铁路唯一的用途大概就是把阿加海姆的农产品运到城里来。但是我们已经有运河了，船运也颇为方便高效，因此搭建铁轨并没有什么显著的意义。

如诸位读者所见，我的眼界实在是太小了——我仿佛井底之蛙，只看得到哥本堡城墙之内的小小世界。可国王不同，我早该想到，国王的野心远远不止于此。

十一月初，国王不经通报便来到工房视察。看到皇家马车停在门外的时候，我的团队都有些紧张——其实根本没什么可担心的。国王仔仔细细、由内至外地检查了车厢，看着列车拖着车厢来回跑了几趟，然后宣布他对我们的工作成果十分满意。这令我们松了一口气。然而国王接下来在我们的食堂里宣布的命令，却让所有人都一头雾水。他希望我们建成足有一里长的铁轨，从工房直通阿加海姆运河。然后，铁轨要再沿着河岸继续向前延伸约一百码。和往常一样，他并没有解释这个命令背后的意义。视察与会议结束之后，我看到国王和汉森站在角落里，入神地讨论着什么。我一走近，他们便停止了对话。国王转向我，露出笑容。

“钟表匠！你觉得这个任务能完成吗？”

“陛下，单独从机械设计的角度考虑，没什么困难的。地面平缓坚实，不会影响铺设。然而这条路线要穿过军方的领地，因此我担心我们可能会遇到一些阻力。”

“我刚刚和汉森博士讨论的就是这个问题。我相信肯定有可以沟通转圜的余地。我们只需要找到一个理由来说服那些将军，让他们觉得自己也能从这个项目里获利就行了。这就是汉森的专长了。”

汉森笑了，谦虚地点了点头。

“陛下，我已经想出可以给军方什么好处了，”他说，“他们有一片靶场，用到的那些重炮每次都要靠牛车从皇家铸造厂一路运过去才可以，非常不方便。如果他们现在可以通过铁路运输重炮的话……”

“太棒了，汉森！这么好的主意怎么不是我先想出来的？你去禀报将军们，就说是国王的命令。我如此挂念他们，他们一定会感谢我的。”

“这样的话，我们还需要造一节敞篷车厢，像板车一样。”我插嘴道，“这个倒是不难。”

“多做几节吧，尼尔森，”国王说，“我觉得它们之后可能会派上大用场。”

第十二章 背叛

从十一月到十二月，我都一心扑在铁轨的建造之上。这应该是几百年来哥本堡的第一条铁路。我要求铸造厂铸出大批量的生铁“梁柱”，有弯有直。这些所谓“梁柱”的形状应该对他们而言并不陌生，然而为了保密，我在设计中特地修改了长度和横断面的样子，以把它们和那些掘出的远古铁轨区分开来。铁路转过一个柔和的弯，从工房直通运河边。我们在河边用石料堆垒了一个码头，来帮助承重。汉森也完美地完成了任务，用“运输重炮”的理由说服了军方。军方对此表示十分热情，甚至同意在码头旁搭建一个大功率起重机，来配合铁轨使用。我们没办法让列车在河边掉头，所以它载上重炮之后，就只能倒着跑回原位了。不过，我设计了一个可以使列车切换轨道的装置（其实我在某张图画里曾见过差不多的东西，此时我只是凭着记忆复刻出来而已），成功地铺了一条回转的路。这条加长后的铁轨如今可以从工房一直抵达靶场，而且只要列车在尽头切换轨道，就可以原路返回工房。

几番实验之后，我们造出了几辆平板挂车，结构坚固，适于承载重物。十二月来临时，列车进行了第一次载物运行，驳船载着重炮开到运河码头旁，起重机再把重炮移到板车上。然而，我们未曾料到的是，发条列车载上重炮之后，几乎已经跑不起来了。轻型黄铜炮没有任何问题，一旦换成了重型钢炮，车轮就会开始打滑，整辆车在重压之下发出令人心惊胆战的吱嘎之声。军方对此倒是毫不在意。他们在铁轨旁另铺了一条砾石拖道，换用他们自己的马来把挂车拖到靶场。在他们心里，只要能解决问题就行。他们对列车本身一点兴趣都没有，我猜在他们眼中，列车一直以来都是个无足轻重的小项目。

在此期间，我们也抛弃了曾经用来上弦的、本是为了磨玉米设计的旧风车，开始建造一种可以提高上弦效率的新型风车。这个设计也是基于国王的命令，他希望新型风车拥有便于拆装运送的特点，可以方便地将风车部件移动带走、在任何地方重新搭建。一旦有了标准化设计，就可以生产一大批。风车所有的部件都必须比普通运河驳船要短。我们把钢箍接合在木材上，建成了这些风车。十二月初的时候，我们已经完成了风车的建设，上弦速度也由此加快了许多。如今，我们用仅仅一天时间准备好的储能舱，已经足够列车在不负重情况下运行整整八个小时了。

耶鲁节又来临了。和往年一样，我回到父母的老房子过节。威廉夫妇如今已是房子的主人。他们可爱的小女儿已近三岁；我的嫂子茵格里德又怀上了第二胎。然而，这次回家的时候，我却敏锐地察觉到兄嫂之间似乎有些不睦。我一开始还以为仅仅是年轻爱侣间的小摩擦罢了，然而不久之后我才发现，情况远比我想象的更加严重。有一天晚上，威廉独自一人去参加商人俱乐部的年度耶鲁节晚宴了，把我和茵格里德两人留在家。茵格里德性格随和，和蔼可亲。我和大部分女性相处的时候都会感觉不太自在，但是在她身边，我却能放松下来（上一个令我感到自如的女性还是艾丽卡——只不过，我更希望自己不要再想起艾丽卡了，徒添烦恼而已）。

晚饭后，我们喝了几杯杜松子酒，敞开心扉聊了聊人生。一开始，她和大部分人一样，认为我是时候考虑一下终身大事了；然而，和大部分人不一样的是，她仅仅是顺口提了提而已，没有坚持，更没有逼迫。之后，我们聊起了操持家事中的种种困难和经济状况。在谈到这个话题的一刻，她突然沉默了，眼中泪光莹然。

我问她究竟出了什么事，她迟疑了一下，蓦地大哭起来，然后磕磕绊绊地对我叙说了一切。原来，她和威廉早已是负债累累。威廉结婚的时候，并没有改掉好赌的恶习。如今，他们的家已经摇摇欲坠，几乎连基本日常生活都无法再维持了。母亲还在世的时候，威廉一直瞒着所有人，可如今茵格里德自己发现了事情的真相。她说，他们大概要卖掉这座房子来抵债了，可是他们一家三口之后究竟该何去何从，她一点主意都没有。我向她保证，如果最坏的情况发生，他们一家至少可以搬来和我同住。我虽然说不上富裕，但支撑一个家庭还算绰绰有余。

茵格里德泪流满面，不断地感谢我。见到她在我面前这样尊严尽失，我心里难受极了。我在心中偷偷决定，我将尽最大的努力帮助他们一家——就算只是看在她的面子上。当然，最大的问题依然是威廉：我给他们的每一分钱，只要落到了威廉手里，就有可能被他拿到赌桌上挥霍干净。再说，我就算竭尽全力，也没法替他们还完所有的债务。

茵格里德恳求我千万不要对威廉提起这件事，我答应了。

那年的耶鲁节，乔纳斯完全没有露面，这还是头一遭。作为教会的一员，他没有庆祝冬至的习惯，但一般到了斯蒂芬日[①]的时候，他还是会来和我们小聚一下。自从上次和他谈过之后，我心中一直有些忐忑，因此当我发现这一次不用和他碰面的时候，我感到一阵轻松。

然而，他的缺席还是令我困惑不已。耶诞晚宴结束后，我们坐在会客室里聊天，我便问起了乔纳斯的事情。

“他有自己的麻烦要处理。”威廉说。很明显他并不想再多解释了，但我坚持追问。

---

① 纪念首位基督教殉道者圣徒斯蒂芬的节日，通常为 12 月 26 日。

“他和大学里认识的一个女人走得很近——她是民主联盟的人，你懂的。据说她被判了刑，就关在西索恩。乔纳斯气疯了。我真希望他能保持理智，闭上他的嘴，否则他也自身难保。”

“西索恩！她被判了什么刑？”

“最初，她是以毁坏皇家所有物的罪名被起诉的，她糟蹋了皇家图书馆里的一些书。如果她乖乖认罪，本来只要交一些罚款即可，但她拒不认罪，反而抗议说她是因为自己的政治倾向才被有心之人构陷的。那场庭审被她彻底变成了宣传民主思想的舞台，于是皇室的人在她身上加了一重罪名，‘有犯罪倾向的臆想症’。当然，这个罪名就无须庭审了，只要一位法庭医师为她做过检查然后出具证明即可。可即便如此，倘若她服个软，就不用被关进西索恩了。但是她性子太倔了，非要找死不可。”

那一刻，我的脸上一定写满了震惊。我努力假装这份震惊是纯粹出于对乔纳斯的担忧。

“但乔纳斯又不是什么激进分子！恰恰相反，他难道不该是个保守党才对吗？”

“是这样的，自从国王开始频繁地流露出一些……异端思想，他已经惹恼了不少人，尤其是那些保守党的教会成员，包括我们的弟弟在内。于是，教会的人和民主联盟的人就这样走到了一起，因为他们共同的目标是反对国王。你看，在政治面前，连风马牛不相及的同盟都有可能出现。卡尔，现在的形势正如一潭浑水，我们所有人都必须格外小心。”

然而，那时我并不知道，我自己的麻烦才刚刚拉开序幕。新年过后，当我像往常一样骑车抵达工房时，安西亚森——我手下一个年轻的机械师——就站在大门口，一见到我出现，就扑过来问我那个消息是不是真的。我发现食堂里贴了一张公告：我们的项目即日起宣告结束，团队将被遣散，感谢每一位成员所做出的贡献。汉森博士在公告之下签了名。

我又惊又怒，刚想去汉森的工房讨个说法，就猛然想起了一件事。

“列车在哪儿？”我问安西亚森。

“过节的时候，皇家侍卫把它挪走了。我们都以为是你下的命令。”

我走进列车停靠的棚屋，简直不敢相信自己眼前看到的一切。棚屋彻底空了。不仅列车头不见了，所有的车厢和板车也都消失了。就连屋外矗立的新型风车也被拆分带走了。

“列车会不会在码头那边？”

“也没有，先生。列车被运上了驳船，然后……”

“什么都没了？一点都没留下？”

“都没了。对不起……”

我慢慢走到了汉森的工房。侍卫已经不见踪影，汉森的办公室也被搬空了，他带走了全部的文件和草稿。我筋疲力尽地瘫在一把椅子上。到底出了什么事？我必须马上去见国王。就在我眼前，在汉森的办公桌上，有一个信封，上面写着我的名字。我撕开信封，里面只有一张潦草的纸条。

“不好意思了，他们给我开的价码更高。——H”

这又是什么意思？

我呆呆地坐在那里，手里攥着信封。这时候，一批皇家侍卫突然闯了进来，每个人都手握武器。我立时站起了身。

“汉森博士在哪里？发生了什么事？”我愤怒地问。

“汉森博士已经离开了，先生，”一位蓄须的军官说，“现在，你被逮捕了。”他从我手中拿过汉森的信，仔细审阅起来，其他的人则负责为我套上手铐。

我被他们拽到外面，推上了一辆牛车。我的整个团队都站在那里，目不转瞬地看着我，一片死寂。我愤怒地抗议，要求面见国王，得到的回应却只有侍卫的冷笑。这辆重兵看守的敞篷牛车带着我一路穿过城市，路旁行人纷纷驻足围观。有些人认出了我，指着我嘲笑。

牛车拐进一条小巷，从一道石拱门下穿过，抵达了监狱的庭院。我被押送至一张办公桌前，把我押送来的警官脸上挂着一抹嘲讽的笑容，询问了我的名字，写了下来。装得就跟他不知道我是谁一样！他们清空了我衣袋里的所有东西，把我单独关押在一间囚室里。自始至终都没有人告诉我我为何被判刑、获了什么罪。时间一分一秒地流过，我的脑子里一片混乱。我试图在这一团乱麻中找出一个合乎逻辑的解释。这是汉森的诡计吗？但是出了这么大的事情，皇室又怎能容得下他？我可是国王的亲信——甚至于，我斗胆盼望，国王心里还有那么一点点把我看作朋友的。不管罪名是什么，国王都一定会还我一个清白的。我唯一的希望只是尽快联系到他。

最终，等待了几个小时之后，警卫们鱼贯而入，挟着依然戴着手铐的我，押送到了一间小小的办公室里。办公室的墙是淡绿色的，一位军官穿着镶有黄铜衣扣的黑色制服，坐在办公桌后。他已经开始谢顶了，蓄着短短的胡子。我凝视着他，过了好一会儿才反应过来，我认识他。那是德 · 马提尼斯，守卫统领。屋里还有两个穿着同款制服的男人。

我站在办公桌前。德 · 马提尼斯一言不发，双臂紧紧抱在胸前，然后叹了口气。半晌，他打开一个文件夹，开始研读里面的内容。

“你本来有机会和你的朋友汉森博士一起逃跑的，”他说，“可是现在已经太晚了。”

“我不知道你在说什么。”我努力摆出一副愤怒而屈辱的样子，但我心中感受到的其实只有恐惧，“汉森博士到底在哪里？”

“我们本来指望着你来回答这个问题呢，尼尔森钟表匠。看上去，汉森博士已经厌倦了我们。他叛国投靠北地人了。”

那一刻的震惊令我头晕目眩。汉森成了叛徒？这不可能。他不是一直都在和军队紧密合作吗？然而……

“他带走了列车？”

“你说那个发条玩具？”德 · 马提尼斯冷哼，“他带走的东西可远远比那个重要，尼尔森，他带走了你设计的武器图纸。”

“这一切和我有什么关系？汉森跟我没什么来往。他的工作对我都是保密的，我什么都不知道。”

“钟表匠，你这一席话让我们很难相信啊——是这样的，在汉森博士离开之前，他做了一件非常奇怪的事情。”

“什么奇怪的事情？你到底在说什么？”

“哦，你肯定早就知道了，不用再在这里装下去了。汉森博士替你哥哥还完了所有的赌债。现在，请你告诉我：你觉得汉森到底为什么要这样做呢？”

第十三章　西索恩疯人院

那只鸟儿飞回来了。它用喙不耐烦地啄着窗户。我从铁栏之间伸出手去，打开了高处一扇小气窗，将一些面包屑撒在窗台上。它吃光面包屑，便振翅飞走了。窗外，冬雪飘飘，雪花轻柔地落在屋顶与石墙上，也落在我目力所不能及的地方。在高墙之外，我依稀看得到灰色的大海，在白雪的覆盖之下黯然失色。

以监狱的标准来说，我居住的牢房还不算太糟糕。这里有一张床，一个书桌，一把椅子。运送热水的管道穿过牢房，让这间屋子不至于寒冷刺骨，不过我日常在屋里活动的时候，依然需要披着床上的被单御寒。牢房其中一面墙是弧形的，这表示我被关在了塔楼里。守卫一天两次为我端来食物：早饭是面包和茶，晚饭是菜粥和白水。

昨天，我终于知道这是什么地方了。另一名囚犯在清扫外面走廊的时候，我看到他手中的扫帚柄上写着一行字，“西索恩，阿尔辛纳”。

我没有被关进监狱，而是直接被关进了疯人院。

窗外依然是白茫茫一片。在我眼中，就连白色都似乎有许多不同的种类：白热化的疼痛；被步步紧逼审问的时候，脑内的一片空白；还有一种白，是无力的苍白，就仿佛我自己也在日渐失去颜色，化成雪花般的碎片，在虚空中坠落。

最初，我甚至不知道我是谁。曾几何时，我也拥有名字和身份，但后来我便再也不确定自己是个什么东西了，我连自己是否还真的存在都不知道。脑中总是一片喧嚣，耳边回荡着支离破碎的童谣。

瘦猴玛琳，瘦猴玛琳……

这当然不是他们想从我口中听到的供词，但我的大脑空空如也。我已经把我知道的一切和盘托出了，只有这些。

一脚踩空掉进井，下面地窖黑又阴……

他们对我很失望，非常不满，然后，他们也消失了。

我记得一场雨，雨打在鹅卵石的街道上，运河旁的街道，被系在码头上的帆船，风吹动缆绳，有人喊了我的名字。

当我最初在这间房间里醒过来的时候，我见到了一个穿着制服的女人。她问我是不是饿了，我老老实实地回答了“是”——说实话，就连这个回答都令我惊讶。她离开了片刻，回来的时候端着茶和面包。我试图进食，但是难以抬起手来。

“为什么窗户上有铁栏？”我问。

“是为了保护你。”她迅速地回答。然后她也消失了。

另一个女人走了进来，手里握着注射器，她看上去像是刚才那个人的上司。我问了她一模一样的问题。

“因为你是个大人物。”她笑了，但笑容却显得无比扭曲。她把注射器插进了我的手臂，我昏睡过去。

有一个男人不断地问我问题，语言却是陌生的。我发现我自己对答如流，但至于我具体说了什么，我一点都不明白，情况十分诡异。我到底会说几门语言？难道我懂得世界上所有的语言吗？我似懂非懂。世界变得模糊起来，我再度昏迷了。

然后就是刺目的白光，透骨的疼痛，我感到自己四肢百骸都在被逐渐拆解。更多的问题，气势汹汹的、步步紧逼的、暴怒的，我完全不记得我是怎么回答的。

又是新的一天。他们想让我从床上起来，一个女人抬起我的双腿，掉转我的身子，一个男人则扛着我的肩膀。我可以勉力站起身来。他们把我塞进一把椅子里，然后双双离开。我不知道接下来会发生什么，便静静地等待着，然而什么也没有发生。透过窗户，我能看到一片屋顶，积云的影子投在房顶上，飞速变幻。过了一会儿，那一男一女回来了。他们先带我去了走廊里的卫生间，然后把我重新搀回了床上。他们没有锁门。

几天之后，他们带来了一个笔记本，笔记本很厚，封面是加工过的皮子。他们还给了我几根铅笔，鼓励我利用闲暇时间写写画画。在接下来的几天里，我便写下了这本书的前几章。那时我觉得，如果我写得足够详细，或许在庭审时还派得上用场（庭审！我直到后来才意识到，疯子甚至没有资格接受庭审）。每夜都有人把笔记本带走，次日清晨又还回到我的手中。我怀疑他们在偷偷留档，但是具体为什么要留档，我也想象不出来。

他们要我把知道的一切都说出来。但他们从来没有告诉过我，我要认的究竟是什么罪。我真希望他们可以给我一些提示，哪怕一点点也好啊。他们想让我认什么罪，我都会直认不讳：叛国、水井投毒、勾引皇亲国戚。我宁可做魔鬼，也不愿做愚者。

窗外，天地皆白。

世界本无意义。我曾有存在的意义，现在我已经失去了这份意义。即便在我拥有荣华富贵的时候，我也不过是别人棋局里的一颗棋子罢了。我太愚蠢了，我甚至不知道棋局是为了什么。时至今日，我依然一无所知。

每一天，他们都允许我在庭院里稍事锻炼，那里只有我一个囚犯。两个无精打采的守卫站在墙边，双臂抱在胸前，在寒风中瑟瑟发抖。大概我身上的灰色囚服要比他们身上的白色制服更暖和吧。庭院正中有一个废弃已久的喷泉——显然是旧迹了——还有一条环绕庭院的鹅卵石小路。有时候我逆时针散步，有时候则顺时针，这差不多是唯一一件我能自主选择的事情。有时我会在衣兜里藏一块面包，拿出来喂喂鸟，然而我必须十分小心，因为喂鸟是被禁止的。西索恩紧靠着海，有很多海鸥。能看到那样充满生命力、自由来去的生物可真好。它们是无辜的。远离人类肮脏的钩心斗角。

站在庭院里的时候，我得以看到囚禁我的这座楼的全貌。这是一座古老的城堡，比我此生见过的任何一座建筑物都要大，但是人却很少。或许只是我没有撞上过什么人罢了。我只在雪地里见过别人的脚印。

分针走到了一刻的位置，我的锻炼时间结束了。我穿过院子，走向守卫，他们为我打开了回去的门。没有人讲话，他们押送我回到牢房的时候，甚至已经懒得再为我上手铐了。

几天前，在我返回牢房的路上，我看到两名守卫在押送另一个犯人，向着反方向走去。那是一个年轻女子，也穿着长长的灰色囚衣。她与我擦肩而过的时候，鄙夷地瞥了我一眼，唾骂道："国王的走狗！"那是艾丽卡。

日子一天天过去了，我不知道他们还要把我在这里关押多久，或许我会死在这里吧。我并没有很想死，却也没有很不想死。这一切在我看来，已经无所谓了。

汉森为什么要替威廉还清赌债？应该是为了嫁祸于我，让这一切都显得好像是我们共同的密谋。但他何必这样做呢？如果他要通敌叛国，那直接离开哥本堡就好了，为什么还要把我一起拉下水？汉森虽然为人古怪，却绝不至于对我怀着什么不可告人的嫉恨。他太傲气了，始终觉得自己要高我一头，因此不太可能使出这样的下作手段来背后坑害我。而且，他也不是那种仅仅为了给我扣上莫须有的罪名就甘愿掏出那么一大笔钱的人啊。

我心里依然疑云密布，但这些线头又多又复杂，我根本解不开。或许，在现在这样的境地里，我也永远不可能解开了吧。

我在牢房墙壁的一角刻上了自己的名字：K. 尼尔森。我的名字平凡无奇，是这个王国里随处可见的普通姓名而已，但这个名字已然是我仅有的一切了。只有这个名字，才能证明我依然活着。

白昼渐长，雪也化尽了。他们不再来审问我了，在某种程度上，我甚至还有点思念那些审问。

然而，接下来，就在我已经习惯这一切之后，一件怪事发生了。

偶尔会有一位身量纤小、黑色头发的女人来给我送早餐。有一天，她放下早餐托盘的时候，递给了我一张折成小块的纸条。我打开纸条，上面写着：如果你能读懂这句话，请点头。

我迷惑地望着她，她的眼睛一眨不眨地盯着我。我点了点头。她从我手中拿回纸条，塞回了自己的衬衫里。我刚要问她这是怎么回事，她就吼了一声："不许说话！"她转开目光，然后匆匆离开了牢房。

这是在测试我吗？他们发明的新型审讯方法？我已经懒得再想，发生在我身上的怪事实在是太多了。不管发生了什么，都已经发生过了，如此而已。

第二天，另一个女人送来了早餐。她什么都没做。

几个星期过去了，有一天，黑发女人回来了。她递给我另一张纸条，上面写着：春天就要来了。

其实春天都要过去了。那一刻我想，或许她和这里关押的所有人一样，也是个疯子。在这里工作久了，只怕也会泯灭理智。她试探地望着我，我点了点头，她便像第一次一样，拿回了纸条。我叹了口气，心中暗自决定，如果她坚持要玩这个小游戏，那就玩吧。反正闲着也是闲着，就当打发时间好了。

后面的几个星期里，她又来过几次，但是没有再递纸条给我。那时我想，或许游戏已经结束了。

天气和暖。我厌倦了在庭院里散步，于是向守卫们申请带着笔记本出去画鸟，他们批准了。于是，我总是坐在喷泉的水池沿上，临摹着停落的鸟儿，还有城堡的样子。或许这个地方实在固若金汤，他们甚至不用担心我会试图逃跑。我也确实曾想过，如果我能抓住一只鸟，或许可以试试在它的脚上拴一张求救的纸条。但是纸条又有什么用呢？在城墙之外的世界里，我连一个可以帮忙的盟友都没有，而想要从这里逃离的话，我必须要拥有一支军队才行。

阳光晴好的时候，我习惯仰望天空，将那一片蔚蓝饱收眼底。拜托了，亲爱的太阳，不要唤醒我的梦。就让我这样麻痹下去吧，因为我知道，我一旦醒来，就会在顷刻间被至深的绝望淹没。

夏天也过去了。我已经有好几周没有见过黑发女人，终于有一天，她重新出现了，照例为我送来早餐。她脸上有一丝烦躁。这一次她又带来了纸条，纸条上写着："明天，庭院，做好准备。如果你看懂了，就点点头。"

纸条并没有告诉我，如果没看懂的话应该怎么办才好。有一刻，我甚至以为这个疯女人是想和我幽会，我目瞪口呆。她不耐烦地抢回纸条，用我的铅笔在背面草草涂了几个字，然后递还给我。她用花体写了"N II"——那是皇家的徽记。尽管我还是不明白她的意思，但我依然点了点头。她取回纸条，塞进衬衫里。这么久以来第一次，她对我笑了，然后转身离去。她绝对是疯了。

第二天，一切如常，十分平静。我按时出门锻炼的时候还是带着笔记本，跟在守卫身后顺着走廊前行，走下石头台阶，抵达庭院。庭院里依旧空旷，没有那个疯女人的身影，这让我松了一口气。我像往常一样坐在干涸喷泉的水池沿上，取出铅笔，开始素描。庭院一角栖落着一群鸟，我便开始勾勒它们的样子。在我头顶，有云的阴影掠过。突然间，所有的鸟都受了惊，扑扇着翅膀四散。我无可奈何，只得环顾四周，想找到一个新的临摹物。然而，我却看到两个陌生的士兵出现在庭院里。真奇怪，那两个士兵拔出了剑，向着守卫跑过去。一架绳梯的尾端垂在空中，缓缓扫过庭院。我盯着绳梯，一时间不知道做何反应。

"尼尔森，快来！"一个声音在空中响起，听上去竟有些像是国王。我闻声猛然仰头，努力辨认那悬停在空中的庞然大物是皇家飞艇，就停在庭院上空。"快爬上来啊，你这个笨蛋！"国王咆哮。

这次他说的竟然是哥本俚语，声音在空旷的庭院里回荡。我把笔记本塞进囚衣里，抓住了绳梯，开始攀爬。然而，我的腿却无论如何也踩不稳绳梯，好几次差一点就要踩空掉落。下面的两个士兵跑了过来，帮我抓住绳梯的尾端固定好，我才勉强一步步开始往上爬。我爬了一段之后，士兵们也爬了上来。就在我即将爬到顶的时候，绳梯猛地一坠，飞艇开始在空中急速上升。我脚下的城墙飞快地离我远去，我听见发条引擎转动的声音，大海就在不远处。我只能紧紧攥住绳梯两侧，吓得一动不动。国王把身子探出飞艇舷外，对我伸出了手，我握住了。

第十四章　冒险开始

我仿佛虚脱了一般，躺在“芙蕾雅”飞艇的甲板上大口喘着气，凝视着正俯身看着我的国王。他穿着一套最华贵的军装，脚踩长筒皮靴，腰间悬着马刀。约翰逊，我大学时期的老朋友，穿着蓝色的军官制服，正站在国王身边微笑。

“尼尔森，你感觉如何？”国王问。

我上气不接下气，一个字都说不出来。

“给他拿点食物和水，”国王吩咐道，“再找一身新衣服来。就算这艘飞艇上的所有人都是疯子，也别真的让他穿着一身疯人院病号服走来走去啊。”

约翰逊把我从地上搀扶起来。隔着遥远的虚空，我听见距离我们千百米远的地面传来开炮的声音，下面的守卫似乎在寻找我们的位置。

“别担心，卡尔，”约翰逊笑道，他扶着我走下台阶，走进厨房舱室，“炮弹打不到我们。我们升起了一面有皇室徽记的旗帜，下面的人只要一看到皇室徽记，就吓得打都打不中了。”

半个小时之后，炮声渐歇。我蜷缩在长凳上，大口大口地喝着一碗燕麦粥。燕麦粥并不比西索恩的伙食要强多少，但我依然狼吞虎咽。我换上了和空军将士一样的深蓝色制服。透过舷窗，我能看到掠过飞艇的薄云和下面灰色的大海，还有七八艘皇家战船跟在我们后面，然而一切平静，没有一艘战船开火。我勉强辨认出我们正在大海峡正上方飞行，一路前往阿尔辛纳西北方，这意味着我们很快就要离开哥本堡王国，进入外面的世界。哥本堡四周的领地，要么是危机四伏的神秘荒地，要么是敌人的属地，就连大海峡之外的海域都被北地人牢牢地攥在手中。

我起初认为国王只是来救我的，但是这场救援行动却有些古怪。我满腹疑窦，恨不得立刻抓着国王问个明白。

幸好，我的愿望很快就实现了。约翰逊来了，把我带到了位于飞艇尾部的国王舱室。看到我走进屋，国王便放下了手中的黄铜望远镜，亲切地欢迎了我，并再次以一种兄长般的亲密姿态紧紧拥抱了我。(国王的拥抱已经开始令我有些紧张了，因为每次他拥抱我，噩运似乎都会随之而来。)他示意我在他桌旁就座，却一言不发，只是看着我微笑。

“我们终于会合了，”过了半晌，他说，“真抱歉，花了那么久时间才总算把你从那里救出来了。外面的形势稍微有些……棘手。”

“陛下，您说‘棘手’？”

“是的。我长话短说：此时此刻，你面前所见到的，是一位失去了王国的国王。我被放逐了，抑或说，是我先决定要自我放逐——这在哥本堡历史上可还是头一遭。”

我的脸上一定写满了困惑。国王大笑起来。

“卡尔，看上去你好像不小心卷进了一场阴谋里。如你所见，宫廷里总会有一些怀着二心的阴谋家，一些精明又野心勃勃的人，渴望得到更大的权力——他们打着自由的旗号，行暴政之事。按照他们的计划，九月一日那天，他们就将正式宣布我彻底疯了，需要被禁足在玫瑰城堡中，直到我死去的那一天。倘若我拒绝，他们就会以异端罪起诉我，然后审判我。我对古代历史和古人科技的看法尽人皆知，肯定凶多吉少。幸亏我提前识破了他们的计谋。今晨，我带着所有效忠于我的士兵和大臣，还有尽可能多的战船，乘着‘芙蕾雅’逃出了王都。我的逃跑虽然让他们措手不及，但他们终究还是达到了目的：德·马提尼斯当上了摄政王；你的弟弟，乔纳斯，则当上了司法部部长。我猜想他们大概也会给威廉安排一份宫廷里的工作吧，找个无足轻重的小官职。”

国王知道我兄弟的名字，这让我有些惊讶。或许现在，我终于可以听到一些我寻求已久的答案了。

“陛下，汉森为什么要替威廉还完赌债？”

“啊，这确实是个小小的谜团。显然，这样做可以彻底毁掉你的名誉，为你扣上罪名，让你百口莫辩。然而威廉欠下了巨额债务，以汉森的经济实力，根本还不起。因此，我猜大概是你弟弟乔纳斯假托汉森之名做的。如果他要坐稳司法部部长的位置，那么有一位因欠债而锒铛入狱的哥哥，面子上可不好看。如果没有事先处理，那么在他上位之后，少不得还要找个理由把威廉从监狱里放出来，这个举动也会失去民心。”

国王笑了。

“而且，这确实是一条除掉你的好计策。你毕竟是国王的亲信之一啊。”

我感到滚烫的血一下子涌上了我的面颊，我真怕国王看出我在脸红。

“谚语里都说，‘了解你的敌人，提防你的兄弟’，”国王说，“汉森的背叛给了那些人一个绝佳的机会。我猜，你弟弟乔纳斯和那些阴谋家结成了同盟，他们借给他足以还清威廉赌债的钱，等政变成功之后，那些人再从国库里拿走等同的钱。对了，乔纳斯现在已经搬到你的房子里住了。”

我惊讶地抬起头。

“他们宣告你已经放弃了所有私有财产。你懂的，只要你被认作汉森的同党，你就同样背负着叛国罪的嫌疑。但是他们不能直接把你杀掉，他们首先得撬开你的嘴，搞清楚你对于汉森的设计到底了解多少。汉森离开的时候，带走了所有图纸，销毁了武器模型。因此，现在北地人已经从我们手中夺走了发条大炮，我们却一无所有，处处都在下风。”

一想到那些自动化武器落入了北地人手中，我就遍体生寒。那日见到的飞艇坠落燃烧之景依然历历在目。

“但是他们还有你啊，”国王继续道，“他们不知道你对发条大炮的设计和构造究竟了解多少，他们必须从你这里得到这个关键的信息。”

“他们给了我一个笔记本，”我说，“我当时还以为他们只是大发善心，想让我打发时间罢了。我早就该想到是这样的。”

“是啊。你把笔记本带出来了吗？”

“带出来了，陛下，但我怕他们已经留过档了。”

“他们对你用刑了吗？”

“是的，陛下。但我记不清了，他们还给我下了药……”

“你透露武器的设计结构了吗？”

“我即便想要透露，也说不出什么啊。关于武器的事情，汉森一直瞒着我。”

“那你对他们就没用了。幸亏我们及时赶到，把你救了出来——要不然，他们大概很快就要处死你了。”

“这么说，现在的哥本堡……已经没有国王了？”我难以想象这会是怎样一种情况。据我所知，除了像我母亲那样对贵族有着颇多不满、总喜欢抱怨嘀咕两句的人之外，哥本堡上下没有什么居民会反对皇室。

“尼尔森，别忘了，我依然是国王啊！在他们的计划里，我应该安安心心做个傀儡国王才对，被关在玫瑰城堡里任由他们摆布。只不过，他们这一计现在眼看是无法得逞了。”

他倾身过来，脸上挂着神秘的微笑，碰了碰我的手肘，像是要讲个笑话似的。

“你知道他们最怕什么吗？”

我摇了摇头。

“孩子！他们最怕的就是我会在他们发动政变之前结婚生子，然后册封一位名正言顺的继承人。这样一来，他们的计划就会被全盘打乱。不过只要宣布我疯了就能解决这个问题，然后把我关起来，严防死守。现在，估计他们会把我叔叔从旧都城拖到哥本堡来，然后扶持他登上王位吧。他倒是省心，不会带来什么皇嗣的危险，因为他的……爱好，有点不一样。”

我愣了愣。

“不过，等到我叔叔死了，他们就没办法了，”国王说，“但我敢打包票，到了那时候，德·马提尼斯估计会从自己的族谱里挖掘出什么能够证明他和皇室一脉有着血缘关系的证据，然后自立为王吧。历史上也发生过这样的事情。”

他沉思了一会儿。

“对了，说到死亡——真是可惜，春天的时候水痘病暴发，老汉德拉森不幸染病去世了。我现在要任命你为新的皇家钟表师。

恭喜啊！”

他笑了笑，低头浏览起桌上的地图，显然是下了礼貌的逐客令，但我心里仍有一个关键的问题尚未得到解答。

“陛下，列车怎么样了？”

“那么大的列车，我们可不能轻易丢弃。尼尔森，你自己看看吧。”

国王把黄铜望远镜递给我，指了指脚下海面上某艘战船。甲板上有个庞大的轮廓，被帆布盖得严严实实。那一定就是列车头了。在其余几艘战船的甲板上，我又辨认出了好几个熟悉的轮廓，应该就是我们的车厢和板车，还有那些拆分后的新型风车。

“为了过冬，我不得不把这些东西都锁在库房里。现在，我们必须趁着天气尚暖，加快速度赶往北方。我们要去的那个地方啊，如果下起雪来可就糟糕了。”

“陛下，我们要去的那个地方……是哪儿？”

“我们有外交任务在身。这个任务十分凶险，失败率极高。你做好准备了吗？”

“当然了，陛下！”我答道，“无论发生什么，我都做好准备了。”

“真不错，正如我所料——不过我想，你也没有什么别的选择了。”

在“芙蕾雅”之外，我们的舰队里还有八艘航行在海面上的战船，一共载着约几千人。如今约翰逊已经晋升为上尉，驻扎在“不屈号”护卫舰上。“不屈号”载着“芙蕾雅”所需的氢气罐和发条储能舱。我在飞艇上的角色再一次变成了学徒。这一次，我的师傅是彼得森，战船“阿里阿德涅”的领航员，如今被暂时调到“芙蕾雅”来领航，顺便教我一些基础的飞艇领航与观测技巧。“芙蕾雅”过去只在很小的范围内活动，因此领航员这一职务并不是刚需。我只在海峡之战中勉强（假装）做过一些领航的工作。当然，战船上都有自己的领航员，但大家一致同意，“芙蕾雅”的甲板是行驶过程中相对稳定的地方，因此最适合在这里做航线计算——我们必须要在保持静止、垂直悬挂的导航仪器上读出各个数据，战船的甲板会随着波浪起伏，因此会极大地影响仪器的精准度。（而且，倘若把“芙蕾雅”当作导航的中枢，国王就能直接参与每一个决策过程，控制航线的方向，这也符合他一贯的独断风格。）

领航的基本概念对我而言并不陌生，我读大学的时候曾经学过一门《海上计时器设计》，因此了解一些相关知识。令我喜出望外的是，国王竟然把我当年设计列车时用过的那个黄铜与木头的计算器一起带上了飞艇，还有一系列精细的导航仪器，包括一架六分仪，还有一个精美绝伦的碟形天文器械，名叫星盘。

在导航的时候，我们需要不断测量太阳以及其他各种天体与地面的角度，把这些数值与星历表中的记载进行对比。星历表里记录了这些天体在特定时间与地面形成的角度，通过对比，我们即可掌握所处的位置。自然，我们也需要最精确的计时器。“芙蕾雅”上已经有一个功能强大的计时器了，那是汉德拉森最初设计的，我当年还在皇宫供职的时候也参与了调试。

我对数学一直颇有兴趣，也由此发现导航是一项能给我带来许多乐趣的工作。我很高兴自己能派上些用场，因为我知道，但凡飞艇都是规矩严格、人人各司其职，很难容得下闲人。我也很庆幸自己很快就融入了舰队，被船员们看作这里的一分子。国王想要为我安排和其他军官待遇等同的高级舱室，我拒绝了，坚持像别的普通船员一样睡在下层火炮甲板的小铺位上。

入夜之后，我们依靠星星导航。因此，我必须爬上绳网，到主桅杆顶端的瞭望台去进行观测。我被淹没在那些吊着飞艇的巨大灰色氢气球之间，在气流的吹拂之下，气球不断变换位置，仿佛深灰的层云，又仿佛在天空牧场中寻找草料的庞大兽群。尽管没有恐高症，我也不禁感到一丝庆幸——气球遮住了我的视线，让我无法看到自己究竟爬了多高。正像乘坐航行中的船一样，我们随风而动，瞭望台上一般都很平静，美中不足的是这里的位置太高了，所以极度寒冷。不过，即便冒着冻僵的危险，我也往往喜欢爬到瞭望台上独处一会儿，尽情享受静谧美好的夜色。况且，在这样一艘挤满了人的大飞艇上，能容许我获得片刻宁静和独处时间的地方本来就不多。有时候我会带着望远镜上来，观测夜空中每一颗星星的样子，仔细观察月球上的环形山，还有木星的各个卫星——浩瀚的宇宙总是美得令人屏息。

“芙蕾雅”上有一个规模不大的工房，我可以在那里检修发条引擎和仪器。在我结束轮值之后的清闲时间里，我也常常到工房来打发时间。我很快学会了水手的传统手艺——模型制造。我照着

“芙蕾雅”的样子雕出了一个小小的木模型，配上布制的船帆和气球，还有锡制的小螺旋桨，只要吹一口气，它们就能转起来。我还用唯一一座小型机床为黄铜大炮制造了小模型，又打造了薄薄的铜片，上面刻着“芙蕾雅”这个名字，贴在船头。这个手工制品彻底完工之后看上去颇为精美，令我很自豪。

我根据国王的要求规划了航线。国王希望我们始终在大海峡正中飞行，远离两岸，这样就可以保证没有一艘船或者飞艇会不慎出现在敌人的射程里。几天之后，我终于看到了这场旅途的全貌。国王将一卷巨大的地图在舱室内的小桌上摊开，指着上面的地标给我看。地图显然已经是上年头的古物了，上面标注的王国名称和国境线的划分在我眼中都是极度陌生的。

“古时候，哥本堡曾拥有这一整片疆域。”国王的手沿着西界半岛缓缓向上划动，“然后，这片土地独立了，成立了自己的王国。城镇和人类聚居地沿海而建，延展向北……一直抵达这里。”他指了指地图上的某一点，看上去离北极点已然不远。

“当然，到了现在，那些城镇已经全部消失了。想要生存在这样严苛的环境里本来就不容易，因此当大浩劫来临的时候，一切都在瞬息间倾塌了。如今的我们已经难以窥知那片疆域的真实面貌。”

“北地人把整个半岛都划作自己的属地，然而在现实中，他们的力量仅仅可以掌控山脉以东的这片土地，还远远谈不上是整个西界半岛的主人。”他用掌缘将半岛纵向切成两半。

“然后，向东看，在北地王国的另一边，是厄桑帝国。传言中，他们一直威胁着要入侵，不断地对北地人施压。从历史的角度看，北地人始终是腹背受敌的，又要抵挡我们，又要防守厄桑帝国。这无疑为我们带来了巨大的优势。但是，对于哥本堡来说，我们宁可北地人始终与厄桑帝国僵持下去，保持制衡。如果北地王国终有一天沦陷在厄桑手中，那么唇亡齿寒，哥本堡很可能也难逃厄运。”

“西界半岛有些地方是被森林覆盖的，”他潦草地指了指半岛的最南端，“那里居住着不少土著部族。再往北的话，气候太过严苛，尤其冬季格外凛冽，也没有适合开垦的耕地，并不适合人类居住。那里住着的应该只有游牧人才对。不过，我们也不能掉以轻心，必须做好万全的准备。”

“我们即将沿着西海岸一路向北航行，离北地人的海防巡逻远远的。我们的最终目的地，就是曾经的铁港——西界半岛的第一大繁华港口。就在这里。”国王的指尖落在一个地方。

那个地方看上去太过遥远，以我们舰队的配置和规模，想要毫发无损地抵达那里，几乎是天方夜谭。在我看来，我们不如直接航行到世界尽头算了——反正那个被称作“铁港”的地方，离世界尽头也不远了。

“古人就是在那个港口把矿山里的宝藏装载到船上的。”国王补充道。

“陛下，您说矿山？”

那两个字令我一阵战栗。

“是的。古人闯进无理层，窃取了里面埋藏的宝藏。自然，他们也为自己的僭越付出了代价。倘若那些古老的萨迦诗篇都是真的，那么在群山之下一定隐藏着……某种不可名状的恐怖。”

他并没有直接使用“巨怪”这个词。我们都不是那种极度迷信的人，但我们都不得不承认，在这世上，一切皆有可能。

“这里有山吗？”我问。

在此之前，我唯一见过的山，就是透过望远镜看到的月球环形山。只要想到近距离凝视一座高耸的山峦，我就感到一阵恐惧。我对山本身的恐惧，甚至要等同于我对山中怪兽的恐惧。

“有，就连你最疯狂的想象，都勾勒不出那些山的样子。”国王兴高采烈地说，“尼尔森，你的前路将与冒险紧紧相伴。知道吗？在北方，夏天的太阳是永不落下的，连着几个星期都是白昼。然后到了冬天，就是几乎无休止的黑夜，没有一点日光。”

这样的事情听上去让人很难相信，但我依然劝说自己要坦然接受。经历了这么多之后，我终于学会了一个道理：国王口中说出来的一些话，不管听上去多么荒诞，都有可能成真。

“芙蕾雅”比起海船来要轻得多，也不需要对抗海浪的阻力，因此我们的飞艇总是要比下面的战船快一些。我们找来了一根长长的绳子，一头拴在领头的战船上，另一头拴在飞艇上。这让“芙蕾雅”看上去就像是一条被拴在皮带上的猎犬。这么做是为了保证飞艇和船能始终一起行动，不要有任何一方掉队——在视野受限的情况下，这条绳子便变得尤其重要。在航程的第三天，我们遭遇了大雾。这里离岸不远，海水较浅，隐藏着不少沙洲和凸出的礁石，因此这样的雾对于海船来说是极为危险的。所有的战船都紧急停下，当场抛锚，静候浓雾散去。和海上的战船不一样，“芙蕾雅”比那团雾的位置要高，因此并没有被困在浓雾之中，依然沐浴着阳光。然而，雾遮住了绝大部分海面和陆地，失去了地标的指引，我们也很难继续进行导航的工作。在我们脚下，云雾向着四面八方无限延伸，像是要一直涌向无尽的地平线，化作一片充满魔力的大海，不断变换形状，阳光在其上折射出五颜六色的彩光。我从来没有站在高于云层的地方观察过云的样子，我彻底被眼前这幅景象的美丽吸引，不禁看得呆了。

我们决定利用这段时间重新为“芙蕾雅”补充氢气，更换能量竭尽的储能舱——在我们逃离西索恩城堡的时候，储能舱提供的发条势能可派上了不小的用场。我们收起了那段连接飞艇和战船的绳索，开始缓缓下降，悬停在“不屈号”主桅杆之上一点的位置。那艘护卫舰上储存着所有的氢气罐。一段输气管从氢气罐一直连通到“芙蕾雅”的气球上，开始充气。我向下探头，看见“不屈号”那位只有一条腿的船长正在甲板上，不停地做着部署。

屋漏偏逢连夜雨，就在我们无计可施、无法移动的时候，三艘舰船突然从白雾中现身，每艘船都升了北地王国的旗帜。我猜想，他们见到我们的船突然出现在这里的时候，大概也和我们一样震惊吧。然而他们的表现倒是可圈可点，他们并没有着急掉头逃跑，而是毫不犹豫地调整了角度，用船舷对着我们，然后开了炮。“芙蕾雅”立刻断开了和输气管的连接，骤然上升——在这种情况下，飞艇永远是最脆弱的目标，而且飞艇上的轻型黄铜小炮也难以和战舰上的重炮抗衡。国王震怒之下一直在甲板上用力跺脚，破口大骂，但我们身处飞艇之中，只能眼睁睁地看着下面的战团，却什么都做不了。又过了大约半个小时，我们听见炮火渐歇，却压根确认不了下面舰队的位置。况且，少了那条连接绳，我们也无法贸然穿过迷雾强行降下去打探形势。我们只能干等着，期盼着这场不应时的大雾可以快一些散开。

终于，到了下午的时候，雾散去了。透过望远镜，我们看到所有的战船都还浮在海面上，离我们也很近，最远也不过只隔了几里罢了。然而，我们很快就发现，“独角兽号”失去了一根桅杆，摇摇欲坠。船员已经放下了救生艇，正在忙于转移船上的全部物资。一个小时后，“独角兽号”带着两辆铁轨板车和不少储能舱终于彻底沉没。（幸好，过了一段时间，有些储能舱又从水底浮了上来，我们赶紧进行打捞。）

伤亡统计结果还算乐观，仅有三人负伤，无人死亡。然而，经过了这场交锋，我们的行踪已然暴露了。虽然这一役中北地人暂且退避了，但想必会带着更多兵力卷土重来。我们所能做的，只有在起风之后拉满帆以最快的速度航行。国王命令整支舰队与海岸线拉开足够的距离，避免北地人从岸上窥探我们的行踪——最起码，在我们穿过北地王国海域之前，都需要以十二分的谨慎来应对一切。一旦绕过半岛南角开始北上，另一侧的海岸威胁就会小得多，要么荒无人烟，要么仅仅住着土著部族。据我们了解，土著人的武器目前只有弓箭，不足为患。

然而，我们还有最后一道不得不跨越的关隘。北地人最远的一道岗哨就设立在半岛南角的克里斯蒂安比，一座重兵把守的军事要塞。我们在夜色的掩盖之下悄悄航行，想要神不知鬼不觉地绕过去。可是我们的运气实在不太好，清晨时分，风突然停了，整支舰队尴尬地卡在了半路。只要要塞里的人透过望远镜眺望，就有可能发现我们的行踪。飞艇倒是可以依赖发条势能再往前多飞一段，但纯靠风帆驱动的战船却无计可施。

国王恼怒极了，抱怨军队工程师们委实太过愚蠢——他几年前就建议过应该在每艘船上安装备用发条引擎，可是工程师们拒绝了。不过，据我所知，彼时国王兴冲冲去游说军队的时候，仅仅拿着一艘上弦后运转时间只有三分钟的玩具发条船。想来军队工程师拒绝了他的要求，也算是合情合理。

不管几年前的事情如何，在此刻，正是国王陛下自己做的决定，导致了之后的一系列灾难。黎明将至，天空愈发透亮，时间每流逝一分，我们暴露在北地人炮口之下的风险就会多一层。如今无风，国王担心北地人会从要塞派出武装飞艇攻击我们，因此命令飞艇继续上升，从高处监控北地人的动态。然而，在我望见不远处地平线上城镇的璀璨灯光时，我突然发现我们犯了一个重大的错误：如果我们能看得见城镇，那么城镇里的人也一定看得见我们。国王也在同一时间意识到了危险，立即大喊着命令驾驶员下降后撤，然而已经晚了。初升的旭日就在那一刹跃出了海平线，晨光笼罩了“芙蕾雅”，气球和风帆在那一瞬被彻底照亮了，就像是金光璀璨的节日装饰。

倘若那一刻北地守卫恰好望着另一个方向——只要我们再走运一点——或许就能逃过一劫。可是，仅仅过了几分钟，国王就蓦地破口大骂起来，我心下一沉。国王把望远镜递给我，我便清晰地看到对面城镇上空悬挂着两个小小的黑点是飞艇。

飞艇并不快，却一直保持着稳定的速度向我们逼近，两个小黑点在望远镜的镜头中渐渐变大。在没有风的情况下，飞艇依然能这样航行，一定也安装了某种靠电池驱动的引擎。

更不凑巧的是，今日晴空如洗，没有一丝云，就连哪怕一点遮蔽物都找不到。“芙蕾雅”确实可以发动引擎暂时避退，可这就意味着要抛弃整支船队。国王决定留下来战斗；我们曾击败过北地人的飞艇，再取得一次胜利也不是什么难事。于是，我们再次断开了“芙蕾雅”和战船之间的绳索，让皇家飞艇恢复了自由之身。“芙蕾雅”缓缓上升到空中两千尺高的位置，静候着北地飞艇接近。我的角色主要是在甲板上的机械控制台旁照看飞艇。国王以指挥官的身份站在后甲板上。我随身带了一把小型手枪，表面上是为了对付北地士兵，其实我心里明白——如果“芙蕾雅”遭受重创，即将坠毁，那我宁可当场饮弹自尽，也不愿裹着一团烈焰从两千尺的高空中直直摔下去。

两艘敌方飞艇飞到“芙蕾雅”近处后便倏然分开，一左一右包抄了我们，飞艇的黑色气球和蓝黄相间的北地旗帜清晰可见。我听见战船炮口纷纷开启的声音，然而对于海面上的战船而言，想要开炮击中高空中这么小的物体，几乎是不可能的。北地飞艇保持着同样的飞行高度，完全忽略战船的威胁，径直向着“芙蕾雅”逼近。我们的士兵为大炮上好了膛，蓄势待发，等候着枪炮士官长的指令。

紧接着，我听见一阵熟悉的啪啪声。

“发条大炮！”我对国王喊道，“他们装备了汉森的发条大炮！”

下一秒，狂风骤雨般的炮火席卷了甲板，士兵纷纷倒下，装备与缆绳都被轰炸得残破不堪。所有人顿时明白过来：照这样的攻击强度来看，我们绝对撑不过三四轮。我们的士兵也试图开炮回击，可是那两艘飞艇已经迅速回撤，避开了我们的火力范围，多半是在重新为发条大炮填膛，准备第二次进攻。“芙蕾雅”的船头已经燃烧起来，火势迅速蔓延，一旦烧上了索具，就会立刻顺着桅杆爬上，点燃风帆和气球。国王命令我们释放压舱水箱里的水，灌满整个底舱，然后用水泵和胶管把底舱里的水引上来灭火。即便在这样的生死关头，我凝视着那个笨重的手摇水泵，心里浮现的第一个念头依然是：或许我可以制造一个自动抽水的发条引擎。

大量的水涌向船头，飞艇的重心也因此受了影响，“芙蕾雅”船头向下，开始倾斜。没有站稳的士兵和零散的装备猛地沿着甲板滑向船头的方向，我紧紧抓住控制台边缘，将发条引擎开到最大，可即便这样，也没有起到什么作用。此时，敌人的飞艇已经重整旗鼓，再度向着我们冲了过来。

“上升！”国王大吼，“开闸放水！”

士兵们连滚带爬地奔向舱底，撬开底闸，所有的水顿时一下涌了出来。“芙蕾雅”船身一凝，旋即开始急速上升。在身后的某个位置，我再度听到了发条大炮熟悉的“啪啪”声。

“继续上升！”国王再度命令道，“再高一点！”

敌人的第二轮弹雨再度击中了我们。甲板剧震，苦涩的硝火味道和黑烟四处弥漫。如果我们放空了所有的水，就再也没办法救火了。然而，国王不管不顾，只是一味催着驾驶员让飞艇继续上升。

飞艇终于恢复了水平飞行，然而此时我们距离地面实在太远，几乎所有的船员都出现了高空反应。不远处传来开炮的声音，我也随之剧烈耳鸣起来，眼前一阵眩晕。其他的船员有些互相搀扶，无法站直身子，有些则趴在船舷上干呕。

机械师喊道：“气球快要爆炸了！”

我闻声抬起头，看到气球已经膨胀到了不可思议的地步，几乎要从绳索间的罅隙里溢出来。

“上升！”国王说。这个命令让所有船员都惊呆了，大家站在原地凝视着他，一时间竟无人反应。

“我说上升！”国王又重复了一遍，“继续放水！”

大概是高空反应使人迟缓，又或许是敌人迫近的恐惧令人无暇再做他想，士兵们终于缓慢地行动起来了，重新启开闸门。敌人的飞艇已经被我们抛在脚下，但是从飞艇的动作来看，敌人显然是要效仿我们的样子，继续上升追击。

“芙蕾雅”也仍在一点点上升。绑住气球的绳索已经紧绷到了极限，气球发出危险的撕裂声，终于，其中一个气球表面出现了一道裂纹，氢气溢出，发出嘶嘶的声音。

接下来，我听到一声爆炸的巨响。所有人都同时条件反射地望向气球，可是气球看上去还是完好无损的样子。

船头响起一阵零零散散的欢呼声。我望向左舷，看到一艘敌人的飞艇正在翻滚着坠落。原来，对方的气球率先承受不住升空的压力，在追上我们之前便先爆炸了。过了好一会儿，那艘飞艇才抵达海面。从这样的高度摔入海中——我不敢再想象下去了。

另一艘飞艇再次试着对我们开火，但我们已经离开了它的火力范围。在目睹同伴的遭遇之后，那艘飞艇也不再恋战，掉头回转了。

最终，我们在这场遭遇战中幸存了下来，却也同时付出了惨痛的代价。“芙蕾雅”的船员里有五人死亡，二十几人受了重伤。有一部分人被严重烧伤，痛苦的哭号声令我不忍听下去。飞艇磕磕绊绊地下降，想与海面上的战船会合。满目疮痍，我不禁再一次心想，怎么会有人认为战争是伟大而光荣的呢？战争分明如此丑陋而不堪。

飞艇降落在海面之后，我们开始将负伤的船员转移到船上。

没有人多抱怨一句，但我的直觉告诉我，有不止一位船员心下认为我们之所以遭受如此重创，全都是国王的错。或许就连国王自己也是这么想的，他极其积极地跑前跑后，看护着每一位负伤的船员。一些人的伤实在太重，船上的资源设备根本不足以为他们疗伤。经过讨论，我们决定派最小的一艘战船“拱石号”载着伤员返回阿尔辛纳。这些人都是哥本堡的公民，如果乖乖回去自首投降的话，新政府应该不至于对他们太过苛刻。国王又宣布，如果有任何人现在感到后悔，也可以随着伤员一起回去，不会遭受任何惩罚。于是，又有十几人站了出来，选择退出——他们的理由无一例外，都是为了回去和自己的家人团聚。在我看来，国王此举非常明智：通过这种方式化解了一场可能出现的矛盾，也充分保证了留下来的人都对他忠心耿耿。

再一次，我不禁为国王秘密筹谋的本事赞叹——那些人即便返回了哥本堡，也没办法对新政府透露什么有关国王动向的有效信息，因为那些人正如我一样，根本就猜不到国王究竟要做什么。

第十五章 天空之神

入夜之后，终于起风了。我们静静地目送“拱石号”掉头回转，向着来时那条通往阿尔辛纳的路而去，然后继续航行向前，离开北地王国的势力范围让我们松了口气。这场旅途还未到一个星期，我们已经失去了两艘船和不少装备。我们还有六艘船，状态良好，但“芙蕾雅”却损失惨重，船体和索具都有明显的损毁现象，然而，这附近并没有适合我们休整的港口。船上也有木匠和铁匠，只要我们安稳停靠，他们就可以进行修补工作，然而这里的海岸看上去地势崎岖，岩石尖凸，并不适合停泊。如果风暴降临，或是又有什么变故发生，我们就会彻底陷入困境，现在最紧要的事情就是找到停靠地。又航行了一天之后，国王命令船队从一个布满礁石的水道拐入，驶进一道浅浅的峡湾。那里有一块平坦的沙滩，退潮时露出的表面足以容纳“芙蕾雅”停泊。我们让飞艇侧躺在地，又潦草地砍了些木条，将飞艇支了起来，以便木匠修理船身上的破损之处。维修必须以最快的速度进行，否则等到涨潮的时候，工作便不能再继续了。

高大寂静的森林环绕着我们，阴森幽暗。我总有种没来由的担心，就好像有什么人在暗中窥探我们的一举一动。其他的士兵也有差不多的感受，因此所有人都期盼着能够尽快重新起航。可是，待到木匠把飞艇上最重要的部位都维修完毕时，已经将近傍晚了。舵手表示，外面的水道礁石密布，在黑暗中航行实在过于危险。因此，我们别无他法，只能就地扎营，次日清晨再起航。布下严密的岗哨之后，剩下的人便各自返回舱位睡觉。我猜，绝大部分在“芙蕾雅”舱中休息的人，恐怕整夜都辗转难眠，除了国王之外——就算在甲板上也能清晰地听得到他的鼾声。

我是被喧闹声惊醒的，不知发生了什么，到处都是喊声。我跳下铺位，透过舷窗向外望去，看见三个男人在飞艇旁边的沙地上盘腿而坐。那些陌生人全身上下都穿着黑色的皮衣，衣服上满是金属的镶嵌物，身上也佩戴着层层叠叠的装饰品。我辨认出其中一些饰物是哥本文化中传统的护身符。男人们裸露着肌肉虬结的手臂，每一寸皮肤都被刺青遮盖。他们的头发也又长又乱，甚至还有一个人把长须编成了麻花辫。他们随身并未携带武器，只是仰起头，用一种奇怪的、近乎友善宽容的眼神凝视着我们吵吵闹闹的守卫。昨夜负责放哨的人正在忙着互相指责，他们无论如何也不理解这三个男人究竟是怎样鬼魅般出现在我们营地之中的。

过了半晌，一位军官走上前去，试图进行交涉。男人们也敏锐地明白过来，这位军官的身份地位要较之前那些人更高。他们一个接一个地从沙地上站了起来，开始回答军官的问题。直到他们起身，我们才猛然发现，他们要足足比哥本堡王国的男人高出一个头。三个男人被人群围在正中，我站在外沿，勉强能够听清他们说的话。他们的语言应该是哥本语的某种方言，但是发音方式与我熟悉的哥本语相差甚远，因此我也仅仅能听懂部分对话。然而，有一个词，我是断然不可能忽略的："国王"。听上去，他们似乎想要直接与国王对话（可他们又是怎么知道我们的国王也在这里呢？）。

国王踩着一段梯子，从飞艇上面有些狼狈地爬了下来，动作远远谈不上高贵优雅。尽管如此，我注意到，他已经换上了长袍，佩戴着王室的徽章。

在看到国王的一刻，三个男人顿时跪在沙中，叩拜起来。

国王并未料到会看到这一幕，顿时有些尴尬，连忙示意男人们起身。

其中一个人的目光始终落在面前的地面上，双臂对着国王伸开，他用方言对着国王说了几句话。令我惊奇的是，国王竟然也用差不多的语言回答了他。顿时，那个男人脸上绽开了惊讶又欣慰的微笑，然后提高了声音，用极快的语速说了一大段话。我猜想，或许即便是国王，也很难听懂他在讲什么。接下来，国王命令手下为这三个男人送来食物，自己则退到一旁，召集所有的军官领袖一起开会。他也请我一起加入会议。

“真令人惊讶，”国王压低了声音说，“这些人是土著。他们的方言与古哥本语相近，在这片土地曾经还属于哥本堡的时候，人人都说古哥本语。我接受王室教育的时候，也曾学过一点古哥本语，只不过不算很擅长。有意思的是，在他们眼中，我似乎代表着救世主——据说，他们的传说故事里写着，终有一天会有一位国王从天空中降临，将他们一族从北地人的手中解放。现在的问题是，我们应该怎么办才好？”

有一瞬的沉寂，然后约翰逊开了口：“陛下，我们还是不要多生事端了。在我看来，最理智的做法只有一个，那就是赶紧整装离开，以最快的速度继续航行。”

“这确实是……方案之一。”国王说。很显然，他心里已经做出了其他的决断，只不过像往常一样，根本没人猜得中他的心思。

“陛下，”我犹犹豫豫地说，“您不会是真的要让那些土著相信……”

“相信我就是他们的救世主？天哪，当然不会了。但是我想，或许还有其他备选的方案。这些人与北地王国为敌，我们也是。或许，我们可以通过他们推波助澜，为北地人制造一些小小的麻烦。这样对于我们自己也是有利的。”

国王此话一出，便表示他已经做出了决定，其他人多说无益。

三个男人吃饱喝足之后，国王便礼貌地邀请他们一起来谈一谈。我和好几个军官跟着国王一起，在沙滩上盘腿坐了下来。

国王向他们询问了土著村庄和部族的现状。（我发现，国王讲的古哥本语我基本还是能够听懂的，但是土著人开口的时候便很难辨认了，因为他们的语速实在太快了。）他们表示自己的部族共有几百人，不过森林中也生活着其他部族。他们在沙地里草草画了一张地图，标出了其他部族的位置。“艾尔戴。”他们指了指自己，又指了指地图上的某一处。其余的部族，在我听来，名字分别是弗伦苔、乔克福朗、班提塔和赫尔辛加。他们也标注了北地人的位置，用手势表示北地人一直在入侵他们的森林、砍伐树木、杀伤部族成员。

“我可以去拜访你们的村庄吗？”国王问。几个军官面面相觑，面露忧色，但土著人却欣喜不已，立刻就答应了他的请求。其中一人站起身，向着森林深处狂奔，应该是去提醒族人做好准备迎接救世主的到来。

国王也站起身来，掸了掸衣服上的散沙。

“就一天，”他对军官们说，“一天而已，不会再多了。我保证，我看过村庄之后，我们就立刻上路。”

“可是陛下，您需要有人陪您一起去。”

“那是当然，不过我们也没必要如临大敌，选六个人跟我一起去就可以了。尼尔森，你也来。”

另外两个男人在前带路，我们一行人便向着森林深处慢慢行去。我在脚下凌乱的碎石和蔓草中根本看不出什么规律章法，但他们走得熟门熟路，显然是从中辨认出了路径。两个男人矫健强壮，步伐迅捷，我们却只能跌跌撞撞地跟在后面。每过一会儿，他们都会停步警觉地倾听周围的声音——我们也借此机会，迅速赶上他们。地面崎岖不平，起起伏伏，像是没有尽头一般令人疲倦，和哥本堡一带的和缓平原截然不同。

我们走了将近一个钟头才抵达村庄。所有的村民都在等候我们到来，他们欣喜若狂，一拥而上，对我们抛掷花朵。为了行动方便，国王出发前已经换下了长袍，穿上了外套和长裤，然而村民们还是一眼认出了他，高声喝彩。这里的女人大多有长长的金发，和男人一样穿着皮裙和皮衣，然而她们却刻意袒胸露乳。这一点让我们的士兵有些心神不宁。聚集的人越来越多，在兴奋驱使之下，场面开始有些失控了，我们的人开始有些粗鲁地把人群往后推。就在这时，一个年轻男子牵着一匹小马，穿过人群向我们走来。国王爬上马背，在年轻男子的引领下，向村庄深处走去。

一道木栅门后，有许多错落的小屋，屋顶铺着茅草或是波纹状的薄铁片。屋前有一大片空地，空地正中矗立着一个巨大的王座，以金属和色彩鲜艳的布片制成。一个全身披挂黑色皮革的老人坐在王座上，显然是这里的头领。他的装束与其他村民基本无异，只是颈项上围着一团皮毛，就像哥本堡贵妇出行时会戴的那一种。和绝大部分男人不一样的是，他并没有蓄须，下巴和鬓角刮得干干净净。国王翻身下马，走向王座，用会见外国君主的礼仪向老人致敬。四周的村民纷纷惊呼，然后喝起彩来。老人严肃地打量着他，然后缓缓站起身来。人群顿时寂静了，老人说话的声音尖锐粗哑，却很有气势。

我勉强听懂他欢迎了国王的到来，然后表示这一天将会是个重大的日子——正如预言中所说，北地人将被天空中降临的救世主击败，彻底驱逐，和平也会由此回到这片森林之中。村民们听了这一席话，便鼓掌呼哨起来。

这些豪言壮语令我感到很不适。我们不过是一群残兵败将，就算要攻下克里斯蒂安比的那座小要塞都很困难，更别说对抗整支北地王国大军了。然而，国王却丝毫不露怯色，坦然表示，他很荣幸能够成为艾尔戴一族的客人，而艾尔戴一族，便是什么……力量的守护者？（国王说到这里的时候，用了一个很生僻的词汇，我不是很理解。）紧接着国王说，他需要先一路北上，完成伟大的征途，直抵世界的尽头，然后才能重回此地，将北地人逐出森林。

村民们喝彩的声音震耳欲聋。头领命令手下准备宴会，邀请我们同席。

我们站在宴会厅外，望着村民们在屋内忙来忙去，生起烤肉的炊火。

“尼尔森，我知道你又在担心了，”国王说，“真的，你的心思就像空气一样透明，我一眼就看得穿。你觉得，我是在对他们轻易承诺一件我根本办不到的事情。”

我只能强笑着回答道："是的，陛下。"

"然而，这不就是为王之道吗？如果一个商人承诺了办不到的事情，商人就要锒铛入狱；可是真奇怪啊，如果换成一位王者做了同样的事情，结果似乎就不一样了。这可真不公平。"

他又敏锐地捕捉到了我的情绪变化。

"我不是故意要在这里阴阳怪气的。你换个角度看吧：如果我们输了，那我们就远远避开这片土地，再也不回来，这样就不会发生任何事了。村民们会继续等着真正的救世主到来，再等一百年、一千年。但是，如果我们赢了，那我向你保证，我一定会回到这里，我们一起把北地人从这片森林里赶走。"

是啊，如果国王真的可以夺回王位，如果国王真的可以击败北地人……这一切在我听来，都是那么虚无缥缈。

宴会开始了。所有人都坐在木条长凳上，一起饮宴。主菜是一种我从来没有吃过的肉类，我猜测应该是山羊肉。佐餐的是在木杯中荡漾的烈酒，入口的感觉宛如刀割一般。国王与头领坐在一起，一直在热烈地聊天，尽管两人的语言交流仍有些磕磕绊绊，但夸张的手势也足以弥补了。宴会临近尾声的时候，国王把我叫了过去。

"酋长希望带我们去看一看他们的圣地，离这里不远。"

头领对我笑了，指着门口的方向。

"你和我同去。让剩下的人待在这里吃吃喝喝吧。"

"陛下，您确定那里安全吗？"

“反正肯定比待在这里继续喝他们的酒要安全。”

他说的有道理。

于是，我们三人便提前离开了宴会厅。头领——应该称呼他为拉格纳酋长——走在前面带路。看上去他起码有六十岁了，然而行动之敏捷完全不输给年轻人。我们沿着一条小路走上山丘，在高大的林木之间穿梭。这条路应该是久经踩踏的，在最崎岖不平的地方，甚至特地嵌了石头台阶。今天天气晴朗，只是气温有些寒冷。正值傍晚，在昏黄的夕照里，我们依稀能辨认出村庄的模样，还有袅袅的炊烟。道路一直上升，坡度也越来越陡，不出多时，我和国王就需要靠双手抓着岩石勉力膝行才能继续向前走了，而拉格纳酋长却丝毫不见疲态，像山羊般矫健地跨过碎岩。最终，小路渐渐转平，我们已经爬到了一座岩丘顶端。站在那里，我们能望见遥远的群山，起伏的树冠；往西南方向眺望，船队的桅杆清晰可见。难怪他们一早就盯上了我们——从这里看，我们的行踪真是太显眼了。

山丘顶部有一道长长的、凸起的岩脊，其上布满褐色的苔藓。岩脊最高处似乎有什么东西，轮廓看上去并不像是大自然的造物，而是人类的手笔。拉格纳酋长指着前方的路，再次对着我们笑了，他的牙已经快掉光了。我们一点点走近，我惊讶地发现，那是某个修长、管道形状的物体，通体由金属制成。它已然扭曲残破不堪，像是一只被看不见的巨手拍扁的苍蝇，无力地嵌在岩脊之上。它比我最初想象的要大得多。正在我思索它是怎么跑到这里来的时候，我一个机灵，突然醒觉过来。

我知道那是什么了。

国王和我同时反应了过来。他短促地笑了一声：“我的老天爷，尼尔森，这是一架飞行器！原来飞行器是存在过的！”

我们怀着敬畏的心情，慢慢接近了那架飞行器。它已经被腐蚀得差不多了，在看上去原本应该是机尾的地方，只有一个破口。其中一只机翼还在，能勉强看得出是三角形。机翼的构造和“芙蕾雅”的一些部件很相似，但设计却要复杂得多。飞行器斜躺着，我没有在其尾部或是腹部找到螺旋桨的痕迹。要么螺旋桨早在很久以前就像机尾一样遗失了，要么这架飞行器压根儿用不到螺旋桨——它的驱动力即是萨迦诗篇中提到过的那种“魔法力量”。

“尼尔森，你觉得这是什么东西？”国王问。

“陛下，虽然不知道为什么，但我总觉得这个东西和宝剑的形状很类似。”

“宝剑！说得没错。我认同你的观点，我觉得这应该是古时候的战争机器。”

飞行器的机身上有不少符号和图形，曾经应该是鲜艳耀目的，如今已经几乎褪尽了全部颜色。机翼上有一个圆形的符号。

“陛下，您看这里。”我指着机翼。在圆圈正中，似乎还画着几个淡淡的王冠符号。

“是三顶王冠！”国王激动道。

“那是什么？”

“三顶王冠，代表北方三个古老王国——哥本堡、北地和西界。每个王国都想统治另外两个王国，三国之间战火不断。最后，大浩劫降临了，三个王国一起灭亡。”

“我听过这个故事——雷神托尔的三个儿子。但我一直以为，这只是个神话罢了。”

“这可不是神话，尼尔森，那些事情是真正发生过的，你眼前所见的，就是证据。”

酋长示意我们跟着他继续前行，走到飞行器头部的位置。头部有个舱位，里面能坐下一位驾驶员。驾驶舱中空空荡荡，看上去，这里原本安装了一个座椅，但是座椅本身却不知道去了哪里。（过了很久，我才回忆起山下村庄里酋长坐的那个王座。）座位前的面板上有不少手柄和按钮，应该都是用来操控驾驶的，但它们的功能却神秘难辨。

酋长站在我们身边，进行了一段简短的祭祀。他双臂摊平，高声吟唱了几句什么。紧接着，他从飞行器下的苔藓里取出一个金属小盒，小心翼翼地对着我们打开了盒盖。里面有一本脆黄的古书，封面上画着一个图形，与飞行器的样子十分类似。他虔诚地翻开几页，指着里面飞行器起飞和降落的图画示意我们看，最后定格在某一页上。

“国王！”他说，然后指着天空。

我终于明白过来，这本古书即是这一部族的圣典，他们的神话和预言都写在书上。而这里，就是天空之神的神殿。

下山的时候，拉格纳酋长又带我们去看了另一个圣地：山脚下的一块巨石，掩藏在树木之间。巨石附近满是蔓草，显得有些荒凉，可是巨石脚下却有不少花束，表示村民们还是会时时来祝祷。

酋长让我们细看巨石上的雕刻。巨石顶端刻着一个十字架，与哥本堡教堂的十字架符号类似，只不过这个十字架是侧躺的。十字架之下，靠近左手的地方，是一个粗糙的女性轮廓，身形丰满，胸部浑圆下垂。

酋长指着十字架，应该是为了让我也能听懂，他一字一顿慢慢地说道："天空之神。"

紧接着，他又指向了那个女性轮廓。

"我猜猜，"国王说，"她是地母？"

酋长摇了摇头："森林之女。"

"所以是这样，"国王说，指着雕刻比比画画，"天空之神从天空中降临，遇见了森林之女，他们诞育了子嗣……"他的指尖移到一列小圆圈符号上，那些圆圈向着巨石下部蔓延，就好像衣服上的一列纽扣。国王说得如此笃定，仿佛他早就听过这个故事似的。

酋长点头道："艾尔戴。"

"艾尔戴，没错，你们部族的祖先，第一位酋长。从那之后，一共有过……"国王数了数那些"纽扣"，"一、二、三……那么，你是第十代酋长了。"

酋长再次点头，指着自己的胸口。

第十代酋长。如果这个故事可信，那么这里的飞行器遗骸起码要有几百年的历史了。这就表示，飞行器正是大浩劫时期的古物。

国王打量着巨石，看上去十分沉着冷静。

“真是非常有意思的传承。不过我只想知道，剩下的那些兄弟，可该怎么办呢？”

酋长大笑起来，他与国王交换了一个眼神，国王也对他笑了。

“陛下，您是怎么知道他们部族的神话的？”返回村庄的路上，我悄悄问国王。

“从书里读到的啊，尼尔森。”

“关于艾尔戴一族的书？”

“什么？当然不是了。我读了不少关于起源神话的书，这世界上每一族的起源神话都差不多，全都是天神和地母结合的故事。地母，森林之女，叫什么都无所谓。”

“但是陛下，这样不就表示所有人的宗教信仰也应该一模一样吗？”

“话是这么说，不过有一个小问题——每一族，出于某种原因，都认为自己才是最受天神眷顾的，生来就肩负着某个特殊的使命，因此要比其他部族都高贵。”

“啊。”

“我同意，尼尔森，‘啊’。”

“但在您看来，会不会真的有某个天空之神到过这里？我的意思是——或许曾有人驾驶着飞行器，降落在了这里？”

“从那玩意儿的损毁程度来看，我觉得不太可能有人生还。但谁知道呢？或许也有可能。真相究竟是什么，反正我们也不会知道了。”

我们在沉默中又走了几分钟。“但是有一件事情，我可以明确地告诉你，”国王说，“走在前面的那位朋友，对于这个所谓预言，可是一个字都不相信呢。”

“不相信什么？”

“他不相信会有神明从天而降，更不相信我就是那个神明派来的救世主。他心里明白得很，我就是和他一样的普通人，血肉之躯罢了。”

“陛下，他这么和您说了？”

“他不必开口，我就能从他看我的眼神里知道这一点，我们是同一类人。他是一位统治者，绝不会放过任何一个政治机会，我也一样。这件事，我们两个人都能从中获利。对他而言，我的出现恰恰证实了救世主的预言，也因此证明了艾尔戴确实是所有森林部族中最特殊、最高贵的一脉。这会使人民更有信心，能稳固他的政权。而对我而言……钟表匠啊，虽然在你眼中，这些土著人看上去恐怕难担重任，但我却觉得他们孔武有力。如果给他们足够的装备和训练，他们就能成为一支精锐之军。或许他们还不足以在正面战中迎头击败北地人，却完全可以成为北地人不得不防的一根暗刺，这能帮到我们大忙。”

更多的沉默。我沉思着，久久没有开口。

“可是，这一切都实在太巧合了。”最终，我说道。

“巧合？”

“我们碰巧来到这里停泊休整，碰巧进入了艾尔戴族的领地……又碰巧，恰恰是他们一族，有着这个天空之神和救世主的预言，太巧了。”

“是啊，可真神奇。肯定是命中注定！”国王附和道。然后，他对我神秘兮兮地挤了挤眼。

然而，回到村庄后，酋长接下来带我们去看的东西，却猝不及防彻底打消了我们对于艾尔戴起源神话的全部怀疑。

我们走到了村庄的边缘，那里有一座低矮的石垒小屋，屋顶是木制的。屋子实在太小，并不适合居住，因此我猜测那里应该是神龛或者墓葬。我猜对了。小屋没有窗户，入口也设立在地面以下的位置。酋长再度说了几句祷词，然后率领我们走下入口前面的台阶，打开了门。光线太暗了，起初我们什么也看不到，直至眼睛彻底适应了黑暗，才能勉强辨别出屋内的样子：正中有一张祭坛般的石桌，上面平放着一具尸体。走近些看，我们发现那具尸体几乎已经完全化成了枯骨，全身上下却裹着一件奇异的墨绿色制服。骷髅的脚上穿着黑色皮靴，看上去还是颇为贵重的皮子；而在头骨旁，放着一个半圆形的作战头盔。制服的胸口有一个绣上去的名牌，上面工整地刻印着一个名字：汉米尔森。

“汉米尔森的意思是……天空之子。”国王静静地说。那一刻，我遍体生寒。

等到离开幽暗的小屋，我很高兴重新站在天日之下。酋长和国王已经开始讨论下一步计划了。拉格纳酋长希望国王在村庄多盘桓几天，等他召集所有的森林部族，开一次大会，将这个好消息告诉所有人。然而，国王却婉拒了这个邀请，表示我们必须即刻前往极北之地，不能耽搁，次日就要动身。拉格纳酋长也没再多劝，只是表示愿意带着村民们一同来海滩上为我们送行。他们相视而笑，紧紧地握了握手，就好像两位刚刚谈成一桩大生意的商人。

我们与酋长告别，回到了宴会厅。我们带来的六个人中，有四人喝得烂醉，不省人事；还有两位已经不见了踪影，我怀疑他们可能是跟着刚刚认识的当地女人去鬼混了。

国王瞥了那几个烂醉的士兵一眼，脸上挂着嘲讽的表情。

“可真是称职的守卫呢。如果这些土著对我有什么坏心，那我现在早就死了。”

“陛下，您会惩罚他们吗？”

“惩罚有什么意义呢？只会让他们弃我而去。他们愿意跟着我一路来到这里，我已经该感激涕零了。”

他叹了口气。

“唉，我还是应该稍微惩罚他们一下，否则我的手下就该觉得我软弱可欺了。就送进禁闭室关几天吧，也没什么大不了的。”

我们丢下了那几个醉汉，向着泊船的沙滩走去。天空已经暗了下来，暮色四合，我们沿着来时的崎岖林间小径缓步而行。

“陛下，”我问，“刚才您说‘剩下的那些兄弟，可该怎么办呢’……这是什么意思？”

“是这样的，国王也好酋长也好，总不会只生一个孩子，对吧？最理想的情况当然是有一位男性继承人，但是以防他意外死去，最好再多生一位备用。我就是那个备用的弟弟。不过，兄弟之间互相竞争，为了抢夺王座而反目，也是再常见不过的事情。经常会有王室中的长子遭到刺杀或是在事故中丧命。我的亲哥哥，雷吉纳德，在我六岁那年死在了和北地王国的战争中。或许大臣之中有人认为他不适合做国王，才故意安排把他遣往前线的。我不知道。”

我想到了乔纳斯，在乔纳斯心中，我们莫非也是互相竞争的关系？我从来没有注意过。可是我也知道，有很多很多事情我都未曾注意过，直到一切都已经太晚了。

“还有一些国王始终没有子嗣，或者只有女儿，没有儿子，”国王继续说道，“因此，他们要么册立女王——虽然历史上曾有过好几位杰出的女王，但在很多人心中，女王依旧是不合适的——要么从旁支中拉来某个表兄弟册封。巨石上刻的图案故意把权力的传承描述得简单直接、不容置疑，可事实却远远要复杂得多。”

“是啊，听上去确实很复杂。”

“要我说，这不只是复杂，而是荒谬。这样的政治体系十分落后，甚至堪称野蛮。但是，尼尔森，你得明白：这才是人心所向。自古以来，我们就笃信血缘传承的力量。正因如此，所有人都爱跟我说，我和我父亲一模一样。不，我和我父亲除了鼻子的形状之外，一切都截然不同。就算他们从街上随便带一个流浪的孤儿回来，把他抚养长大，然后让他继承王位，我想也不会有什么区别。但是人民不会甘心，人民一厢情愿地相信，我从我的先祖身上继承了某种流淌在血缘里的魔法力量，让我配得上做他们的统治者。这件事，无论是我还是任何其他人，都无法反抗。”

我们停下脚步，观察了一下所处的位置。我们走到了一座小山丘的顶端，船队林立的桅杆就在不远处。在我心里，我不得不承认，国王刚刚那些离经叛道、批评国家政治体系的话，让我略感不适。

“您的父亲是个非常受人爱戴的国王。”我大着胆子说。

“是的，他是个比我强得多的国王。不，你先别急着反驳我——我说的是实话。我父亲绝不可能像我一样，落到连王座都失去的境地。他是个简简单单的人，循规蹈矩，听从大臣们的建议，遵守法律，勇敢开战，也严格地下达着一道道阻止我们回溯历史的禁令。然而我不一样，我有着旺盛的好奇心。我想知道万物背后的原理，我想学习科学，学习历史，学习有关这个世界的一切，我想寻找改革创新的余地。正是这些特质，让我成了知识的信徒——也成了他们口中的异端。我付出的代价，是我的一整个王国。”

“陛下，您的王国依然是您的。我相信人民一定是忠诚于您的。”

“就算是吧。怎么说呢，有一件事情是德·马提尼斯一伙人始终没有搞懂的：他们身上并没有流淌着王室的血。他们当然可以夸夸其谈，大言不惭地说这都是为了人民的利益，但人民心里清楚，德·马提尼斯并不是正统的国王。我的血缘是我最后的王牌，在时机合适的时候，我一定会打出这张牌的。”

“可是陛下，您觉得您会赢吗？”这个问题未免太过僭越，但我不得不问。

国王顿了顿。

“我不知道，尼尔森，”最终，他开口说道，“如果是一场硬碰硬的战争，那我必输无疑。但是，想要赢得一场战争，不一定需要靠武力。”

“这么说，您有计划了。”我微笑道。

“我只有计划的大概雏形，还差得远呢。而且，这个计划的成功率太低了，我带着这些追随我的人一路走到这里时，甚至会感到愧疚。因为，事实是这样的——我们当中，不是所有人都能在一切结束后安全返家，有些人会死在路上，或许我们所有人都会死在路上。但我是国王，因此我必须带领所有人前进。我们生来即被安排好了角色，我们别无选择。你同意吗？”

“我只能说，我很庆幸我生来是个钟表匠，而不是国王。”

国王笑了，拍了拍我的肩膀。走下斜坡的时候，他走在我前面。我注意到他的裤脚溅上了不少泥点，衣服也撕破了。国王一贯注意自己的形象，会这样狼狈地出现在人前，简直是不可思议的。我们离开哥本堡不过一个星期而已，就已经不得不抛弃过往的那些文绉绉的贵族做派。而我们前面的路还有很长，充满艰险。想到这里，我便不禁感到灰心担忧。

次日黎明，沙滩上挤满了人。足有几百个艾尔戴部落的村民前来为我们送行，男人、女人和儿童都来了。我们参观过的那个小村庄显然容纳不下这么多的人，因此我猜想，一定已经有人把消息带到了其他的森林部族——所有人都想来为天空之神的化身送行。作为送别的礼物，他们宰杀了许多头猪和山羊，还有鹿。我们的厨子忙着把这些新鲜的肉都腌在盐桶里，以便在旅途中随时拿出来吃。至少，在接下来的几天乃至几个星期里，我们的伙食都有了保障。而我们留给艾尔戴人的回礼，是我昨夜对国王所建议的——我亲手制作的“芙蕾雅”模型。我有些舍不得与这个模型分别，但我知道，这里的人一定会好好珍惜它的，或许会珍藏好几年，乃至好几十年。

天色灰暗，云层堆叠。当我们为国王支起告别演讲的临时讲台时，天空中甚至还飘起了细雨。舵手确认了今日的风和浪都适合航行，国王便登上讲台，开始了告别演讲。拉格纳酋长就站在他身边。尽管国王身材算不上魁梧，可是在白貂毛皮长袍的衬托之下，他显得气度不凡，高贵至极。令我最惊讶的是，他甚至戴着一顶王冠——认识他这么久以来，这还是我第一次看到他戴王冠。我甚至不知道飞艇上还存着这样的东西。

国王用古哥本语郑重感谢了酋长和村民们的款待，并承诺很快就会回到艾尔戴，与他们重逢。（“希望不要起西风，”约翰逊在我身后喃喃道，“否则，我们起航之后，就真的要‘很快’回到这里了。”）国王还说，在不久的将来，预言终将实现，北地人对森林的侵略也将永远画上句号。这次再没有人喝彩——我猜想，对于艾尔戴人来说，这一刻的意义太过重大，令他们只能保持沉默。尽管国王小心翼翼地避免被人所膜拜，还是有不少人心中笃信，他就是天空之神派来拯救他们的救世主。有些人眼中甚至饱含泪水。

接下来，国王转向自己的手下，换成了盎格里语继续发言。

“哥本堡的战士们！你们眼前所见，是一位失去了王国的国王，一位没有王座可坐的统治者。然而你们眼前所见，也同时是一个心怀骄傲的普通人，我因有你们在身边而骄傲。你们是这片土地上最骁勇的战士，北境所有的王国加起来，也没有哪怕一个人能比你们更勇敢、更强壮。你们义无反顾地跟随着我，踏上了未知而危险的旅途，深入敌人的领土，将生死置之度外；这一切，都因为你们是哥本堡最忠诚的子民，也因为我——你们的国王——提出了这个邀请。我为你们而骄傲。”

“我不愿对你们撒谎。前面的路危机重重，荆棘遍布，我们根本不知道会遭遇什么。我们将遇见无数危险困境，命悬一线，也将经历绝望与黑暗。但我同时也要向你们保证，这次旅程将会是你们一生中最盛大的冒险。你们有一天会对着自己的孙子孙女说起这个故事，说起你们是如何拿出十二分的勇气跟随国王前往极北之地，不惧艰险，至死力战，不离不弃。如今龟缩在哥本堡的人，将会因为自己没能拿出同等的勇气来加入这场冒险而感到羞愧不已。现在，让我们一起前行吧，我向你们保证，从此日起，我将与你们并肩战斗，直至我咽下最后一口气，直至伟大的哥本堡王国再度回到我们的手中！”

士兵们爆发出震耳欲聋的欢呼。我心想，正是在这样的时刻，国王才真正展露出了锋芒。或许有些时候连他都无法相信自己，但我却一直会相信他。他是我的国王，我愿意为他舍生忘死。

国王将“芙蕾雅”模型交给了拉格纳酋长，两人紧紧拥抱。然后，在山呼海啸的喝彩声中，国王爬上梯子，登上了飞艇。我们跟着国王，也一个接一个地返回了自己的岗位。没过多久，“芙蕾雅”便在发条引擎的助推下缓缓上升，离开了沙滩，向着大海的方向飞去。这是第一次，我们不需要再和“阿里阿德涅”拴在一起了，因此国王故意命令驾驶员让飞艇飞得越高越好，一直没入云端。国王是个表演家，他总是知道什么样的演出才最亮眼、最震撼。在艾尔戴人的眼中，这一幕或许便宛如神迹吧。

第十六章　风暴与怪兽

飞到宽阔的远海上时，飞艇便降了下来，与船队并行，并像先前一样用绳索和领头船“阿里阿德涅”绑在一起。天气始终阴沉，乌云翻滚，寒风凛冽。一整个上午，我都在和国王、驾驶员弗兰桢三个人共同规划接下来的路线。想要沿着海岸线一路向北，只有两种方法。一种是走传统的“北航道”，一路穿过有高山庇护的峡湾和岛屿间的水道，另一种则是保持在远海航行。最终我们决定，尽管北航道一般来说要更为安全，然而我们并不了解这片地域的礁石与沙洲分布情况，太容易遇险。虽然我们也有地图，然而地图并不完全精确，而且地图也是古旧之物，上面的信息多半已经过时了。我们资源有限，绝不能再失去更多的船了，因此除了铤而走险、穿过风高浪急的远海之外，我们别无选择。

我回到自己的岗位，继续细化航路。就在我全神贯注的时候，忽然听到船中部传来一阵喧闹。许多人聚在左舷边，指着下面的什么东西。我走了过去，刚想问发生了什么事，就一眼瞥见了引起骚乱的主角——海面上清晰可见鲸鱼的轮廓，正向着南方游走。待我取来望远镜，便看清原来那不仅是一头鲸鱼，而是两头，一大一小：应该是母亲带着幼崽在这片海域进食，母亲的身形之庞大，几乎能与我们的战船相当，幼崽则只有她的一半大小。有些人看得心焦，纷纷表示应该提醒一下船队的人，但那些饱经风霜的老船员却一笑置之，说鲸鱼虽然形状可怖，却性情温顺，不会伤人。我倒是能够理解这份恐慌——像这样的巨兽，恐怕一口就能吞下五六个人，就算什么都不做，也足以令人胆战心惊。最终，我们还是决定向“阿里阿德涅”发信号示警，然而两头鲸鱼正如老船员所说，并未伤人，只是轻巧地擦着船队游过，没有掀起哪怕一丝波浪。

结果，到了傍晚，“警戒号”的船员就仿佛要和“阿里阿德涅”的船员较劲似的，纷纷表示他们亲眼看到了一群美人鱼追着船尾而行。不过，在他们之外，就没有任何一艘船目睹这样的奇怪现象了。我心想，或许他们对艾尔戴女人裸露胸口那一幕印象太深，导致出现了幻觉，但是谁又能完全确定美人鱼不存在呢？我们即将穿过完全未知的海域，不管看到什么，都不足为奇。有些事情根本无法以常理去解释。我暗中怀疑，前路等待着我们的奇异之物还有很多。

天气越来越糟了，狂风大作，积雨云从西方涌来，密密的雨点打在飞艇甲板上，风吹得飞艇不断摇晃。我们还兀自庆幸于自己的先见之明，把“芙蕾雅”和“阿里阿德涅”提前拴在了一起，才不至于失散，可是紧接着，这条生命线就带来了另一重危险。暴风雨渐强，整个飞艇甚至失去了航行的能力，发条引擎的力量太小，根本无法与风雨抗衡。再这样下去，飞艇很有可能会拖着下面的船触礁。然而，倘若我们割断绳索，飞艇恐怕就会彻底与船队分开——或许会直接坠毁在东方的群山之间。幸好，“阿里阿德涅”的船员以令人敬佩的精神稳稳地掌着舵，有惊无险地在高浪之间穿梭。在撑过了艰难的几个小时之后，我们终于找到了一条通向某个峡湾的水道，便决定从这里拐进去暂时避一避风暴。

来到这里之前，我从未想象过会有如此之高、如此之陡峭的山峦。峡湾两侧的漆黑山壁如刀削斧砍，接天般屹立着，我们的船队与这样雄伟的山海相比，就像蚂蚁般微小。我心想，我在哥本堡接受的教育总是告诉我，是人类统治着大自然；可是到了这里，却完全反了过来，大自然以不可抗拒的力量主宰一切，人类别无选择，要么臣服，要么死亡。

我们下了锚，静候暴风雨结束，“芙蕾雅”低低地飘浮在船队上空。国王在闷头生气，嘟囔了几句类似“必须要在天气转寒之前抵达北方”这样的话。我用望远镜观测着海岸线，说这里的树叶还是绿色的，丝毫没有转黄的迹象。听到我这么说，国王顿时瞪着我，就好像我讲了个并不好笑的笑话似的。过了半晌，他才意识到我的话是认真的。

“我的天啊，尼尔森，这里的树一年四季都是青色的，你不知道吗？你以为圣诞树是怎么来的？我知道你出生在城市里，没有去过乡下，可你上学的时候就连一点关于大自然的事情都没学过吗？”

我承认我确实不算是个认真的学生，但在我的印象里，老师也从没提过这样的内容。我当然记得哥本堡及其周边的地理环境，对世界已知地区也有一点点了解，但是老师似乎从未涉及与动植物相关的内容。（我有种感觉，之所以哥本堡的教育会刻意忽略自然学科，大概也是某些人担心学者们的研究会触及什么禁忌，比如地质学——当然，这些话我是不敢和国王明说的。）

“尼尔森，请务必记得提醒我，我夺回王位之后要做的第一件事就是下达命令：王国之内每一个学生都必须学习自然知识！这样下去绝对不行。”

我点头表示同意，然后迅速换了个话题。旅途之中，我每一天都在痛苦地发现自己的知识有多么匮乏，我唯一的愿望，就是不要继续在国王面前露怯了。

不知等了多久，终于风停雨止。铅灰色的云层低低地压下来，几乎要吞噬山峦。“芙蕾雅”再度上升，直到安全索彻底拉直为止，方便我们从高处打量着峡湾的地形。看上去，在峡湾对岸，似乎有一片城镇的遗迹。国王虽然急着赶路，却也敌不过好奇心的驱使，命令几个人划着小船去那边探索一番，看看是不是能找到什么对我们有用的东西。

探索小队出发后，首席军师萨米尔逊率领着几个舵手和高级军官一起来向国王禀报：天色渐晚，夜航太过危险，必须在此停泊一夜。全天下来，我们的路途都满是艰险。在白天遭遇暴风雨纯属我们好运，如果那时天已经黑了，我们就绝无可能找到这样一个可以暂时休整的峡湾。这样的话，“阿里阿德涅”和“芙蕾雅”或许就要一起葬身大海了。

国王听着他们的长篇大论，脸上满是不耐烦的神色，可到了最后，即便是他也不得不承认船员们的话有道理。这些军官都久经风浪，如果不是有充分的理由，绝不会轻易下此结论。经过商讨，我们一致同意以后只在日间航行，每到入夜时分就下锚停泊。幸好，这里的海岸线遍布着湾口、水道，足以容纳我们的整支船队。然而，如今白昼越来越短，黑夜越来越长，因此每日留给航行的时间并不多。我们必须抓紧一切有日光的时间赶路。

几个小时后，派去探索的小船回来了，载着一个令人震惊的消息：城镇看上去已经彻底荒废了，没有任何生命迹象，然而西蒙森——一个年轻士兵——说他在其中一座房子里发现了一具怪兽的尸体。很多人都在笑话他，他十分愤怒，坚持表示他看到的都是真的。不管怎么说，他一直在发抖，看上去像是真的遭遇了什么不得了的东西。

国王对此表现得非常感兴趣，决定去亲眼看看怪兽到底长什么样。一艘载着国王、我、西蒙森和另外四个士兵的小船便再度向着峡湾对岸出发了。国王和其他士兵一起划桨，我则被安排去船尾掌舵。这个分配令我感到有些羞愤，然而这确实是最合理的安排：总要有人掌舵的，我既然从未接受过水手的训练，自然最适合这个工作。

峡湾内的水面还算平静，可是望上去幽暗深邃，令人胆寒。冷冷的迷雾飘在水面之上，四周一片死寂，只有海鸥凄厉的鸣叫偶尔响起，在山间回荡。说了这么多关于怪兽的事情，很容易便会联想到这片深不见底的水域里或许也隐藏着差不多的东西——就像我们先前见到的鲸鱼一样的庞然巨物——它咆哮着仰起头，就能一口吞下这艘小船……我摇摇头，强迫自己不要再想了。我此时有任务在身，大家都在指望我掌舵，我绝不能自乱阵脚。虽然我算不上是个真正的水手，但起码这个道理还是懂的。

约二十分钟后，我们抵达了峡湾对面。那里有一个残破的石码头，通往废弃的古老港口。我们一个个下了船，在这座城镇的废墟里随便走了走。很显然，这里荒无人烟，废弃已久。许多房屋都失去了屋顶，矗立的断壁残垣上尽是焦黑的痕迹。这里早已遭遇了太多烧杀掳抢，并没有留下任何可能会对我们有用的东西。

西蒙森带着我们走到城镇边缘一座巨大的房子旁边，房子只有一层，像个方盒子。他将入口指给我们看，自己却不肯再迈进去一步了。入口处应该曾有一扇高高的玻璃门——四处都散落着玻璃的碎片。屋内很昏暗，有种庄严的感觉，像是某种办公大厅。

几乎所有的门和柜子都被砸烂了，歪歪斜斜地倒在一旁，满地都是破碎的瓦砾。看上去，真的像是曾有什么怪兽闯进了这里。四处散落着不少书籍，显然在扫荡这座房子的人眼中，书是没什么价值的。国王捡起几本书，饶有兴致地翻看起来。

“这本书可能有点用。”他把其中一本递给了我。

书上的文字和古哥本语很像，我粗略地读了读，像是在描述极北之地的各个土著部族，只是书页已经残破不堪，上面的字几乎难以辨认。国王又捡起另一本书，这本书上有插图，画的是一个平台浮在海平面上。平台下方伸出一根像针一样又长又细的管子，一直通到海床上，甚至穿过海床一直延伸向下。国王仔细观察着这张图。

“这是一个钻井！”

“陛下，钻井是什么？”

“从词根上来看，‘钻井’这个词和哥本语中代表‘财富’和‘地域’的词语密切相关。我猜，古代人就是通过这样的办法，像蚊虫吸血一样摄取无理层中的宝藏。然而，他们从无理层中不仅获得了能源，也获得了无理、荒诞与噩梦，这些东西最后逼疯了所有人。”

有人喊了一声，我们便匆匆赶了过去。那个士兵站在一座通向某个中央大厅的拱门边，指着门内的景象——那里，果然有一具怪兽的尸体躺在地上。很明显，怪兽早就死透了，尸体也化作了森森白骨；可我们依然小心翼翼地蹑步前进，保持着极度警觉的状态，士兵们的手都按在武器上。除了鲸鱼之外，这应该是我此生所见过的最大的生物了。它虽然蜷缩着，却也足有六个人加起来那样长，后腿粗壮，手爪尖利，仅仅它的头骨就足有一头牛那样大。它的上下腭里嵌着两排利齿，每颗牙齿都足足有一尺长。所有人都围着那具尸骨，目瞪口呆。

“我在古书中见过这样的生物，”国王静静地说，“据说它们是从地下世界来的。这附近一定有矿山。我猜，矿工们大概是不小心把这头怪兽从无理层中释放了出来，然后惨遭噩运。但是，看上去，怪兽应该是死在了这里才对。大概城镇的居民一起把它困在了这个屋子里，然后合力杀死了它。”

“陛下，”一个士兵问，“这里现在还有生活在地下的怪兽吗？”

“我不知道，”国王说，“但是这一切都在表示，任何妄图开垦无理层的人，都会遭到惩罚。许多传说都提到过居住在深深山洞中的恶龙，守护着大地的宝藏。”

所有人都安静了，有些人在胸口画了十字架，默默祈祷。

我们取下了怪兽的一颗宝剑般的利齿，随船带回，作为找到怪兽的证据。返程的气氛十分凝重，怪兽的故事迅速传遍了整支船队，许多人都在角落里窃窃私语。出发以来第一次，我见到不少士兵都刻意佩戴了护身符。这样人心惶惶的景象在我看来并不乐观。

次日天气极好，阳光灿烂。我们迅速离开了这道阴森的峡湾，把关于怪兽的一切都抛在脑后，继续踏上了前往极北之地的征途。

我一整天都在重新测定路线，最终得出的结论是，这道峡湾的实际位置比起之前的计算结果而言，还要更偏东一些。（我曾经听过一个理论，千百年间，地球会自动根据磁北的位置调整位置，但这个理论在我听来却似乎有悖科学的基本原则；我认为，这所谓位置改换，多半是人类计算的误差罢了。）地图上并没有标注我们找到的那座城镇废墟，于是我便用笔画下了它的位置。"把这里命名为'瘴气之城'吧。"国王说。我不知道这个名字是什么意思，但我依然按照国王的要求写下了名字，并在旁边注释——附近有恶龙出没。

我先前制作的"芙蕾雅"模型派上了大用场，因此国王给我放了假，让我把精力放在制作适合当作外交礼物的模型上，不必再领航了。飞艇的工房里倒是有不少材料，但是工具本身却粗糙不堪，并不适合制造精致的钟表。幸好，"伏尔甘"船上有一个铁匠工房，用来制作船队所需的武器。铁匠詹森为我单独做了一套小型镊子、戳章与锤头。尽管这些工具尚且不足以帮助我造出一整个时钟，制造一些简单的发条器物还是绰绰有余的。我又从地图资料室拿走了一个放大镜，在工作台上支好。

正在我专注忙碌的时候，国王忽然喊我去地图资料室。他递给我一个望远镜，说："你看看西北方有什么。"

万顷波涛反射着阳光，眼前尽是闪耀波光，我一时间什么都看不清楚。等到眼睛适应了之后，我才渐渐在西北方的地平线上辨别出一样棱角分明的奇怪物体。我调整了一下焦点，立刻看清了那个物体的全貌：那是一个浮在海面上的平台。

“陛下，我看到了一个钻井！”我说，“但是它——它实在是太大了！”我看到钻井顶部林立着无数吊车和塔楼，便补充道：“——足足有一整座城镇那么大。”

“是啊，”国王说，“比我想象的还要大得多。你再看看那座钻井两侧，还有更多的钻井，起码有五个。难怪古代人几乎抽干了大地的每一滴血！我们应该把船开过去，仔细探查一下才对，你觉得呢？”

这个提议令我一阵恶寒。

“陛下，可是士兵们已经……”

国王困惑地看着我，旋即意识到了问题所在，露出无奈又嫌弃的神色。

“老天爷！昨天看到的那玩意儿已经吓破了他们的胆。我们就不该去那座被诅咒的废弃之城。”

他重重地叹了口气。

“好吧，你说得没错。如果那些钻井直接通往无理层的话，那里可能早就爬满了怪兽。但是，即便船队必须留在这里，我们能不能至少开着飞艇过去，在空中看个究竟？”

“陛下，万一有会飞的怪兽怎么办？”

“可飞艇明明是用来作战的啊！我的手下也都是战士！”

他两手一摊，十分泄气。

“士兵总是这样！如果遇上了配备火枪、长剑和大炮的军队，他们就甘愿誓死力战，毫不退缩；可是，如果遇上了什么他们不了解的东西，他们就立刻龟缩不前，变得胆小如鼠！”

他再次夸张地叹了一口气。

“帮我把钻井画下来吧，尼尔森。这样的话，我起码还能记录下它们的模样。”

我拿来笔记本，开始把我透过望远镜看到的一切在纸上仔细勾勒。看上去，离我们最近的钻井顶上曾有一座高塔，可如今高塔已经残破委顿，从中弯折，它的上半身危险地悬在海面上，像是某种生物的喙。平台之下有几条支撑的巨腿。远远看上去，钻井的样子确实非常符合国王之前说过的比喻——“吸血的蚊虫”。

国王眼睁睁地看着海平面上的钻井和我们擦肩而过，满脸都写着沮丧。但令我欣慰的是，他终究没有再命令船队靠近钻井，而是继续北航。我可伪装不出那种只有国王才有的勇气，只要一想到那具怪兽尸体上又尖又长的牙齿，我就感到一阵战栗。

第十七章　火灾

天气依旧让国王忧心忡忡。他大部分时间都在透过望远镜凝视海岸线，在那里，山峰顶端已经覆满了积雪。重云低卷，风向瞬息万变，偶尔狂风大作。有时还会落雪，一团团雪花裹着飞艇旋舞。此时还是深秋，按理说本不该降雪。哥本堡每年的第一场雪基本都在耶鲁节之后才降临，有些时候，甚至整个冬天都不会落雪。

这一幕也令士兵们十分不安。信教的人一直在祈祷，迷信的人则在手腕和脖子上都戴了护身符。每个人心中都隐隐感到了一丝不祥；远处的黑色群山与灰暗寒冷的天气更是助长了这份低迷。

为了暂时逃避压抑的环境，我一直躲在工房里制造“玩具”。

其中一样是一只可以在上弦之后扇动翅膀的蝴蝶，翅膀是铜制的。我努力回忆起了大学时期学过的一个配方，把粉碎后的彩色玻璃炼成了一种釉色，利用“芙蕾雅”上的小型烧窑为蝴蝶的翅膀上了色，上色后的效果十分鲜艳好看。在我心里，这个“玩具”已经完全配得上担当外交的重任——至少，更繁复更华丽的东西在极北之地应该并不常见才对。我给国王展示了蝴蝶，国王欣喜不已，也毫不吝惜对我的夸赞。在蝴蝶之外，我还仿照我们的发条列车做了一个列车模型——有趣的是，列车本身的原型，也不过是个模型玩具罢了。尽管我的列车模型比国王的玩具列车要小得多，却也五脏俱全。我找来一块纸板，在上面画出沟槽，列车就能围着“轨道”一圈圈地跑起来。为了增添一些趣味，我又用纸板搭了一座小山，在山中架起了一个隧道。看着列车一次次消失在隧道里，又从另一头猛然闪现，有种近乎催眠的效果，令人心情不由自主地平静下来，仿佛回到了童年。

尽管我们决意要在宽阔的远海航行，却依旧避不开散布在海面上的岛屿。站在“芙蕾雅”的甲板上向下看，我们可以清晰地看到下面船员所看不到的暗礁和沙洲。因此，飞艇船员的注意力始终集中在探路上，一旦前路出现什么危险的障碍物，就及时示意船队改道。

有意思的是，我们越往北走，一路上的古代遗迹就越多。在哥本堡王国，关于电力时代的一切早在许多年前就都消失了，葬送在纷飞的战火和一种名唤“混凝土凋萎病”的灾难中——许多来自那个时代的混凝土建筑物都仿佛染上了什么病毒，纷纷化作了尘沙，消失得无影无踪。尽管沿岸满是城镇和村庄的废墟，却没有任何人烟。这些废墟和我们之前看见怪兽尸体的小镇一样，早就荒芜了。一天晚上，当我们停靠在某个河口湾下锚过夜的时候，我以为自己仿佛在远山之中瞥见了一抹光芒——像篝火一样——但是我还未来得及喊别人一起来看，火光便倏地消失了。

风暴过后的第四天清晨，我们看到前方的海平线上出现了一座巨岛。巨岛两侧是起伏的山脊，连绵不断，形成了一道横亘东西的屏障。国王和几位军官一起研究了半天地图，最终达成了共识：这就是我们的目的地。船队转向东方航行，随着宽阔的峡湾一路向着主岛驶去。终于，那天傍晚，在暮日西沉的时候，我们抵达了岛屿。海湾附近散落着不少建筑物，看上去这里曾是一座工业重镇。按照国王的说法，这里就是铁港——萨迦诗篇中所提到的古战场，无数场战役曾在这里发生。我们曾无数次地幻想这场艰险旅途的终点该是如何光辉万丈，可眼前的场景却显然有些不尽如人意。一座高大阴沉的雪峰矗立在岛屿正中，在山峦投下的暗影中，是破碎的码头和倾颓的楼房，还有吊车这样的大型工业建筑，也已然锈蚀荒废。水面之下也是危机四伏：“芙蕾雅”发出了一条紧急预警，提醒下面的船只要注意避开港湾里的大型沉船。好在，从空中看，脚下的一切都是一览无余的，我们最终找到了一个适合停靠的码头，那里的海域还算平静，并没有什么障碍。长长的石堤位于城镇南方，一侧是巨大的工业建筑物，另一侧则是陡峭的、树丛遍布的山坡。船队成功靠稳之后，飞艇也降了下来，停在距离水面几尺高的位置。

国王敏锐地意识到大家都已筋疲力尽，急需放松一下，因此立刻宣布要在今夜举办宴会，庆祝我们成功抵达终点。我们从废墟中捡来了不少木料，在码头上搭起了篝火。艾尔戴人送给我们不少肉食，都被厨子腌在盐桶里，此时正好派上了用场。尽管以我们现在的条件，这不过是一顿简餐，但是烤肉、面包加上比平时多三倍分量的朗姆酒，这场宴会好像也和世间最美味的佳肴相差不远了。

天色渐暗，人们开始聚在一起打牌。有些人用剩下的朗姆酒来做彩头，最终的结果是一些人喝得烂醉，另一些人则怒火中烧。接下来当然是一场混战，最后高级军官们不得不介入，把一些闹得最厉害的人丢进了禁闭室，让他们冷静一下。

此时狂欢已近尾声，大部分人也都上床睡觉了。突然间，一阵警铃大作，令我猛地惊醒过来。“芙蕾雅”上睡着的人也都听见了警报，纷纷跑出来，只听远处有人大喊“着火了，着火了”。灾难就发生在我们头顶：“芙蕾雅”的一个氢气球已经被熊熊烈焰吞没了，另外几个气球也保不住了。

国王穿着睡衣跑上甲板，吼道：“释放气球！”

“别费劲解结了，直接把绳子割断！”他继续喊道。他毫不犹豫地抽出自己的佩剑，开始用力砍最近的一根绳子。人们效仿他的样子，抄起了斧子和刀，我也从工房里拿了一把钢锯，加入了战团。灼人的热浪从上方直扑下来，我们全部汗流浃背，布料和缆绳的残片不断从烈焰中飘落，掉在我们身上。最靠前的几根缆绳已经被割断了，甲板也猛地倾斜向前。紧接着，伴随着断裂的声音，剩下的几根缆绳也纷纷绷断，“芙蕾雅”的船头直接栽进了海中。燃烧的气球缓缓上升，下面还系着我最喜欢的瞭望台。我们眼睁睁地看着气球逐渐飞远，飞到了海港的另一边，像喷火巨龙般辗转腾挪，逐渐耗尽了所有氢气，最终力竭，坠落在漆黑的大海之中。

“就算这里的人一直没注意到我们的出现，”国王说，“有了这一出，举国上下恐怕都该知道了吧？”

士兵们扑灭了甲板上的火。不幸中的万幸，火势没有蔓延到火药库，否则就会直接引发爆炸，杀死这艘飞艇上的所有人。飞艇仅仅失去了气球而已，舱内的物品还算完好无损。有些人在救火的时候受了伤，不过都是轻伤，并无大碍。大家分析，应该是篝火的余烬被风吹得飞了起来，因此点燃了气球。现在，“芙蕾雅”不再是飞艇了——如果它还想原路返回到哥本堡去，就要像其他船只一样，走海路升帆航行。

然而，次日一早，我们却听到了噩耗。一个年轻士兵说，他夜里去堤岸边解手的时候，无意间把目光从篝火上转开，望了望山的方向。那时，他看到数支燃烧的箭破空飞来，击中了气球。我们把他带到地图资料室反复审问，但他始终非常坚定。

“你确定那些不是燃烧弹？你确定？”国王反复问道。

“不是的，陛下。那些箭没有声音，不像燃烧弹一样会爆炸。而且，不止一支箭——一共有三四支呢，一支接着一支。”

“箭是从码头的方向来吗？”

“是东边——那个方向。”他指着码头靠近陆地的一端，那里可以看到一条古老的小径，盘山而上。

军官们凝重地对视：我们昨夜遭到了攻击，却没有人发现。军官们感谢了那个年轻士兵，然后放他离开了。

“土著人？”年轻士兵关上门的一刻，国王说。

“有可能，”约翰逊说，“但如果他们知道怎么给箭头淬火……”

这其中的意味不言而喻，我们面对的并不是一般的土著，他们知道飞艇的作用，也知道该如何击毁一艘飞艇。

“不屈号”船长哈因曾经到访过北方。“如果当地土著要与我们为敌，那我们的麻烦可就大了，”他说，“虽然他们人少，也没有什么武器，却胜在熟悉地形。他们可以非常轻易地毁掉我们的装备和粮草，或者神不知鬼不觉地一个个干掉我们。”

“那我们必须马上与当地人取得联系，”国王说，“我们要和他们站在同一战线。我相信，他们对北地人的痛恨，绝对不亚于艾尔戴一族。”

“他们会不会把我们误认成了北地人？”我问。

“无论如何，我们都要先找到他们好好地谈一谈，一定要说服他们，”国王说，“尼尔森，跟我来吧。我们出去转转，找一找这些箭头的来处。”

夜间下了一层薄雪，因此到了早上，阴沉晦暗的天色也有所好转。我们沿着码头步行，走到尽头时，却猝不及防地看见了一样令国王无比兴奋的东西：铁轨。这里的铁轨深深嵌入地面，因此昨夜我们并未注意到它的痕迹，但它显然是铁轨无误。更有甚者，它的宽度与结构似乎恰好与我们的列车相匹配。铁轨向着海港另一头的工业建筑区延伸。

“尼尔森，你看看这个！”国王说。他摸了一把铁轨，发现表面极为光滑，没有锈迹，“这些铁轨并不是古物，有人用过它们。虽然不像是近期发生的，但也绝对不是古代的事儿。”

“陛下，这里的土著部落也有列车吗？”

我想象不出这会是怎样的情况。想要制造列车，就必须要工房和铸铁厂——如果是土著人的话，不太可能轻而易举地支配这些资源。

“不是土著部落，尼尔森，是北地人，他们来过这里。而且我猜，这里的土著并不欢迎他们。”

这么说，北地人也在发展与列车相关的科技。他们进行列车实验有多久了？是早有蓄谋，还是受到了汉森的帮助？（之后，当我终于有时间好好思考的时候，我才发现一个问题：国王知道这件事，究竟有多久了？显然，他决定把我们的列车从哥本堡一路运到这里，可不是个巧合。）

我们横穿过铁轨，向着一座废弃的楼房走去。我们在楼房后面找到了需要找的东西：火堆燃烧后的余烬。攻击我们的人就是在这里为箭头淬火的，有了楼房的遮挡，我们便不会发现火光。楼房后面紧挨着山坡，山坡虽然看上去极其陡峭凶险，但是攻击者一定是从这里翻下山的，再没有别的路了。

“肯定是土著的手笔，”国王说，“我可想象不到北地人能毫发无损地从这种山坡上走下来。”

我们没有看到脚印，雪地里唯一陌生的痕迹就是动物的掌印，看形状像是某种大型犬。这至少告诉我们，这附近一定住着人。

探查完毕后，我们向着码头的方向原路返回。天色灰暗，凛冽的寒风在海港里呼啸，令我即便裹着一件皮衣，却还是冻得发抖。

“我们要怎么和土著人取得联系？”我问。

“我不知道，”国王简单地说，“或许他们会先和我们取得联系也说不定，怎样都行。但我认为，我们应该先在这里安营扎寨，然后……”

他的声音渐渐小了，他的目光落在铁轨旁散落的一块小小黑石上。他蹲身拾起黑石，表情变得恍惚极了，仿佛陷入了沉思。

“陛下，怎么了？”我问。

“我必须立刻和约翰逊谈谈。”这是国王给我的唯一一个回答。我们匆匆返回了泊船的地方。

之后，我站在“芙蕾雅”的甲板上，看到国王和约翰逊正站在码头边激烈地讨论着什么，国王手中握着那块他早些时候捡到的黑色石头。

每当我看到国王转而与他人商量意见、表现得亲密无间，我总会感到一丝细微的妒意。我努力压制住内心翻涌的情绪，国王就是这样的——这是自小从政赋予他的直觉罢了。永远不要把事情的全部真相告诉某一个人，要调动手下互相竞争，让他们使出全身解数讨你欢心，不要给手下太多的安全感。

我沿踏板走下飞艇，走近了对话的两个人。我表现得非常自然，仿佛这份秘密本来就该与我共享一样。

“如果他们手里有黑石，那一切就要改变了。”国王说。约翰逊点了点头，表情沉重。在我走近的一刻，约翰逊立刻停止了对话，转身离开，向着他隶属的战船走去。

“陛下，那是什么石头？”我问。

国王停顿了一下，仿佛在斟酌究竟该对我透露多少信息。

“你自己看吧，”国王说，“我来演示一下。”

我们走到昨夜篝火的位置，余烬还在燃烧。国王将黑石抛进了篝火中心，很快，黑石被烤成了红色，然后一团烈焰猛地蹿了起来。

看到这一幕的时候，我并不知道该做何感想——即便我之前从未见过能燃烧的石头。这一路走来，我已经见过太多新奇的东西了，因此，我也想象不出这块石头究竟特别在什么地方，才让国王表现得如此慎重。

“我们的蒸汽机，是靠烧木头产生的蒸汽驱动的，”国王解释道，“北地人的蒸汽机也是。因此，蒸汽机对我们来说没有什么意义——我们国土上的森林本来就不多，想要烧木头的话，就又贵又困难。北地王国的木材更多，可即便如此，想要持续驱动蒸汽机，也十分不易。有一种独特的石头，比木材更适合燃烧；但问题是，这种石头必须要深入无理层才能找到，而且世界上只有在一些特殊的位置才能挖到。我完全没想到会在这里看到这样的东西，古书里对此一句都没提过。”

然而，我依旧没有听懂他的意思：“可是陛下，那又有什么意义呢？就算北地人有了蒸汽机也没事啊，我们不是有风力和发条吗？”

“钢铁与蒸汽，尼尔森，你自己想想，这可是无人能敌的组合。如果北地人同时拥有了钢铁和蒸汽，那么哥本堡在他们面前就不堪一击。他们可以造出像古人那样的大型蒸汽船，那样的船不会被风向限制，上面安装了强而有力的大炮，一炮就能轰穿我们的战船。这样一来，我们的国家也不能从海峡赋税上获得任何收入了。北地人会彻底吞噬哥本堡，这是根本无法避免的结局。但是，想要拥有大量的钢铁和蒸汽，就必须借助黑石的力量。没有黑石，就算是再好的科技构想，也无法实现。”

“或许他们的黑石也不多呢？我猜，大部分黑石应该已经在古代就消耗殆尽了吧。”

“看上去，他们的黑石还真不少。这里的人应该就是在这个港口把黑石出口到其他地方的吧。要不是为了这个，为什么会有人白白在这片废墟里多建一条铁路？”

他凝视着峡湾另一侧。

“尼尔森，跟我来转转——我需要思考一会儿。”

我们走下码头，沿着通往城镇中心的路慢慢走着。国王沿路找到了一道石制的铁路桥，显然是古物了，这也顿时引起了他的兴趣。

“看看搭桥的好石料，再想想他们到底花了多少工夫才把这玩意儿造出来！”国王惊叹道，“付出这么大的努力，只是为了建一座桥而已。他们一定富可敌国，却并不知道自己拥有怎样的财富。”

这一片地都被铁轨分割成了小块。我对国王说，想要搭建这么长的铁轨，一定需要数不清的生铁才可以。

“这里不缺铁，”他说，“尤其在古代的时候，这里的铁矿多极了，他们自己都用不完，甚至还有余力出口到其他王国。看上去，北地人似乎又回到了这里，重新做起了这项贸易。但是为什么要这么做呢？就不能把仅有的黑石自己保存好吗？而且，这交易能带给他们什么回报？有什么东西能比铁和黑石还宝贵……”

国王的声音戛然而止，接着他爆发出一阵大笑。

“尼尔森，我真是个白痴！快，快告诉我，我是个白痴！”

“陛下，如果您执意要听我说这句话……”我结结巴巴地说，“您……您是个白痴。”

“侮辱国王，一等罪，绞刑处死！”国王大笑，然后转过身，向着船的方向走去。

我小跑着追上了他。

“陛下，求求你，这一次请告诉我真相吧——就一次也好！”我努力控制着表情，但颤抖的声音却彻底出卖了我内心涌动的情绪。

国王停下脚步，转身望着我，神色肃然。

“卡尔，我对你说的每句话都是真相，只是……并不是全部的真相。这是为你好，为了保护你。”

“我只想知道这件事的来龙去脉，可以吗？”

“嗯……其实很简单。古书上写得没有错——这一带没有黑石。北地人并不是在出口黑石，恰恰相反，他们是在把外面的黑石带到这里，这意味着北地人自己也没有足够的黑石可用。这个消息很好，反正对哥本堡和我们的任务都是极为有利的。”

国王说完之后便大步走开了，脚步轻快，像以往一样精力充沛。我亦步亦趋地跟在他身后，却跟不上他。不仅跟不上他的脚步，也跟不上他的思维。

第十八章　冒险小队启程

次日一早，我们召集了所有高级将领一起开会，商讨接下来的计划。说什么“开会”，我是开玩笑的——其实只是国王把所有人都喊到了一起，然后开始一一下达命令罢了。我们派了一批探子去勘测海港周边的地形，尤其重点关注铁轨，又派了一批机械师去四处寻找合适的、零散的铁轨，带回来从船停泊的位置一直沿着码头铺到陆地上。我们在旁边安装了轮式吊车，组装了新型风车，为储能舱上弦。然后，我们又在离船不远处筑起了防御土墙和栅栏，日夜由士兵把守。总而言之，我们把海港中这小小的一隅改造成了一座军事要塞，几乎能顶住大部分攻击——当然，那种全面来袭的大军除外。尽管我们在大海峡附近和北地人冲突不断，但理论上讲，哥本堡王国和北地王国其实并没有正式开战——至少现在还没撕破脸——但很显然，我们此时深入北地王国腹地，在他们的西海口安营扎寨，已经非常出格了。

实际上，通盘考虑之后，最奇怪的一件事是：北地人始终没有出现。我们在海港中找到了许多证明北地人曾在这里频繁活动的证据，但那些痕迹也是好几个月之前留下的了，或许现在北地人已经抛弃了这座港口。

国王坚持认为，北地人一直致力于把黑石从南方岛屿运到极北之地。古书上说，极北之地曾经有过不少矿山。也许只不过现在入冬了，航线不好走，北地人便不再来了。又或许，矿工们在这里遭遇了什么不测。他没有明说具体是怎样的“不测”，但所有人心里都有数。

一旦要塞彻底完工，我们就会召开正式的战前会议。在会议上，国王将会对所有人陈述他的作战计划。绝大部分人都跃跃欲试，而我一如既往，只想远远地避开。

在哥本堡的官方历史中，无论是列车还是铁轨，都从未存在过，可是，当国王命令手下去勘探铁轨的时候，没有一个人表现出哪怕一丝的惊讶。

正如国王曾经对我说过的一样，整个哥本堡，就连街上的狗都知道铁轨曾经是城市生活不可或缺的一部分。教会的人一厢情愿地试图遮盖这段历史，妄想彻底抹杀铁轨的存在，可真是愚蠢啊！探子们回来之后，报告说他们在铁轨附近不仅找到了古代的铁拖车，还找到了明显是当代人手笔的木拖车，拖车上刻着北地语的记号——现在我们终于有了确凿证据，北地人确实计划重新开启那条古老的铁道。这些情报对我们而言，是好消息也是坏消息。好消息是，我们找到的这段铁轨一定也能连通其他的铁轨，绕来绕去，最终有很大可能会并入那条向东延伸的主要铁道之中，一直通往群山彼端，直抵北地王国。坏消息则是，在海港不远处就有一条隧道，铁轨没入了隧道之中，看不到尽头的样子。想要顺铁轨前进，就不得不钻过隧道。

探子们沿着隧道走了一阵，最后还是感到有些胆怯，掉头回来了。看上去，这条铁路一直要穿过绵延的群山。这说明前路还遍布着许多这样的隧道，我们现在看到的这条隧道甚至都算不上长。如果我们要驾驶列车一路沿铁轨而下，就必须鼓起勇气面对重重山岩包裹中的黑暗。暂时还没有人敢把“巨怪”这个词说出口，但这个念头却在每个人心里盘桓。

然而，北地人显然已经使用过这条铁路很多次了，看上去也算是安然无恙。探子们在空置的北地拖车中找到了残留的黑石和铁块。散落在四周的黑石实在是太多了，士兵们甚至开始着意提着筐去采集，一筐一筐运回到营地，专门用来生火做饭。一小块黑石已经足以让炉火熊熊燃烧，方便极了，只有厨子对此有些微词，声称黑石燃烧过后留下的废渣很难打扫。

我们花了三天才准备好一切，这主要归咎于白昼太过短暂。国王之前说的没错：这片土地上，太阳总是与地平线难舍难分。每天满打满算，也只有六个小时的日光，这本就有限的时间还在随着冬天的迫近而逐渐缩短。幸好，如今新型风车已经竖立在码头边，风稳定地从峡湾的方向吹来，风车旁上好弦的储能舱也越堆越高。机械师们沿着码头铺好了临时的铁轨，将列车、车厢和拖车逐一搬运上岸安装好。

这几天，士兵们也一直在为火枪上油保养，反复操练枪法和剑术，为即将到来的大战做准备——所有人心中都已经认定，国王会带着军队去和北地人开战。气氛紧张而凝重。

第四天，国王终于召开了战前大会。这次出席的高级军官比平时还要多——作为国王的参谋之一，虽然我没有正式的名分，却早已在实质上跻身高级军官之列。“芙蕾雅”的地图资料室挤不下这么多人，我们只好把会议地点转移到了“阿里阿德涅”的船舱，座位不够了，有一些人就不得不靠墙站着。国王一一迎接了出席会议的军官，约翰逊则站在他身旁。国王身后的墙上贴着一张北方地图，囊括了北境的一切已知王国与地域。

国王在地图上画出了他所推测的那条东行穿山铁道的路线。他说，北地人应该就是在这里建立了北方要塞与工业中心，因为此地深入北地王国腹地，离周围敌国的位置较远。我们尚不能准确估计这一带北地驻军的人数，但按照常理推断，应该起码有几千人。船舱里响起一阵窃窃私语，这个任务听上去完全是要我们去送死。

然而，国王接下来说的话，却令所有人都惊讶极了。

“在你们心中，我一向是个战士，热血好战，从不退缩。可是在此刻，我们必须牢牢铭记我们来到此地的目的。我们并不是来和北地人开战的；我们的目标是夺回哥本堡王国。因此，我们只有在遭到攻击的时候才能因为自卫而回击，绝不主动出手——这一路上，你们完全遵守了这个行动宗旨，你们的勇气也令我倍感骄傲。”

“德·马提尼斯及其党羽的背叛，其实我早有察觉。在政变发动几个月前，我已经吩咐忠实可靠的手下向北地王国派遣间谍；一旦情况有变，我们被逼无奈不得不踏上这段旅程，我先前做的准备就能派上用场。因此，我想，北地人根本不知道我们如今已经将他们的底摸了个十之七八。我们手中的王牌，即是这份对北地情报的了解。只有时机到了，我们才能亮出这张牌。在这件事上，我希望能够得到所有人的信任，我也有自信你们会选择相信我。”

他顿了一顿。

“这次的列车考察，我会带五十个人。”

四处响起倒抽冷气的声音，没有人想到国王会下达这样的命令。

“剩下的人留在这里过冬，继续防守要塞，一切保持现状。如果我们到了春分那天还未返回，就请你们返航，回到哥本堡对新政府投降。这就是我的命令。我稍后会通知那五十个人前来受命。我们一旦完成列车和车厢的全部检修与准备工作，就马上启程。”

国王选中的五十人，大多有着某项特殊技能，其中包括机械师、领航员、探子、神枪手，还有几位高级军官，比如出身北地家庭的约翰逊——他会说北地语，也懂一点当地土著的语言。国王还带上了一位厨师和一位医生，还有负责维护列车的我。我的任务就是驾驶列车；在我训练出一位能和我轮班工作的助手之前，驾驶座都只有我一个人坐。幸好，大家对驾驶这件事都很感兴趣，因此报名也格外踊跃。之后，在国王的命令下，我们再次拆分了新型风车，把零件打包塞入拖车。我还带上了我在“芙蕾雅”上制作的那些作为外交礼物的发条“玩具”。在储能舱、帐篷、补给、武器和工具一一装载到拖车中之后，五十个人也逐一登上了车。

旅程要开始了。列车只有两节车厢，因此大部分人都不得不坐在敞篷的拖车中。绝大部分人都从未见过发条列车的全貌，更别提亲身乘坐了，他们登车的时候激动之情溢于言表。我爬进驾驶舱坐好。

国王从车厢窗户里探出半个身子，对留下来的人挥手告别。下面的人挤在铁路两侧观看，随着列车缓缓启动、驶向要塞的木头大门，爆发出阵阵的喝彩声。

可惜，列车驶上岸边的主铁轨时却遇到了一些问题。之前机械师在要塞和主铁轨之间铺设了一道弯轨，测试的时候一节拖车可以独自安然通过，可是一旦成了几节拖车和车厢连在列车头后面，弯轨就显得太逼仄了，列车尴尬地卡在了半路。我们只能匆匆招来吊车，把列车从弯轨上救了下来，重新放置在主铁轨上。列车重新连接好每节车厢的时候，人们为了捧场，再次喝起彩来。

我们再一次启程了。只不过，为了安全考虑，我们前进的速度甚至比步行还慢，铁轨旁边跟着二十位武装的士兵，专门为了护送我们安全穿城而过。

城中景色在窗边掠过，我看在眼中，也暗暗心惊。这座城镇曾经无比繁华，满是道路、仓库和民居，可如今全是一片荒凉废墟，断壁残垣之上随处可见焦黑的痕迹。我们没有发现任何生命的迹象，但所有人都一致认为，此时此刻正有人躲在暗处观察着我们的举动。列车行进的嘈杂噪声回荡在光秃秃的墙壁之间。有些墙上还有清晰的古老字迹，像是古哥本语。我们的前进断断续续，机械师们随时需要停下来扫清前方铁轨上散落的砖石残片，或是手动为列车并线改道。

比起前几天来，今天的天气要稍微晴朗一些，多云的天穹中依稀可见小块小块的蓝天，只是峡湾上吹来的风依然寒冷刺骨。我们驶上主铁轨的时候，我瞥见一排排古老的、已然全部锈蚀的铁拖车停靠在铁轨旁，每一节拖车都足有我们一整个列车头一样大。我想，以我们的列车头的力量，恐怕都不足以带动哪怕一节这样的拖车。到底要怎样的列车头才能与这样的车厢匹配？那样庞大的机器，大概已经等同于某种奇观了吧？驾驶那样的钢铁巨兽所需要的能量……我不敢想下去了。在古代世界全面湮灭之前，那些古代人只怕每个人都坐拥帝王般的财富，才会有如此可怖的能源储备。

约二十分钟后，我们抵达了城镇边缘的一座废弃大楼。看上去，这座楼应该是古时候的车站。陪同我们的步行士兵只能送我们到这里，从此刻开始，我们就只能靠自己了。

我再次发动了列车，保持着慢速前进。列车驶上一道满是青草的缓坡，向着山侧的隧道行去。我强迫自己绝不能在大家面前露出哪怕一丝的怯色，但隧道的样子依然令我胆寒：它就像是一只巨兽张开的血盆大口。托国王的福，我曾经有过一次惊心动魄的地底经历，但是对于另外四十九个人来说，这可是一次全新的恐怖冒险。几乎不会有任何一位哥本堡居民选择主动进入噩梦般的无理层。

我命令一个人站在列车头，提着汽灯照明，但是我们很快发现这么做毫无意义——大概是之前的探子太紧张了，误报了情况，我们一进入隧道便发现它比我们之前想象的要短得多，出口的光亮就在眼前。我们花了不到一分钟就穿过了隧道。我全程还是控制不住地屏住了呼吸，全身僵硬，可是隧道里一片平静，什么事情都没发生。

接下来，就是更多这样的隧道，有长有短，我们一路穿山而过，列车始终平稳地行驶在上坡路上。迄今为止，这条路上还没出现巨怪或是食人妖，就连哪怕一个对我们射箭的当地土著都没看到。

离开又一个隧道后，峡湾出现在了我们左侧，上坡的路也愈发陡峭狭窄了。在最窄的地方，铁轨几乎是悬挂在山壁上的，另一侧即是深渊。如果土著人现在要对我们发起攻击，那我们便无路可逃了，只能束手就擒。在这种情况下，隧道的出现几乎已经开始带给我们某种心理安慰了——就像避难所。附近依然有不少树木植被，但可能是因为当地气候太过寒冷，那些树大多纤细矮小。几个小时后，我们终于抵达了峡湾的尽头。不知道前方等待着我们的，又将是怎样奇怪的地形。

国王打开车厢的门走了出来，站在我身后的踏板上，他开始用望远镜观察前方的路。我不知道他是否心里已经盘算好了接下来的路程——他总是这样，就算他有主意，也不会直说的。在引擎的轰鸣之中，他微笑着用口型对我说："就像航船一样。"

铁轨开始下坡，前方是峡湾尽头山间的河谷。河谷看上去很宽阔，却十分贫瘠。国王一直保持着观察前路的姿势，突然间大喊道："停下！快停车！"

我们前方是一座铁桥。我们下了车，沿着铁轨走了一段，勘探铁桥的结实程度。看上去，这座桥还算牢固，但桥身上的痕迹表明它不久之前刚刚被修缮过。国王指着下面河谷中影影绰绰的物体轮廓，把望远镜递给我，示意我看。看上去，那都是一些散落的铁柱木梁。

夕阳沉入群山，天色逐渐暗淡。国王下令停车休整，今夜就在此扎营。大家开始支起帐篷，四处收集柴火。在昏暗的暮色中，我看到大桥另一头遥远的山坡上有什么在闪光，是炊火，土著人应该就住在不远处。

两节车厢里有一些铺位，能容纳国王、我还有几个高级军官。

我们出发的时候带了几桶黑石，便烧起了车厢里的炉子，这样大家就可以睡个暖和舒适的好觉了。多亏国王一开始坚持要在列车上安装炉子。晚餐后，国王和我一同坐在小桌前，边喝朗姆酒边打牌打发时间。我们玩的游戏叫作“国王与王后”，在哥本堡很流行。国王明显思绪重重，发挥得并不好。

“陛下今晚好像运气不好。”又赢下一局之后，我说道。

“运气……”国王心不在焉地重复道。我们能听见驻扎在外面篝火旁的人正在大声歌唱，看上去他们的情况还好，不至于太过寒冷，我欣慰地想。

“尼尔森，有件事情我需要你的建议，”国王在我发牌的时候突然开口，“看上去，那座大桥是安全的。但是同时我们也知道，在不远的过去，这座桥也曾遭遇损毁——可能还不止一次。这在你看来代表着什么？”

“陛下，这取决于大桥的损毁是人为损毁，还是自然灾害。”

“我认为我们可以默认是人为损毁。这里离山很远，不可能有坠石滑坡；像这样一座钢铁铸成的大桥，普通的风暴更不可能损伤其分毫。”

“那就代表着这里发生过战争。我猜是当地土著部族。”

“正确。土著人肯定对北地人的入侵感到极度不满。然而现在，攻击的先机就掌握在他们手里，可他们却放过了这座桥。为什么？”

“或许北地人已经将他们全面击败了？”

国王摇了摇头。

“在这样的地形中，没有任何一支军队可以永久地守住这座桥。而且，假如土著们真的被北地人打得一败涂地，那他们岂不是更有理由心怀怨恨，把桥彻底毁灭吗？”

“或者说，北地人和这些当地部族结成了协议？北地人拿出什么好处来收买了他们？”

国王打出一张黑桃 A。

“我也是这么想的，”国王说，“可是用什么收买呢？金子对土著毫无用途。如果是你的话，会想到什么东西？”

“武器？酒？不——黑石！”

我打出一张红桃皇后，再一次收走了国王全部的牌。

“尼尔森，你的游戏玩得越来越好了！”国王笑道。我不太确定他口中的“游戏”具体指的是打牌还是别的什么。

“答案就是黑石，”国王继续说道，“这里虽然也有可以当作柴火的树木，但对于土著来说，黑石无疑是最便捷的能源，有了黑石，他们就能舒舒服服地过冬。看上去，北地人可不缺这种玩意儿，如果土著们胆敢不听话，北地人就可以随时取消他们的黑石供给。真是个聪明的计策！”

我们把牌桌折叠起来，开始铺床。

“这就代表着，在得到当地土著的批准之前，我们不能随意穿过这片土地。”国王说，“首先，这座桥上可能设下了我们没有看出来的圈套；退一万步讲，即便桥本身没有问题，当我们驶上桥的一刻，便无处可逃，如果他们决定抓住这个机会攻击我们，那我们就只有死路一条。明天一早，我会派出探子去和他们取得联系。我想，我们必须给他们一些好处才行，只是我还不知道应该给什么。我睡觉的时候会好好想想，明天早上起来再说。”

那一夜，在温暖的车厢里，我梦见了艾丽卡·索恩。那个梦有一丝淡淡的忧伤，尽管我尽了最大的努力，却依然未能完全把她抛之脑后。我醒来后，睁大眼睛盯着车厢顶发呆了好一会儿，她的样子在我脑海中挥之不去。或许，在新政府上台后，她已经被从精神病院放了出来；又或许，新政府的人也将她视作危险的激进人物。不知出于什么原因，她心中认定我背叛了她——但我和她相处的时间极为短暂，也从未对任何人提起有关她的事情。确实，我一个人在她的宿舍房间里时，出于好奇看过一些她的书和笔记。可能那个时候她注意到自己的东西被动过了，因此她被判刑的时候，把我看作告密者，也是自然而然的。但我心底深处依然不禁觉得，这件事远没有看上去这样简单。

外面的世界在一夜之间改头换面。夜里下雪了，白雪覆盖了整片大地，原先显得干枯贫瘠的山谷顿时变成了魔幻仙境。好在雪还只有薄薄的一层，不足以影响列车前进，但很显然，如果雪势再大一些，我们就会有麻烦了。虽然国王坚持要加快脚程、在天气转寒之前赶到北方确实很有远见，可或许我们还是慢了半拍。

国王派了两个探子去和土著人交涉：一个名叫伊布森的年轻

人，体格健壮；还有约翰逊，必要的时候可以负责翻译。我站在国王身边，望着两个人小心翼翼地一步步走过大桥，然后在脚上绑好滑雪板，向着我昨夜看到炊火的那个方向继续前进。

“陛下，你决定好要送给当地人什么东西了吗？”我问。

“我叫探子先去探探他们的口风，搞清楚他们想要的是什么。这里的土著和艾尔戴部族很不一样，他们或许压根儿不在乎北地王国，也不在乎铁路，他们觉得只要能平平安安地过日子就行了。不过，假如他们也对北地人心有不满，那我们或许就有和他们交易的余地。我们迄今仍不知道他们当初为何在铁港攻击我们的飞艇，他们究竟是把我们当作了北地人，还是奉北地人之命来先下手为强？这些谜团都必须得到解答。我嘱咐探子，一旦见到土著人，就对他们说我们一行人身负重要的外交任务，希望得到通行的批准。”

这几乎是国王头一次如此清晰直白地把思路展现在我的面前，令我甚至有些不习惯。或许他确实把我之前的请求当了真，决定要多信任我一点。

接下来的几天，我们一直在原地驻扎，等待探子返回。机械师借此机会，为列车设计了一个木制扫雪铲。在雪只有几尺来深的情况下，我们甚至不用停车，扫雪铲就会为我们自动扫清前路。然而，如果雪实在太厚，我们就不得不恢复人工铲雪的老办法了。我不知道在这样一个地方，冬天会有多少降雪，五尺？十尺？如果等待着我们的是足足十尺雪，那不管是扫雪铲还是人工，都将无力相助——我们只能等到开春才能继续前进。可是我们的粮食储备，又远远不足以支撑我们等到那个时候。

出于这个原因——也是为了让无聊等候的人们找点事情做——国王下令让大家打猎。这附近肯定会有野兔，可能还有鹿。不过，国王严令禁止我们射杀任何驯鹿，因为一般来说，驯鹿肯定是当地土著豢养的。

不过，显然国王过于乐观了。我们的人都是士兵和水手，没有专业的猎人。第一支打猎小队进入森林的时候，吵吵闹闹，脚步沉重，估计那里面不管有什么野生动物，都早就被吓跑了。那之后，国王便决定，每支打猎小队不得超过三个人。

我和国王也组成了一支打猎小队，不过我怀疑国王主动要求打猎的动机，还是为了躲开嘈杂的手下，以获得片刻清净的思考时间。我们随身背了火枪和弓箭，但我两者的准头都不太好，因此我自认很难在打猎中派上什么大用场。不过，起码我很擅长保持安静。

我们向着营地东边走去，穿过约有一尺高的积雪，在静默中爬上矮坡，穿过稀疏的森林。

这一日云散开了，阳光灿烂，雪地上闪烁着璀璨的光芒，像是洒了一地碎金。我们选在暖和的中午时分出发，距离太阳下山还有几个小时。

走了大约半个小时之后，国王指着雪地里一行延伸到树林里的动物脚印，说道：“是鹿。”我不懂怎么辨认脚印，但我知道打猎一向是深受国王们青睐的贵族活动，因此我对国王说的话也深信不疑。我们沿着脚印穿过森林，抵达了一片空地。国王示意我停下。空地另一侧的灌木丛里，传来窸窸窣窣的声音。

国王正要开口说话，便又突然止住了声音。灌木丛中钻出了一头我从未见过的动物，安静地站在原地，凝视着我们，空气和时间仿佛突然都凝固了。那头动物长得就像一只灰色的大狗，灰色的眼睛一眨不眨，目光落在国王身上——它似乎完全忽略了我的存在。我下意识地端起了火枪，但国王却把一只手按在我的手臂上。他也毫不退缩地回望着那头动物，动物的眼中有种奇异的神光。

这一幕在我看来，就像是它在对国王示意一般，一人一兽之间仿佛萌生了某种惺惺相惜的情愫。我知道，这听上去荒诞至极，但那一刻我确实是这样想的。突然间，动物转开了眼，然后转身离去。

国王看上去大受震动，他告诉了我那是什么动物。

“陛下！”我惊讶道，“可是——可是那难道不是传说中虚构出来的生物吗？”

国王瞥了我一眼，语带讽刺：“尼尔森，你看刚刚那玩意儿像是虚构的吗？行吧，让我们去找找看，看它有没有留下什么‘传说中’的足迹。”

我们小心翼翼地走到了空地的另一边，洁净平整的雪地上，两行巨大的爪印显而易见。我们还找到了一头新死不久的鹿，显然是刚刚那头动物在我们抵达之前杀死的。我们把死鹿拖回了营地，当作晚餐。国王叮嘱我，关于那头动物的事情，一个字都不许对别人提起，否则他们又该像那时在峡湾废弃小镇一样，被这些子虚乌有的怪兽吓破了胆。因此我们统一表示，鹿是我们自己遇上杀死的。我相信，这里的绝大部分人都像我一样，笃信狼这样的动物只存在于古老的传说之中，是大人讲来吓唬小孩子的。

整整一天，国王都沉浸在思绪之中，一反常态，几乎根本没有开口说话。

次日清晨，我们看到两个脚踩滑雪板的人影正在向着营地的方向前进。其中一个是约翰逊，另一个却是一名矮壮的黑发土著，穿着红蓝相间的服装。与约翰逊同去的探子伊布森却不见了踪影。在众人焦急的追问之下，约翰逊表示伊布森陷入了爱河，决定立刻与一个土著女人结婚，在部落里留下来，再也不回来了。（国王听说这件事之后只说了一句话："老天爷，我们的伙食有那么差吗？"）

约翰逊和那个名叫阿诺的当地人一起登上了车厢，国王和几个高级军官已经等在那里了，他们迫不及待地想听约翰逊讲讲发生了什么事。

约翰逊说，他和伊布森一直向着我说的方向滑雪前进，最终抵达了一个山腰上的村庄，那里有不少帐篷，住着十至十五户人家。当地人热情地欢迎了他们，然而经过一番讨论，他们却发现，这里的外交形式与政治关系远比想象的要复杂。部族酋长会说北地语，他表示他完全不知道是谁在铁港攻击了我们，之后又指出，拉尼族——住在峡湾南部的土著部族——和我们遇袭恐怕有很大的关系。他们则是库玛族，和拉尼族之间有联姻的关系，也因此签下了一系列约翰逊没能完全搞懂的复杂约定。

从他初步的理解看来，库玛族有义务向拉尼族提供食宿和作战补给，却没有义务在战争中和他们结为战争同盟——甚至，出于某种特定的禁忌，库玛族反而要谨慎地撇清关系，极力避免和拉尼族联盟。

因此，库玛人并不知道拉尼人看待我们的态度，也没有办法打听。我们之前对于黑石的猜测是准确的：北地人确实用黑石作为筹码，要求土著部族停止攻击铁路和桥梁，也要放过他们的“黑猪”——约翰逊认为这个词指的就是北地人的列车。

然而，库玛人表示他们得到的黑石少得可怜，而且去年冬天黑石就已经全部用光了。库玛人无法保障我们在此地的安全，也对北地人的动向知之甚少，他们建议我们最好去拜访大女巫——大女巫无所不知，有能力护佑我们安全通行。

国王挑了挑眉毛：“大女巫？他们是这么说的？”

“是的，陛下。酋长说这里的所有部族都听命于她。如果她答应放行，我们就安全了。”

国王靠在椅子上，双臂抱在胸前，显然眼前的形势让他颇为暴躁。

“那我们要去哪里找这个女巫？”

“她的住处被当地人称作熊山。阿诺会带我们前去的。”（阿诺听到约翰逊提到他的名字，便羞涩地笑了，点了点头。）

“据说熊山离铁路不远。列车可以带我们走完绝大部分路。剩下的一小段路，则需要徒步爬山。”

国王叹了口气：“好吧，如果确实要这样的话，那我们或许也该尊重当地的传统。到如今，我已经不想再被更多的淬火箭头攻击了。但我也不想苦苦哀求某个土著巫婆来为我们放行。我们得带着礼物去。尼尔森，带上你做好的那个蝴蝶，可能会派上用场的。”

我点了点头。说实话，我在蝴蝶身上花了那么多功夫，我更希望能够把蝴蝶赠送给一位有头有脸的大人物，而不是某个智慧的土著女人——但我并没有把沮丧表达出来。

“伊布森呢？他怎么了？”国王问。

“当酋长吩咐阿诺和我们一同前来的时候，一个女人突然站了出来，几个人开始争吵。按照她的意思，放牧驯鹿正是繁忙的时候，不能在这个时候缺人手。现在开始下雪了，他们便不得不把驯鹿分成好几群，因此更需要可靠的牧人。但我觉得，她其实从一开始就盯上伊布森了，只是找个借口罢了。酋长讲话的时候，她一直目不转睛地盯着他看。总之，最后酋长转向我，说这个女人想让伊布森留下，看看他有没有代替阿诺放牧驯鹿的本事。然后女人抓住伊布森的手臂，把他带走了。我根本不知道发生了什么，酋长只是淡淡地看着我，说：‘这是公平交换，不是巧取豪夺。’”

我笑出声来，国王看了我一眼。

“实在抱歉，陛下。我父亲是个商人，这句话是他当年最常说的。”

“第二天，伊布森对我说，他决定在库玛族留下来了。这就是他给我的唯一解释，其余的什么都没说。”

“看来，这些人绝对没有表面看上去这么简单，”国王说，“告诉阿诺，我们很欢迎他的加入。给他找点吃的，但是千万记住，一定要时时刻刻盯着他，即便在他睡觉的时候也不能放松警惕。在这里，我们不能轻信任何一个陌生人。”

第十九章 大女巫

夜间还在下雪，清晨来临时，地上的积雪又厚了一尺。机械师把扫雪铲安在了一辆木制拖车上，权当开路的扫雪车，又把扫雪车装在了列车头前方。几个手持雪铲的人也坐在拖车里，不仅可以用身体的重量压住拖车，也随时做好准备，在前方积雪太厚的时候用铲子挖出通路，不影响列车前进。

我们将扫雪车推上了桥，来测试桥的坚固程度，国王不耐烦地站在一旁等待。确认一切都没有问题之后，我先驾驶着列车头通过了铁桥，后面的人再逐一将车厢和拖车推过桥去。终于，我们可以再度启程了。扫雪铲在最前方运转，如乘风破浪般破开重重白雪，相当壮观。

最开始的一段路非常顺利。阿诺、国王和我一同站在踏板上，看着列车在山坡上攀升。阿诺的目光落在群山之上，国王的目光则死死地锁在阿诺身上，不肯有片刻放松警惕。我比画着询问阿诺:“还有多远？”阿诺仅仅对我笑了笑，指着更远的地方。我看到铁路开始盘山转弯，改而向北延伸。

天气阴沉多云，细小的雪片依旧在空中飘舞。国王很担心积雪的问题，但是到目前为止，扫雪铲和前方拖车里的铲雪小队都近乎完美地帮我们扫平了前路的障碍。

然而，几个小时之后，灾难便降临了。前方是河谷盆地，只见铁路陡然下降，我们径直冲入了一个深深的雪坑之中，雪坑两壁几乎有列车头一样高。扫雪铲有一半都折断了，列车被这样一撞，也一个刹车停了下来。后面的车厢里不断传来东西摔落破碎的声音。

撞击之下，所有人的身子都被猛地甩向前方，坐在扫雪车里的人更是直接被甩出了敞篷的拖车，摔进厚厚的雪堆里。幸好，没有任何人受伤，最多只是身上多了几块淤青罢了。国王和我一同爬上车篷，观测四周的情况。眼前的景象令我们震惊。前方的厚雪宛如一片广阔而沉寂的白色湖泊，向远方延伸，一直抵达几里之外的群山。我和国王都沉默着，一言不发，但我们彼此都心知肚明，想要挖穿这一大片积雪，恐怕需要起码一个月的时间才行。

阿诺站在踏板上，碰了碰我的脚踝，我便低头望向他，他用手臂比画出滑雪的动作。我点了点头，喊约翰逊来帮忙翻译，最终听懂了阿诺的意思：滑雪的话，几个小时之后便能抵达女巫的住处。如果我们现在动身，日落时分便能抵达女巫那里。国王命令大家立刻开始动手在雪中为列车挖出一条通路来，这样的话，起码在我们离开期间也能有所进展。

拜访女巫的小分队只有四个人，国王、阿诺、约翰逊，还有我。国王让每个人都把武器藏在背包里，又让我带上了那只机械蝴蝶。我之前从未滑过雪，所以一开始走得磕磕绊绊，逗乐了阿诺。他教我如何协调手杖和脚下滑雪板之间的关系，引领我一点点找到了滑雪的节奏，练习了一段时间之后，我便也能跟上所有人的速度了。

我们从铁路左侧离开，沿着山脊向北前进，把河谷抛在身后。这里的树木更少了，也没有什么障碍物阻拦在我们面前。我们的脚程似乎还算快，但是在我眼中，周围的环境都是一样苍白贫瘠，和我透过望远镜看到的月球表面相差无几。几个小时之后，阿诺指着远方地平线上的几个小黑点，说了一句话。“大女巫。”约翰逊翻译道。其实他即便不翻译这句话，我们也已经猜到了是怎么回事。

太阳已经开始在山巅下沉，映在雪地上的光也变得金黄。我们又前进了一段，那几个小黑点也逐渐变大——几个巨大的锥形帐篷，还有小木屋。积雪慢慢变薄了，我们便从腿上取下滑雪板，踩着岩石嶙峋的地面走向那些帐篷。快要抵达的时候，一只狗忽然叫了起来。一个年迈的女人从其中一个帐篷里钻出来望着我们，表情非常冷淡，她身上穿着和阿诺差不多的蓝红相间的衣服。

国王鞠了一躬，约翰逊便跟着开口，说起了一段早就准备好的套话，向大女巫致意。然而，他才说了几个词，女人便忍不住大笑起来。约翰逊皱了皱眉，阿诺轻声向他说了一句话。

“她不是大女巫，”他说，“真正的大女巫在帐篷里。”

“那我们就快点去见见真货吧。”国王烦躁地说。很明显，他已经开始觉得这就是一件浪费时间的蠢事。

帐篷里很暗，我们花了好半天工夫，眼睛才勉强适应过来。可是接下来所看到的那个人，却令我们所有人都愣住了。一个美貌得令人窒息的女人盘腿坐在驯鹿皮上。和大多数土著人一样，她也有一头长长的黑发，但是她穿着一件红色的袍服，肩上裹着披风。她凝视着我们，她的眼睛是深褐色的，在昏暗光线下看，几乎如同纯黑。约翰逊好像彻底失语了，最终，他喃喃地说了几个词，女人点了点头。我看不出她的年纪有多大，粗粗估计，应该也和我们几个人同龄，或许再稍稍年长一些。她示意我们也坐在皮毛上。

“蝴蝶，尼尔森。”国王悄声对我说。我在背包里翻了半天，找到了蝴蝶，然后递给女巫。女巫随手接过，并没有露出什么表情，只是淡淡地看了几眼，然后便放在了一旁。

“把我们的来意告诉她。我们心怀敬意，希望能够得到她的批准，通过这片土地。”

约翰逊开始翻译国王的话，但女人却打断了他，语气似乎有些轻蔑。

“她说她知道我们的来意，”约翰逊说，“这里的每个人都知道了。所有人都看见了天空中的巨龙。”

国王皱了皱眉头，想起了“芙蕾雅”燃烧的氢气球。

女人开口说了几句话。

“她说，她可以放我们通行，但我们必须给她一份礼物。”

“我们已经给过她礼物了。我们把蝴蝶给了她。”

女人再度开口，这次的语气里已经隐含愤怒。

“她不想要你们的玩具，”约翰逊翻译道，“把那些东西留给高贵的皇室成员吧。这里不会有人在乎这样的小玩意儿的。”

“那她到底想要什么？”国王怒道。

约翰逊问了，女人也做出了回答。听到她的话之后，约翰逊显得非常惶恐，立刻开口追问了一句。

“什么？她在说什么？”国王逼问。

“她说……请原谅我的不敬，陛下……她说她想要您……今夜留下。”

国王目瞪口呆。

“我？但是……但是她之前根本没有见过我啊。”他无力地说。

“她说她见过您，她一直在……观察着您，您也见过她。”约翰逊说。

“如果我见过她，那我肯定会记得啊！”

“陛下，可是……她就是这么说的。”

“我给了你一头鹿！”女人突然开口说道。她说的是哥本语，虽然带着浓重的口音，但是发音非常清晰。

国王的表情瞬息万变，一向天不怕地不怕的国王，看上去竟然像是有些恐惧了。

“女士，你……果真很难让人拒绝。”最终，他结结巴巴地说道。

看上去，我们已经没有其他选择了。如果这个女人确实像传说中那样强大，那么她的一句话，就已经能够左右我们的生死。

女巫再度开口，这一次用的是当地的语言。

“她说，她还会给你们另一份礼物。她会替你们占卜这次任务是成功还是失败。”约翰逊说。

“明天再说，”女巫用哥本语说，“我们先吃饭。”

她喊了一句什么话，外面的年迈女人应了声。几分钟后，年迈女人便端来了几碗炖菜。我们就借着油灯昏暗的光线，在帐篷里用餐。和晚餐一起端上来的还有某种酒精饮料，尝起来就像啤酒，但是味道要更强烈。我已经开始昏昏欲睡。

年迈女人示意我、阿诺和约翰逊跟她走。我们走出帐篷之前，国王绝望地看了我们一眼。我们被带到了一间小木屋里，女人打开门，我们才发现那间屋子里拴着好几只狗。我们的铺位就是地上铺开的稻草，还有好几张遮盖身体的皮毛。尽管狗还在嗥叫不休，我却丝毫没受到影响，头一沾到枕头便睡着了。

我梦见了哥本堡，我的故乡。那里小巷纵横，路两旁是琳琅的小店，雨落在运河之上。我的家。当我再度醒转的时候，木屋里一片漆黑。我花了好半天才记起来自己身处何地。我定了定神，坐起身来，掀开门帘，外面已是旭日高升。令我惊讶的是，国王就站在那里，全身赤裸，正在用雪搓着自己的身体。他一看到我，就喊出声来："尼尔森！你洗过桑拿吗？"

"陛下，我上次洗桑拿已经是好久之前的事情了！"

"别再磨蹭了，快来洗洗干净。把约翰逊也叫上。"

他转身向着一个黝黑的小木屋走去，木屋顶上有一个金属的烟囱，里面正冒出大团大团的白烟。

我喊醒了约翰逊（阿诺比我们醒得都早，已经先行离开了），我们两个人一起脱下了身上污秽不堪的衣服，穿过庭院走向桑拿屋。打开门的瞬间，一股灼热的气浪扑面而来，借着炉子的微光，我们惊讶地看见女巫也坐在木长凳上，她笑着，用磕磕绊绊的哥本语和国王打趣，看上去要比昨天平易近人很多。约翰逊和我尽力保持冷静，摆出一副对这种事情司空见惯的样子。

她的名字叫乌尔丽卡。我之前也听过这个名字，并不算少见，令我困惑的是，这个名字似乎也和土著人一贯的起名风格不甚相似。

"约翰逊！"国王说，"帮我问问她……她在这里靠什么生活？牧养驯鹿吗？"

"她说她没有驯鹿，她的工作是替人预言未来、占卜问题，有些时候她也帮人治病，那些人会回礼表示感谢。”

“你的礼物还不错，”女巫用哥本语说，“大部分人都用一条鱼来打发我！”

说完这句话，她便咯咯地笑起来。

“看来我已经提前支付过了，”国王微笑道，“那么，你什么时候替我预言未来？”

“今天，晚些时候。”女巫说完，又对约翰逊说了几句话。

“她说她必须先清洁身体，然后做一些准备。万事俱备之后，她会通知你的。”

过了一会儿，门打开了，年迈女人走了进来，怀抱着湿漉漉的衣服。看起来，她趁着我们洗桑拿的工夫，把我们的衣服全都洗干净了。她把衣服在桑拿屋的长凳上铺开，做了一个翻过来的动作，示意我们在衣服一面烤干之后再翻面。我们以一个人全身赤裸的情况下能摆出的最优雅的姿态对她表达了谢意。她望向我们的目光里颇有善意，却没有我们习惯的那种侍女的毕恭毕敬。我想，在她眼中，我们不过是没长大的小男孩罢了。

她还带来了一个装满饮料的水瓶，我们把水瓶传来传去，轮流喝里面的东西。饮料的味道很好，酸酸甜甜，像是某种浆果汁。

坐在温暖的桑拿屋里，我突然开始理解为何伊布森选择弃我们而去了。如今，我终于可以彻底放松下来，不再多想列车的事情还有这一路的艰险，我恨不得永远留在这里。

又过了半晌，女巫起身离开了，说是要去准备占卜仪式。我和约翰逊都有满肚子的问题要问，而约翰逊显然要比我更胆大一些。

“陛下，您说……”他脸上挂着一抹坏笑，“跟女巫过夜，感觉如何？”

国王陷入了沉思。

“很有……教育意义。”最终他说道。

这就是我们能从他嘴里撬出的全部信息了。

他的缄默其实已经从侧面反映了一件事：女巫用了不止一种方法魅惑他。

我突然想起了我们在树林里看到的那头狼，那双灰色的眼睛，我并不信任这个女人。在老国王——国王的父亲——当政的哥本堡，这个女人多半会因为异端女巫罪而判刑吧。

我在此刻萌生的嫉妒心，却也让我意外地清醒起来，突然间，我全都明白了。她所筹谋的一切都在我眼中变得清晰了，我在心里倒吸了一口冷气。我必须尽快和国王单独谈谈，但是我该怎么办才好呢？

“我们那天猎到的鹿，”我尽量用波澜不惊的语气对约翰逊说道，“你是不是跟阿诺说过了？”

“可能吧，我不记得了。怎么了？”

“我只是在想，她怎么知道我们猎到了鹿？”

“我以为这里的每个人都知道了，”约翰逊回答道，“他们好像无所不知、无处不在似的，什么都逃不过他们的眼睛。”

我感觉国王的目光落在我身上，但他什么都没有说，我也沉默着。

我们穿衣服的时候，阿诺又出现了。他揉了揉自己的腹部，对我们笑了，示意我们跟着他走。他把我们带到了年迈女人的木屋里，她端出几碗热气腾腾的粥给我们吃，粥里混杂着一些新鲜的蓝莓，我们连忙表示了感激。这碗粥喝下去暖洋洋的，胃里舒服极了。我还没能猜出这个年迈女人和女巫之间的关系——她是仆人吗？还是祖母？阿诺解释说她是女巫的养母，这个说法并没有彻底解答我的疑惑。她们就孤零零地住在这里吗？没有村庄，没有家人，也没有驯鹿？我对土著人的生活习惯并没有太多了解，但女巫的情况显然非同寻常。然而根据阿诺所说，整个地区的所有人都十分敬畏女巫。说是敬畏，不知是敬，还是畏？我想，不管女巫暗指自己能化身为狼这件事是真的还是故弄玄虚，起码在以放牧为生的当地人之间，一头狼应该很难受到大家的喜爱吧。

我们用餐完毕后，年迈的女人——我们至今仍不知道她的名字——便进来通知，女巫已经准备好接见我们了。这所谓“接见”在我看来有些粗鲁无礼，但国王却坦然自若。我想，他早就习惯于扮演不同的角色，有时候要把官方的身份放在优先位置，有些时候才能以自己的身份处事。当你正在扮演某个角色的时候，就要一直忠诚地演下去，不能半途而废。现在，我们就要好好扮演外交官的角色。

国王、约翰逊和我三个人怀着一丝不安，缓步走进了黑暗的帐篷。帐篷正中有一小堆点燃的桦树枝，烟气袅袅升起，一缕缕钻出帐篷顶部的洞口。女巫以我们初次见到她时的姿态盘腿坐着，一袭色彩斑斓的服装，看上去十分严肃，甚至令人生畏。她身边散落着不少我猜不到用途的物品，其中有一面圆形小鼓，上面画满了奇异的符号和标识。她戴着符合祭祀礼仪的珠宝，耳坠上刻着奇异的符文，看上去像是一个战士的轮廓。女巫气质的改变令人震惊——她眸中闪烁着锐利坚忍的光芒，肃穆而强悍，和我们几个小时前在桑拿屋中见过的女孩判若两人。黏稠的空气中尽是熏香的气味。

我们坐在驯鹿皮上，与她面对面，国王坐在正中间。女巫用一种谨慎、正式的语调说了一句话，约翰逊翻译道："你可以问三个问题。"

国王点了点头。

"我的第一个问题是：为什么黑石补给不再来了？"

我惊讶极了——我本以为国王还有更重要的问题要问。但或许，他之所以先问这个问题，也有某种战略上的深意吧？

女巫拿起鼓，横向平举，在鼓面上丢了两块小石子，然后开始用一支骨制的小锤敲鼓，一边敲一边吟唱一首古怪神秘的歌。震动之下，石子开始在鼓面滑动，最终汇聚到了某一边。然而，女巫还是继续敲鼓、吟唱，足足过了五分钟才停下来。

就在我们都有些等不及的时候，她停了下来，对国王说了几句话，约翰逊继续为她翻译。

“她说，一头大熊的阴影正笼罩在北方群岛上空。大熊赶走了北地人，正在以黑石为食。”

这个答案让国王看上去有些措手不及。在我心中，怒火渐渐升腾起来。我曾在哥本堡的集市中见过这种所谓预言家：他们总会给出一些似是而非、模棱两可的答案，任人怎么解读都行。这个女人显然是个骗子。

“我的下一个问题是：我会夺回王位吗？”

敲鼓吟唱又开始了，再一次，我们耐心地等候了五分钟。同样，女巫的答案也并不让我们满意。

“她说你会夺回王位，却夺不回王国。”

“就这样？她能不能解释一下这是什么意思？”

约翰逊把问题转达给了女巫，她却摇了摇头。看来这就是我们能得到的唯一一个答案了，国王叹了口气。

最后一个问题，国王思考了一分钟，才终于开口：“你问她，谁将在我之后统治哥本堡？”

这个问题问得实在巧妙。这样的话，她就不得不给出某个更加具体的答案——具体到足以让我们知道，国王此行究竟会不会成功。我们在焦躁之中看着女巫完成了那一套仪式，石子终于在鼓面上停止了移动，女巫放下鼓，开始讲话。

“她说，一位身上有着你的血脉的王子将会崛起，赢得三顶王冠。”

这个答案终于让国王流露出了一丝满意之色。女巫站起身来，祝我们接下来的旅途好运，看来这就是送客的意思了。我们站起身，国王对她深深鞠了一躬。

“谢谢你批准我们通过你的领地，”国王说，“不过，现在正在下雪，我们估计只能慢慢地走了。”

女巫黝黑的眼睛一直锁在国王身上，她用哥本语说道：“你们很快就会得到帮助。”

又是一个预言——好像免费赠送的福利一样。我们笑了笑，然后与她辞别。国王握着她的手，像一条听话的小狗般凝视着她的眼睛。她点了点头，示意我们是时候离开了。

我们踩上滑雪板的时候，天色已经不早了。我们肯定无法在入夜之前回到列车那里了，幸好有这么多反光的积雪，即便在夜间，也不至于什么都看不见。阿诺更是深谙这里的地形，更不会迷路。我们向着山脊行去，天空中重云密布，又开始落雪了。我不禁心想，留在列车那里的人在这一天一夜之间，挖出了多少尺的通路呢？

阿诺和约翰逊在前面，用当地语言交谈着。国王和我跟着他们滑雪板留下的痕迹，在后面一点的位置默默前行。国王像往常一样，轻而易举地读出了我的情绪。

“怎么了，尼尔森？”他问，“我和那个女巫之间发生的事，让你很不快，对吧？”

“陛下，在当时那种情况，我觉得您也别无选择啊。”

国王短促地笑了笑：“是的，我也觉得我别无选择。那么，你到底在担心什么？”

“我担心她可能有……别的动机。”

“比如什么动机？”

“您有没有考虑过，如果她怀孕了，要怎么办？”

“如果她怀孕了，这里的人应该会抚养孩子长大吧。”

“可那个孩子，难道不该是您的头生子吗？”

“头生子倒是没错，可是这个孩子，本身也是私生子啊。”

“有区别吗？”

“卡尔，你到底想表达什么？你该不会真的觉得，生在某个土著部族的野孩子，会有一天来争夺哥本堡王国的王座吧？”

我们爬到了山脊的顶上，河谷一览无遗。我喘息着，列车和我们的小营地应该就在下面的某个地方，但是从这里看，却找不见它的踪迹。

“陛下，那个女人有些古怪。”

“你说得没错——这不是明摆着的吗？”

“不，我指的不仅仅是她的巫术和那些预言的小把戏。她独自一人住在这里，没有家人，也没有别的土著人和她在一起。我们怎么知道她也是土著人？”

“她会说土著语，而且当地人也很尊敬她，她不是土著人是什么？北地人吗？”

“万一她两者都是呢？她的名字可是北地人的名字。她还会说哥本语。哥本语又是她从哪里学来的？”

“古代的时候，这里的人也会说哥本语。”

“可是陛下，哥本语已经有几百年没在这里流通过了！这里和艾尔戴不一样，艾尔戴人起码还在用古哥本语进行日常交流，可是在这样一个地方，哥本语根本派不上用场啊。这说明她肯定是特意去学的。”

滑雪板走着“之”字形的轨迹，载着我们慢慢滑下山坡，向着河谷底部行去。阿诺和约翰逊比我们快得多，背影已经消失在前方，我们只能跟着雪地里的印记前行。

“这意味着她受过教育，那又怎么样？”

“还有一件事，她右手的拇指、食指和中指上都有茧子。”

国王笑出了声，紧接着，笑声戛然而止，他望向我，不可思议地睁大了眼睛。

“依你的意思，难道她是……”

“是一个训练有素的弓箭手，没错。”

国王猛地停下了。我们沉默地站在原地，凝视着远方昏暝的山谷，营地的火光就在地平线上闪烁。

“但她为什么会……”他刚刚说了几个词，就停了下来。

唯一的理由已经呼之欲出了。

“这是为了保证我别无选择，一定会通过她的领地，”他叹了一口气，“从陆上通过，而不是空中。”

我什么都没说。

“所以你觉得，她从一开始就策划了这一切？箭是她射的？”

“确实有这样的可能性。”

“就是为了生下我的孩子？一个身上有着我的血脉的王子……”

“陛下，我承认这个推测确实有点离奇——”

“不，尼尔森，在这个世上，什么都不离奇，尤其是在风险如此之高的情况下。老天爷，我真是个蠢货！”

“我说的不一定就是真的……”

国王的手杖在地上用力一撑，他继续向前滑去。

“当然是真的！我被骗了！见鬼了，你为什么不早点告诉我？”他怒道。

“陛下，我是今天早上才想明白的，那个时候已经太晚了。”

我们飞快地滑向营地。什么都不用再说了，国王在生他自己的气，也因此迁怒于所有其他人。我们自诩见多识广、出身显赫，却被她像一群头回进城的乡巴佬般玩弄于股掌之间。是国王自己先说的，在这个地方，绝不能轻信任何陌生人，如今最狡猾、最擅长骗人的狐狸却被骗了——被一个狼女耍得团团转。

第二十章　符文密码与乡愁

次日天色昏暗，多云，空气中潮气弥漫。理论上讲，我们已经获准通过土著领地了，因此无须再畏惧会遭到攻击，然而实际上，我们所面对的重重困难才刚开始。在我们离开的期间，驻扎在列车附近的人修好了扫雪铲，在机械和手工的双重作用下清除了约有五十码的积雪，然而这样的进度还是太慢了。尤其铁路本身也很窄，因此同一时间内只能容许大约五个人并排做工，其他的人即便想帮忙也插不上手。更糟糕的是，又湿又冷的天气对引擎的影响也很大，我不得不花上比从前更多的时间保养修整引擎。我们的粮食储备也日渐减少。以目前的状况来看，如果我们能够在弹尽粮绝之前进入这片河谷，都已经算是走运的了。寒冷的天气也极大地影响了士气，每日的打猎小队也多半是空手而归——在这样的海拔，树木非常稀疏，因此也几乎完全看不到野兽的踪迹。雪上加霜的是，风已经起了，气温每天都在下降。即便我们现在就放弃前进回转，想要回到铁港的大本营也极为困难。我们目前的情况几乎没有哪怕一个有利条件。

在日光稀少的情况下（每天大约只有五个小时的日照时间），我们别无选择，只能忍受着极寒的天气，在夜间持续挖掘。负责挖掘的人尚且可以通过做工让身子暖起来，但是守卫却每隔半小时就必须换一次岗，否则他们就有活活冻死的危险。如今，我们的晚餐也基本以燕麦粥为主，里面象征性地撒上一点咸肉。夜空中不时有奇异的光掠过，河谷另一头传来令人毛骨悚然的动物嗥叫声，人们也都在窃窃私语，讲着鬼魂和巨怪的传说。早就没有人再唱歌了——饭后，那天不用参与挖掘的人全部都径直上床睡觉了，尽管车厢里的铜钟显示时间不过是晚上八点而已。在这里，文明社会的时间概念似乎也彻底失去了意义。时间属于另一个世界——属于哥本堡王国和宫廷——却并不属于这里。

就连车厢里的炉子也无法再阻拦无处不在的寒意。那天夜里，我躺在铺位上，尽管大部分外衣都穿在身上，却还是冻得瑟瑟发抖。我不禁心想，我真是受够了，孤狼、女巫、怪兽……似乎从我遇见国王的那一天起，我就被困在了某个巨大的无理层里，无处可逃。我开始怀念我当时在皇宫的那份工作，我的工房，发条机械、工具、金属、木材，还有一切能够被量化、被计算、可控的事物。

我母亲曾经提醒过我，不要牵涉到宫廷的事务中去，她说得没错，皇宫和疯人院并无二致。如果我还有机会活着回到哥本堡，我只愿意做一个普通的钟表匠，度过踏实而默默无闻的一生。怀着这样抑郁的心情，我终于沉沉睡了过去。

我在黑暗中突然惊醒，我心里有种预感，好像有什么事情刚刚发生了。国王也已经起身了。我匆匆穿上外套，离开车厢，走到国王身边。他正和阿诺、约翰逊两个人并肩站着，察看雪地里的什么痕迹。

“昨夜有人来过了。”国王说。

我望向雪地，在月光照射下，我立刻看到一行用箭头或是矛尖画出的字符，只是那些字我一个都不认识。

“陛下，这是符文吗？”

“是的，这一带人使用的古老字母。我已经问过守卫了——他们什么都没发现，真是一群蠢货！如果来者不善，我们早就死在睡梦中了。”

附近的雪地早就被我们自己的人踩得一团糟，因此我们也难以看出究竟来过多少不速之客，然而，那一行五六个奇特的符文，显然是对方刻意留给我们看的。是在传递一条消息吗？还是发出某种警告？

“它们是什么意思？”

“我不知道，”国王说，“我们一直在讨论。你看：这个符文代表的是 V，那个则是 N。但是这些符文连在一起组成的词，却和我们所知的任何一种语言都不一样。阿诺说土著语里没有这个词，哥本语或者北地语里也找不到对应的内容。”

“陛下，会不会是盎格里语？”

“不，这一定是未知的语言——或者密码。尼尔森，帮我把这行字画下来。如果我们还能活着回到文明社会去，我很想知道它的含义。”

我拿出了笔记本，开始描画这行符文的样子：

正在我专心绘制、力求精准的时候，天色也一点点亮了起来。我能感觉到，太阳正从我背后缓缓升起，下一秒就有可能出现在山峦之上。国王、阿诺和约翰逊站在稍远一点的地方，谈论着昨夜的事情。突然间，三个人都沉默了。我抬起头，顺着他们的视线向远方望去，看见山脊上有一条黑线正在朝着我们的方向蜿蜒——是一队人。黑线越来越近，足足四五十个战士，他们骑着马，或是乘着驯鹿拉动的雪橇。他们猛地发出一声怒吼，顺着雪坡直接冲了下来，在头顶挥舞着武器。

噪声惊醒了大部分还在沉睡的人，他们纷纷从床上跳起身来，抄起了火枪和剑。

“抓住他！”国王指着阿诺大喊。约翰逊和我彻底愣住了，站在一旁，好像突然石化了一样。

“抓住他啊！”国王又喊了一声，拔出了剑。我们两人宛如大梦初醒，动作迟缓地抓住了阿诺的手臂。阿诺面上仍然挂着温和的笑意，似乎对周围发生的一切懵然不觉。

“约翰逊，告诉他们，如果他们胆敢再多往前走一步，我们就杀了这个人！”国王把剑架在了阿诺的脖子上。

约翰逊吼了几句土著语，可是刚刚还在全力冲锋的队伍突然停住了脚步，在约二十码开外的地方排成了一队。约翰逊的声音戛然而止。我们的人站在拖车后，对着来人举起了火枪。气氛紧张极了，没有一个人开口说话。

接下来发生的事情十分离奇。

有一种孩童喜欢的“双关画”，画本身是不变的，但是随着看画人视角的改变，画面上可以呈现出少女或是老妪两种不同的形象。我们眼前这一幕恰如一幅双关画，画面上的内容也在悄然变化。那些人手中的战斧和剑看上去不太对劲——太长了，形状也怪怪的——不，那并不是武器，而是雪铲。这些人是来帮助我们解围的，而我们却差一点对他们开了火。

阿诺对他们长啸了一声，像是在打招呼，对面传来笑语声。国王收回了剑，长长地出了一口气。

土著人笑着迎上前来。这些人里不光有男人，还有不少女人，也穿着红蓝相间的服装，披着毛皮。最令我们惊讶的是，先前背弃我们投靠土著的伊布森也在这里，他垂头丧气，满脸都是羞愧之色。他对国王咕哝了一句，希望我们能重新收留他，说话的时候也一直没敢抬头看向我们的脸。我们稍后打听到了他的故事——那个他本以为答应和他结婚的女人，其实是阿诺的妻子。原来，女人并不是要跟他结婚，而是把他当作阿诺不在时的替代品。现在阿诺要回归部族了，伊布森就没用了。她这次是来把他还给我们的，并对我们“慷慨地把伊布森借给她”表示了感激。

理论上讲，伊布森确实犯下了逃兵罪，这在军队里是很重的罪名，然而就连国王自己也刚刚掉进了一个土著女人的陷阱，他便没什么心思怪罪伊布森了，只希望大事化小，轻轻揭过。在约翰逊把这个故事转述给他的时候，他好几次都差点笑出声来。国王为了责罚伊布森，剥夺了他的军官职位，降为普通士兵。之后，他就再也没有提起这件事情了。

库玛族的挖雪方法和我们不同。我们会让四五个人站在列车前面，埋头铲走前方铁路上的积雪，然而库玛人却会先在雪中走上五十码，确定好铁路的走势，标记好一个定点，然后派两列人穿着踏雪鞋、脚绑滑雪板，分别站在铁轨两旁，队伍从列车一直排到定点的位置。听到统一的命令之后，那些人便同时铲去自己面前的那一小块雪。用这种方法，到太阳落山的时候，库玛人在一天之内做完的扫雪工作已经追平了我们自己人无数个日日夜夜的努力。

当然，库玛人比起我们而言，无论是穿着还是装备，都更适合这里的气候和环境。尽管我们也穿着冬装和厚靴，却难以抵挡寒意——就连我们几个得以睡在车厢里的人也不能幸免。我曾见过我们的人在不工作的时候全身披着毯子乃至睡袋，只为了取暖。库玛人敏锐地注意到了我们的窘境，便通过约翰逊询问我们是否愿意与他们做交易，换一些更暖和的衣服。我们自然满口答应。一个女人便带着驯鹿雪橇向村子的方向去了，不多时又回到了我们的营地，雪橇上堆着驯鹿皮、毛皮大衣和帽子。

然而，交易本身却遇到了一些麻烦。库玛族并不在意金银财宝，因为那些东西对他们而言毫无用处。即便是我们剩下的那点朗姆酒，他们也不屑一顾——他们自己会酿酒，而且他们认为，自己的酒要好喝多了。他们想得到的只有一样东西：我们的武器。刀、剑和火枪，因为更精良的武器可以帮助他们打猎。

凭借着我身上那一点稀薄的商人世家血统，国王命令我去和他们交易谈判。可我很快发现，库玛人开出的条件极为苛刻：一把精制的薄铁剑换一件毛皮大衣，一杆火枪换一顶帽子。其中有些武器，需要哥本堡工匠足足一年的努力才能制成。然而无论我们怎样砍价，库玛人都不肯让步——要么就按照他们的条件走，要么交易便宣告失败。

我把这个坏消息回禀给了国王。“看来，如果想穿上更暖和的衣服，我们必须先把自己剥个精光。”国王烦躁地叹了口气，“算了，他们想要什么就都给他们吧。必须首先保证我们的人吃饱穿暖，否则我们甚至都无法活着走出这座山。”

先前那个库玛族女人用雪橇拖走了我们几乎所有的武器，又带着更多的衣服回来了，所有人都穿上了皮毛大衣和帽子。离开铁港的时候，国王特地放松了对仪容的要求，特别是刮脸。因此，现在所有人脸上都满是胡茬，头发蓬乱，邋遢至极。如今穿着这些毛皮，我们看上去根本不像是精干的士兵，更像是哥本堡北门卖废铁的流浪商人。

一开始我们还有些担心，自认剩余的粮草不足以喂饱这么多客人，幸好按照库玛人的习惯，我们在交易中循规蹈矩，他们便也不介意附赠我们一些食物。最终，我们的营地里又多了大量的驯鹿肉和一些我们曾在女巫家中喝过的甜酒。

那夜，士气明显高涨了不少。我们围坐在篝火边，尽情享受着库玛人送给我们的食物——或许未免太过“尽情”了，什么礼仪都统统抛之脑后——轮流分享剩下的几桶朗姆酒。国王还从私人库藏里拿出几瓶上好的葡萄酒送给了库玛人，令他们赞不绝口。

然而，我却独自一人坐在火堆边，心情依旧低落。国王发现了我，便径直走了过来，坐在我旁边的木头上。

“你看上去就好像一只便秘的斗牛犬。”他用哥本语说道，语气轻松愉快，毫不避忌粗鄙的用词。近来他经常用哥本语和我交谈，而不是贵族常用的盎格里语，我不知道他这样做究竟是代表了亲热还是轻视。

“你还在想那个巫婆的事情，是不是？”

“不是的，陛下，我在想……一些私事。”

“你想家了。”他说。

一如既往，他的洞察力强到有些恼人。在这种情况下，我已经无法再伪装下去了。

“陛下，您觉得我们还会有回到哥本堡的一天吗？”

“不会。”他凝视着篝火，只说了两个字。

我猛地转头望向他，一时间被他的直白震惊了。

“可是这样的话，我们的任务……”

“哦，我的意思是，只要我们够幸运、够机智，回去是能回去的，别误会——终有一天，你还会见到那些熟悉的街道和市集。可是这并不代表你就真正地‘回去了’，那个你爱着的、熟悉的哥本堡，已经永远地消失了。”

他注意到了我的困惑。

“卡尔，我从小就是在这样的教育下长大的，国王是不能够有家的。古代的国王有很多座城堡，分散在他们的属地之中，还有无数的属国与海外领地。这些国王必须时刻都在旅途之中，把治下的每一块土地都当作自己的家。因此，我的老师们一直教导我，比起站立不动，我更需要逆流而上；比起严防死守，我更需要积极开拓。那些只知道抓住自己已经拥有的东西的国王，都将会淹死在历史的洪流之中。作为一位国王，倘若想活下来，就必须比所有人勇敢。至少，他们都是这么说的。”

火舌舔着木柴，发出哔哔剥剥的声音，火星随风四散，飘入黑暗之中。

“但是陛下，您还有忠实于您的臣民。有臣民在的地方，难道不算是您的家吗？”

“我的臣民？”国王苦涩地笑了笑，反问了一句，“任何效忠于我的人都是我的臣民。这么说来，艾尔戴人也是我的臣民，和哥本堡的人一样。”

国王宛如棋盘上一颗无时无刻不在移动的棋子，一想到这一点，我就感到极度不适。

“那么，难道您可以做任何人的国王吗？”

国王笑了。

“知道吗？在遥远的北方有一座小岛，也是我领土的一部分。那里除了群山，就是冰雪，岛上没有森林，没有青草，也几乎没有动物。我不知道那里的人是靠什么生存的，然而我身边的人一直告诉我，岛上的居民对我忠心耿耿——他们会在我生日那天升起哥本堡王国的国旗，在我的肖像面前高唱国歌。他们手里那幅肖像其实根本不是我的，而是我父亲的，但是也无所谓了。去年夏天，按照计划，我本来应该去拜访那个地方的，后来叛乱发生了，这个计划自然也就搁置了。可是卡尔，你看，那里的人也是我的臣民啊，因此，那座小岛也是我的家。”

他从地上拾起一小块黑石，丢进篝火里，火苗猛地一蹿，变得更亮、更旺了，甚至升起了一股幽幽的蓝焰。这种黑石究竟是什么鬼东西？

“可是陛下，我——我不是国王啊，我有家。”

“但你和我一样，都曾经是个小男孩。我相信你也曾像每个小男孩一样，统领千军，统治王国，是不是？”

我想起幼时拿来做游戏的那些锡兵，不禁笑出了声，点了点头。

“如今，你失去了你的王国，我也是。对我们而言，回去的路早就消失了——即便终有一天我能夺回王座、你能回到家中，也一样。事实就是如此，我们都回不去了，离别与失去是每个人从生到死都必须面对的命运。”

尽管国王看上去还是一副喜气洋洋的样子，说出的话却略显悲观。他这一套说辞并没有让我觉得心里舒服些。或许国王在这样的荒野里，感觉就和在皇宫里一样自在——有些时候，他看上去甚至在这里过得要比在哥本堡还自在——但我和他不一样，我依然会想念那些被我舍弃的东西：热乎乎的食物，温暖的床铺；太阳高高悬在空中，而不是躲在山峦后面；树木长着真正的叶子，而不是松针；林间清脆的鸟鸣，人们的笑语……我想回家。我把这一切都对国王表达了——当然，以一种尽可能委婉的方式，因为我不想在他面前显得自己意志不够坚定，让他怀疑我的忠心。

“那么卡尔，你必须自己找到回家的路，”国王说，“但是你要记住：家未必就在你心目中的那个地方。”

说完这句话之后，他站起身来，重新恢复了国王的仪态。我依然坐在原地，咀嚼着他说的每一个字。

次日日出之时，我们继续进行挖掘工作。铁路爬上山坡，从河谷最低处渐渐攀升到了山丘上，随着周围地势升高，铁轨上的积雪也越来越浅。令我们欣慰不已的是，日落之时，我们已经完成了全部工作，前路上的积雪只有一两尺深了，扫雪铲便可轻易摆平。我们依依不舍地与库玛人告别。在过去的几天里，他们不仅是我们的恩人，也成了我们的朋友。我们在篝火边告别，国王对库玛人说，我们欠了他们一份巨大的人情，总有一天会想办法报答的。作为凭证，他给了库玛人一枚金币，金币一面印着国王自己的头像。库玛人欣喜地收下了这份礼物——即便来自南方的国王再也没有履行约定返回北地，这个故事也已经有了足够多的传奇色彩，足以在他们的子子孙孙之间流传下去。那夜大家照例举行了告别前的狂欢。可是第二天清晨，在我们大部分人都没来得及起床之前，库玛人已经把帐篷和铁铲都打包绑在了雪橇上，悄无声息地离开了。

之后，我发现国王盯着他们在雪地里留下的痕迹出神。

“卡尔，你觉得他们是我们的朋友还是敌人？”

国王的问题让我有些惊讶——就在昨夜，他还对库玛人说了那么多慷慨激昂、亲热无比的话。

“陛下，他们帮了我们大忙。甚至可以说，他们救了我们的命。”

“可他们同样也把我们送到了女巫手里，还除去了我们的武装。不费一兵一卒就能做到这点，这个计策可真是了不起。就算他们帮我们扫平了前路的障碍，那或许也只是为了实现他们自己的目的吧。”

“可是我觉得，他们是无辜的，并没有存着这样的心思。”

国王点了点头：“我也这么觉得。但即便是无辜之人，也有可能在无意之中成为别人手中的棋子。”

他叹了口气：“反正到一切结束的时候，我们就能得到答案了。”

我不得不承认，那一刻我在心里偷偷笑了笑。即便是国王，也偶尔会怀疑自己是否只是他人的一颗棋子——这件事情不知为何令我感觉得到了一丝安慰。

我们驾驶着列车，小心翼翼地沿着铁路继续前行。列车上还有一些储能舱，然而我们走了这么远，剩下的能量早已不足以支持我们掉头回到铁港了。当然，我们也随身带了拆分的风车，但是把风车组装起来、重新为每个储能舱上弦，又要大费周章。这样一来，可能要耗去好几天的时间，我们的口粮也不多了。现在的问题是，光凭剩下的这一点点发条能量，列车究竟能不能把我们平安地带到最终的目的地？

几个小时后，我们爬到了山口。我们停下车，观测了一下位置和路线，来路绕山而行，曲曲折折，虽然上坡路到此为止了，但刚刚那一段路对于引擎来说，依旧有些吃力。我意识到，这条铁路一定非常难建。即便真如古老传说所说，古代人可以任意操控庞大的能量，他们又是出于什么原因才会在这样崎岖不平、人烟稀少的地方大肆投入人力物力搭建铁路呢？如今北地人也想让这条铁路重见天日，这表示这条铁路一定非常重要。

山口远处的峰峦上也满是积雪，雪呈条纹状覆盖在灰色的岩石上，就像谢顶老人最后剩下的那几缕白发。我们安静地站着，凝视着四周的山。我从未见过这样庞大而寂静的东西，令人一边胆寒，一边又忍不住想要顶礼膜拜。

有一刻，只有我和国王两个人单独站在山脊上。我抓住了这个机会，赶紧问道："陛下，我能不能问问您……我们到底要去哪儿？"

国王指着地平线的方向："就去那座山后面。看上去很远，其实并没有那么远。其实，如果没有遇到天气的阻碍，我们只需要几天就能到达目的地。"

"那座山后面有什么？"

"那里是北地人获取生铁的地方，从地下掘出的，真正的生铁！和我们那些循环利用的铁不一样。想想吧，如果哥本堡获得了这么多生铁，能做多少之前想都不敢想的事情？我们可以建设……"

国王的声音渐渐小了下去，他静静地站着，全然沉浸在自己的思绪中。我不知道他又在构想什么样的宏伟蓝图，但是以我对国王的了解，他的计划肯定与铁路有关系。

"那么陛下，那里是不是有……矿山？"我还是需要鼓起一定的勇气才能把这个词说出口，毕竟，在哥本堡这个词依然是交谈中不可提及的禁忌。

"矿山？估计有吧。反正古代的时候肯定有。"

“这样难道不会有危险吗？”

“你是在担心他们会不小心让地底的怪兽跑出来？也有这个可能性。但是北地人很狡猾，或许他们雇用了其他人来替他们挖矿。”

“雇用巨怪吗？”对话的内容越来越让我毛骨悚然了。

国王笑出了声：“有可能吧。别忘了，我们现在可是身处在全然陌生的土地上。对于这个地方，我们一无所知，因此什么事情都有可能发生。”

我还是没有搞清国王的计划到底是什么。他该不会是想带着我们去打劫北地人的矿山吧？可是，即便我们能成功偷到一点生铁，也很难把那些东西运回去啊。

国王读出了我的心思。

“尼尔森，游戏已经进行到了最关键的时刻。我手里握着三张王牌，我们的发条机械就是其中之一。我相信，北地人一定会垂涎我们手中的科技。”

“可是汉森博士不是早已经……”

“早已经把我们的秘密全都透露给了北方人？可是钟表匠啊，你想一想，他真的泄密了吗？这才是关键的问题。如果他没有泄密，那就代表着我们手里还有非常珍贵的筹码。”

“但北地人不该是我们的敌人吗？”我问道。

“我们没有和北地王国开战，至少现在还没有，我们仅仅是在武装对峙而已——确实，对峙能导致战争，但是对峙本身并不等同于战争。到目前为止，我们的交锋都不过是小打小闹罢了，是为了让对方忌惮我们的实力。这可以代表战争的初期阶段，也可以代表谈判的初期阶段，让他们自己想去吧。”

走回列车的路上，国王搂住了我的肩膀，语气急促，声音却很轻：“尼尔森，记住，永远不要在处于弱势的情况下和别人谈判。海峡之战就是我们需要的那场胜利，克里斯蒂安比的遭遇战算是打了个平手。所以以现在的形势看来，我们依然处于上风。”

“只是……”

“只是我现在已经失去了我的王国，没错。”

他转身离开，去和其他几个军官说话了。我早就该预料到的——不管国王对我说了多少话，其实还是相当于什么也没说。

我担心储能舱不够用完全是多虑了。从这里开始，铁路便一直在下坡，并不需要耗费多少能量。铁轨继续盘山而行，左手边出现了一片广阔的、冰封的白色湖面。我担心列车会在坡道上失控，便以十二分的谨慎驾驶着列车，速度几乎只比步行要稍稍快一点。幸好扫雪铲也还在发挥作用，车头的雪末像水花一样四溅开来。

铁路附近开始出现更多的树木，先前见过的那些奇形怪状的榉木和松树交错在一起——我心里一直把松树看作圣诞树——我们沿着海岸一路行来时见过不少。我想，一个多月后，耶鲁节就又要到了。我没有孩子，但我还是忍不住思念起了我那留在哥本堡的侄女，也想起了去年和威廉夫妇过节的记忆。哥本堡的一切在我脑海中恍如隔世，回忆笼罩着一层不真实的光芒，我记起过去的时候，就仿佛在缅怀某个逝去的黄金年代。但是国王说得对——在经历了这么多事情之后，我早已无法装作什么都没发生过一样回归所谓日常生活。我作为普通人的人生早就完结了。这个想法令我心头涌起一股伤感之意。

终于，前面尽是平原了。我们此时身处旷野，四处都是白茫茫的一片，树冠像丛云般纠缠在一起。我们又路过了几个古老的列车停靠站，偶尔国王会命令停车，派人下去观察破败的月台和烧黑的废墟。令人惊讶的是，附近没有任何其他房屋或是人类居住过的痕迹，因此这些车站存在的意义究竟是什么，这依然是个谜团。约翰逊猜测这里的气候在古代可能与现在大不相同，因此放在千百年前，这里也未必就是一片荒地。然而，就算这里存在过村庄或是农田，我们也已找不到任何证据了，目之所及除了树林就是白雪。

有一次停靠的时候，我们瞥见远处有一个人影，正在策马狂奔。在如此空旷的地方，我们的行迹一定非常明显。那个人很有可能是北地人的军官，正在急着把我们的行踪报告给其他人。如今我们几乎失去了全部武装，如果北地军队决定攻击我们，那我们简直是不堪一击。可是，我们在忐忑不安之中熬过了一天一夜，却再没有看到任何其他人的踪迹了。

走出群山的第二天，当我们走到旷野中间某一处的时候，国王突然喊了停车。他透过望远镜仔仔细细地观察着地平线上的某一点，然后把望远镜递给我，指了指那个方向。

“尼尔森，你看看，远处的是山丘吗？”

远处的景象也是灰白色的，几乎要融进背后沉郁的天色之中，但我在努力观察之下，还是能够辨认出明显的轮廓。陡峭的山丘在地平线上起起伏伏，看上去就像孩子堆的沙堡。

“看上去好像是的。它们有什么意义吗？”

“如果我猜得没错，这些山将会是你见过的最特别的山，它们就是北地人的铁矿山。有些山是人工制造的——地底挖出的土一点点堆了起来，天长日久，就变成了山。”

我把望远镜递回给国王，尽全力控制自己的情绪，不让恐惧流露出来。那些人几乎把整个世界都上下颠倒过来了……本该存在于地底的东西，如今矗立如山。又有多少邪恶因此而滋生呢？

“陛下，那就是我们的目的地吗？”

“我们要直捣马蜂窝了，”国王一边眯着眼睛观察望远镜里的景象，一边回答我，“是时候打起精神了。”

第二十一章　山中殿堂

我们停下扎营，铁矿山已在目力所及之处。这样一来，明天天亮之后，我们就可以抓紧有日光的短短几个小时，尽快走完剩下的路。

晚餐后，空中细雪飘飞，国王站在一辆拖车里进行了演讲。

“明天，我们就要抵达北地人的要塞之一。没有人知道前方等待着我们的将会是什么，或许是死亡，或许是囚牢，但这同时也是一个能帮助我们重返哥本堡的机会——不管这个机会多么微小。倘若任务成功，你们的名字将永远在哥本堡王国的史册中闪闪发光。这一路下来，你们一次又一次地证明了自己的勇敢。你们强忍极寒、承受苦难、克服恐惧，陪我义无反顾地走上了这段漫长而艰险的旅途，你们都是英雄。如今，我再一次恳求你们——不是作为我的臣民，而是作为我的战友与知交——陪我迈出这最后一步，去探索未知。再一次，为了你们的国王，也为了哥本堡王国！”

人群中爆发出一阵喝彩。然而，不知为什么，这一次，国王的豪言壮语并没有像过去一样那么打动我。我必须坦白，我一点都不想死在这里——死在这片离家千里之外的荒野之中。我们身上的武器只剩下几把匕首、几柄剑，包括国王的佩剑在内。我们甚至难以保护自己，更别提对北地人造成什么威胁了，在我心底深处，我早就不在乎什么崇高的理想或是载入史册的荣光了，我只想回家。但是，或许国王的话是对的，这是唯一一条回家的路。我只希望国王心里早就有了计划。这一夜，我辗转难眠。

第二天，我们在破晓之前出发了。我们前进得极其缓慢，一直在小心翼翼地观察铁路两边，提防敌人突然来袭。天已经转晴，太阳低低地挂在空中，洒下橘色的阳光。以这样的速度，又是在雪中前进，列车几乎寂然无声，唯一能听见的只有扫雪铲的沙沙声。

铁路拐了个弯，开始径直向着那些怪异的山丘延伸。我们穿梭在林间，行驶的速度也加快了，有一刻还惊散了一群站在铁轨上的驯鹿。可四周依然没有任何人类生活的迹象。我暗中苦苦祈祷，希望那些矿山早就已经荒废了。

铁轨左右两侧出现了更多的古建筑。山丘一点点逼近，愈发显得高大陡峭，直至列车彻底被笼罩在山的阴影之中。前方影影绰绰，出现了一座城镇的废墟。

铁路在这里分岔，左边的路通向城镇废墟，右边的路通向矿山，铁轨目前的设置是向右拐。国王点了点头，我们便顺着右边的路继续走了下去。前方陡然一个转弯，铁路向西而去，出现了一个冰冻的湖泊，我们沿着湖岸绕行。湖边有更多的铁路，和我们这条路并肩而行，还有一排排停靠的古代拖车，早已锈蚀，被埋在厚厚的积雪之下。又是一个转弯，我们向南而行，把湖泊抛在身后。山丘已经近在眼前，一个隧道口正静静等着我们，里面一片漆黑，看不到出口。这里只可能是矿山的入口了。

国王示意我停车，我松了一口气，大家纷纷下车，开始探查周遭的环境。如果这个地方对于北地人来说这么重要，为什么连一个守卫都没有？可是话又说回来了，又有谁会千里迢迢跑到这里来攻击他们呢？这里是北地王国的腹地，离东海岸和西海岸都很远，几乎可以称得上是与世隔绝了。

隧道入口附近没有脚印，这代表自从上次下雪以来，就没有人进入过矿山了——假设这是矿山唯一的入口。

“这个地方让我想起我叔叔的捕鼠器。”约翰逊说出了我的心里话。一旦我们进入隧道，只要把隧道口堵上，我们就会被彻底困在里面，是生是死全都取决于那里面究竟有什么。

国王做出了决定。

“尼尔森、约翰逊和我三个人会驾驶列车头进入隧道。你们剩下的人留在这里，守好隧道口。我们去探查一下矿山里究竟有什么东西，争取在一两个小时内就回来。”

我必须和国王谈谈。

“陛下……我能和您说两句话吗？”在士兵们忙着卸下一节节车厢和拖车的时候，我对国王说。

“卡尔，你不会是紧张了吧？你又不是第一次跟我去地底探险了。”

“陛下，我担心这可能是个圈套。”里面的怪兽会把我们所有人生吞活剥，我在心里补了一句。

国王看了我一眼。

“如果你不想去，我可以换别人来，埃里克森可以代替你开车。但我已经决定了，我们必须进去看看。”

有一刻，我确实犹豫了。

“不，陛下，我会和您一起去的，我也一定要去，只是我不知道，这和我们的任务究竟有什么关系。”

“不进去看看怎么知道呢？多练练胆子总没有坏处。又有一场潜意识世界里的大冒险在等着我们！”

说完这句话他就走开了。我不禁想，这究竟是勇气还是莽撞？勇气和莽撞之间真的有区别吗？

我们断开了扫雪车和列车头之间的联系，把扫雪车挪到了后面，和其他车厢停在一起。然后，我们把最大的一盏灯绑在了引擎前方，权当车灯。国王腰上挂了佩剑，我和约翰逊则各拿了一把匕首。匕首的形状令我想起许久之前在峡湾见到的那头死去怪兽的牙齿，这个想法又让我全身一阵战栗。

约翰逊坐在列车头最前方，我和国王则站在踏板上。我鼓起勇气，发动了引擎。列车头一点点滑入黑暗。

起初，矿山的隧道和我们之前路过的那些隧道并无差别。我们走了一段路，一切始终很平静，什么都没有发生。这让我悬着的心稍稍落下来了一些。然而，这个隧道就像是没有尽头一般——时间一点一滴流过，过了十分钟，二十分钟，铁轨依然单调地向着看不见的尽头延伸。如今，我们大概早就抵达了矿山的中腹。国王的好奇心得到满足了吗？正在我暗暗盼望国王可以下令让我们回转的时候，狭窄隧道的两壁和穹顶就在同一刻消失了。

没等国王下达命令，我就停下了车。这里仿佛是一个巨大的山洞，约翰逊取下车头的灯，晃了晃四周和头顶，却什么都看不见。这意味着以穹顶的高度，连灯光都无法抵达尽头。国王拍了拍手，回音响了足足有一分钟。回音归于沉寂之后，我突然听见了响声——像是什么东西在遥远的地方规律地呼吸着。远处的黑暗里亮起了一盏幽蓝的灯，缓缓向着我们飘来，嘶嘶的声音越来越响了。许多古老传说里都曾提到山洞里的巨龙，它们守护着大地的宝藏。

国王跳下车，拔出了剑。约翰逊举起灯，可面前依旧是一片浓浓的黑暗，什么都看不见。我的手也按在了匕首的柄上，可是巨大的恐惧之下，我的四肢似乎都已经麻痹了。

国王向前踏了一步："出来吧——不管你是什么东西！"

右边传来一阵窸窸窣窣的声音。

“约翰逊！在那里！”国王喊道。

约翰逊手中的灯猛地一晃，黑暗中走出了一个矮小、黝黑的人形生物：它赤裸着胸膛，双腿毛发浓密，手里拿着一把斧头，它漆黑的眼睛一眨不眨地盯着我们。

窸窸窣窣的声音更多了。还是一样的生物，从黑暗中走来，足足有几十个，从四面八方走来，一点点把我们包围。它们围着列车站成了一个圈，然后一步步逼近，缩小了包围圈。一只枯瘦的手按在我腰间，拔出了我的匕首，紧接着，一个麻袋套在了我的头上。我眼前一片漆黑。

我肯定是昏过去了，因为当我下一秒回过神来的时候，我已经被五花大绑躺在地上。耳畔回荡着高分贝的叽叽喳喳声——应该是某种我从没听过的语言，好像有人在吵架。然后，我感觉有人在拖着我向前走，我应该是脚朝前、头朝后地躺在一个雪橇上。叽叽喳喳的声音还在继续。我挣扎着抬起头，瞥见一团团的灯光在隧道内壁掠过——我能看见了，说明他们不知何时已经扯下了我脸上的麻袋。

雪橇颠簸着，我被塞进了一个升降梯里，上升了约十分钟之后，眼前忽然一片大亮，我们到了外面。凛冽的风刺痛我的脸颊，旁边传来犬吠的声音，其中一只狗低下头，几乎要贴上我的脸。它毛茸茸的，牙齿稀疏，口中散发出腥臭的味道，我本能地闭紧了眼睛。紧接着，我又被抬了起来，放在另一个雪橇上，几条狗被绑在雪橇上，像牛一样拉着雪橇前进。我瞥见了另外的雪橇上有两个人形，和我一样五花大绑，像是等待贩卖的肉一样——应该是国王和约翰逊。然后，雪橇便动了起来，狗拼命奔跑，狂吠不止，雪橇像闪电般掠过雪地。起初我还能看到树冠在头顶一闪而过，过了一会儿，就再也看不到树冠了，只有广阔的蓝天。我努力侧过头去，看到四周是一片冰冻的水域，不知是湖还是河。天还是亮着的，只不过从太阳的位置判断，已经是下午了。远一点的岸边，有重重叠叠的白色围墙和晶莹剔透的高塔，在阳光下闪闪发光。

几分钟后，我们抵达了岸边，在更剧烈的颠簸中冲上了岸。雪橇钻过一道由雪堆成的拱门，进入了一个庭院。驾驶雪橇的人停了下来，狗又开始兴奋地嗥叫。

又有人把我们抬了起来，一路运到了牢房里。牢房的墙壁和穹顶似乎都是大块冰砖垒成的，昏暗的日光从墙上的一个小孔直射进来。有人用匕首割断了我们身上的绳子，然后便离开了牢房，留下我们三人躺在里面。

我们蹒跚着站起身来，不断搓揉着被绳子勒得生疼的手臂和肋下。

国王望向约翰逊："你知道我们在什么地方吗？"

"是的，陛下。"

"你觉得我们今天能见到她吗？"

"应该可以。从我刚刚听到的只言片语里，能推断出他们正在竭尽全力……把事情快点办完。”

我完全不知道他们在说什么。

“这是什么地方？”我问。我无法控制自己声音里的那一丝颤抖。

“看上去，这里是北地女王的冬宫。”国王说，“它更为人所知的名字是‘镜宫’。整个宫殿都由冰雪建成。我听过有关这座宫殿的传闻，但直到今天我才相信，那些故事确实是真的。”

我碰了碰半透明的墙壁。

“这真的是冰吗？”

“故事里是这么说的。这些冰砖都是从封冻的河面上切下来的。从古时候起，这里就矗立着一座冰宫，如今，北地人又重现了那个传统。每年冬天他们都会搭起冰宫，夏天冰宫便化掉，周而复始。”

“可他们为什么要这么做呢？”

“谁知道呢？可能是宗教，可能是传统，也可能是为了炫耀。只要不受客观条件限制，人类可以做出很多奇奇怪怪的事情，尤其是那些统治着其他人的人类。”

“那些……生物是什么？是巨怪吗？”

“巨怪？”国王惊讶道，“尼尔森，那些可是和你我一样的人类啊！或许他们的平均身高比我们要稍微矮一点罢了。”

“可是他们的腿……毛发……”

“是毛裤而已，他们是外国来的矿工，我之前跟你说过了，北地人多半是雇了其他人来帮他们挖矿。”

“我听说，有些外国人就不会害怕地底。”约翰逊说。

“我还听说，有些人可以为了一点微不足道的蝇头小利铤而走险。”国王讽刺道。

“我以为他们要把我们生吞活剥了。”我说。

国王笑了。

“他们倒不至于把我们吃掉，卡尔，但是他们完全可以当场杀了我们。可他们只是除去了我们身上的武器，然后把我们带到了这里而已。整体来说，我觉得我们目前为止的待遇还挺不错的。”

我烦躁地想，国王心目中“待遇不错”的标准，还真是与众不同。

我们并没有独自在牢房里待太久，大约一小时后，两个守卫——都是北地人，这让我松了一口气——打开木门，把我们带了出去。我注意到，他们并没有为我们套上镣铐。或许我们可以借机逃跑，可是即便逃跑，又能逃去哪里呢？

冰砖上刻着精致繁复的纹饰。在前进的途中，我在左右两边都瞥见了长长的走廊，里面满是奇异别致的冰雕：人鱼、龙、战士。这些装饰有多华丽，就有多疯狂。什么样的王者会如此大动干戈，只为了修建这样一座城堡？

我们走进了一个巨大的中央殿堂，穹顶由一根根冰柱支撑着。头顶挂着晶莹剔透的枝形吊灯。殿堂尽头是一个台子，一个白衣女人坐在蓝绿色冰砖垒成的华贵王座上，王座上铺着毛皮。她看上去约有五十岁年纪，白金色的长头发却像少女一样结成麻花辫。她头上戴着的并非王冠，而是一顶高高的白色帽子，帽子上有毛皮装饰。她望向我们，表情极为不愉。

国王对她鞠了一躬，用优雅的北地语开口说道："你好，北地女王，哥特、温德与西界的统治者，我是哥本堡王国的国王……"

"我知道你是谁，海盗国王！"女王打断了国王的话，语气尖锐，"是你杀死了我丈夫的儿子。"

大概世界上不会再有任何一次外交会晤，比我们这次外交会晤的开头更糟糕了。

第二十二章　谈判

就算国王确实被北地女王的话震慑住了，他也丝毫没有露怯。

“陛下，我确实听过类似的传言，”国王说道，“但我认为那场战役是平等交火，而不是使诈谋杀。战争发生在哥本堡王国海域上空，那艘北地飞艇也并没有挂着皇室的旗子。”

我意识到国王是在说海峡之战的事情。再一次，我眼前浮现出那艘熊熊燃烧的北地飞艇，翻滚着坠向灰色的海面。这么说，原来有一位王子在那艘飞艇上。

“你心里应该很清楚为什么飞艇上没有挂着皇室的旗子，”女王说，“无论如何，埃里克都是国王的儿子，也是王位的继承人。”

“王位的继承人？我看还不如说，他是你的竞争对手呢。一个私生子——普通侍女生下的儿子——没有资格继承王位，这一点你和我都明白。”

女王打量着他，就仿佛他是被狗叼进屋的什么脏东西一样。

“我们听说你被废黜了，这才不得已一路逃向西边，”最终，她开口道，“我们以为你会去盎格里亚寻求庇护，镇静一下。”

“那么做的话也太没有挑战性了。我听说整个盎格里亚王国就像个疯人院[①]，去那里确实很能‘镇静’。”

女王丝毫不为他的油嘴滑舌所动。

“海盗国王，你到底想从我这里得到什么？”她疲倦地说。

“我想让一切回归正轨，我想让两个王国重归于好，我想要和平。”

然而，正是同一个人，不久之前还在批评他的部下，说他们过于软弱、不够好战。国王这一席话真的发自内心吗？还是说，这只是他的政治伎俩？我不由得仔细观察起来。

女王依旧神情淡漠。

“是啊，你如今失去了王国，才会退而求和。哥本堡王国几乎每一代国王都在假借赋税的名义，像海盗一样剥削我们的船只。就连最近也是，我们规规矩矩，没有任何挑衅举动，是你们动手在先，杀伤我们的人。我凭什么不能把你就地处决？”

“陛下，我是你忠实的仆人，我尽在你的掌控之中。如果你决

---

① 盎格里亚，英国的古称。此处将英国称作疯人院，是在呼应《哈姆雷特》。

定处决我，那也是你的权利，但我想，比起杀掉我来，你或许可以更好地利用我。”

“我可没看出你的用处。”

“正如我刚刚所说——我尽在你的掌控之中。”

女王不耐烦地向侍卫做了个手势，我们又被押送回了牢房。我完全不能理解为何刚刚国王没有更努力地进行谈判，我已经有些按捺不住怒火了，径直逼问国王，倘若我们只是千里迢迢奔赴此地来把命交到北地人的手里，那么这个所谓任务到底还有什么意义？

“尼尔森，古德伦女王不是傻子，”国王说，“她心里完全清楚我们手里还有更多的筹码。这件事对她而言，无疑是个绝佳的政治机会。但是切记，千万不要对一位女王指手画脚——尤其当你还是她的阶下囚的时候。就算她想和我们交易，也必须得她先主动开口才行。现在我们只能等待。”

守卫给我们送来了一点食物，之后，一个军官走了进来，拿着名单，上面写着他们在矿山外铁轨旁抓住的每一个士兵的名字。军官对着我们朗读名单，并要求国王一一确认上面的每一个名字都是我们的人。

“北地人行事很缜密，”军官离开后，国王评论道，“估计女王的风格也是这样的。”

“我以为是马格努斯国王在统治北地王国。”我说。

“你还在西索恩的时候，他患上春季水痘，去世了。女王只有女儿，没有儿子，所以如果当时埃里克活了下来，他就会继承父亲的王座。”

“您不是说，埃里克是个私生子吗？”

“我之前说他母亲是个普通侍女，其实有些夸张了。他的母亲是女王的贴身女官，也是贵族出身。在这种情况下，私生与否就不太重要了。”

“如果埃里克成为国王，”国王继续说道，“他就会立即废黜古德伦。她可不是那种会把王位拱手让给丈夫情人之子的人。如果我们没有在海峡之战那一日杀死他，他也早晚会‘意外身亡’。北地王国的政治斗争一贯惨烈，很多年前，她的丈夫马格努斯就是从兄长哈孔手中强行夺取王位的。”

“哈孔不是娶了一个土著女人吗？”我依稀记得还在读大学的时候，曾听说过这样的传闻。

“是的，那段丑闻传遍了整个北地王国，人们都说土著女人用巫术蛊惑了哈孔。据说哈孔甚至还向她学习了巫术，和我们当时在山间接触的那种当地巫术一模一样。但是话又说回来了，所谓丑闻有可能也只是政治舆论罢了。最后，马格努斯以异端的罪名废黜了哈孔。”

“哈孔后来怎么样了？”

“他离开了北地王国，有人说他已经死了。”

“‘了解你的敌人，提防你的兄弟’？”

“没错。或许算我走运吧，我已经没有兄弟了，不过就算没有兄弟，我的命也没好到哪里去。”

“北地人民支持古德伦吗？”我问道。

国王瞥了我一眼，仿佛我刚刚的问题有些怪异。

“谁知道呢？贵族们的支持更有分量。她有自己的党羽，埃里克当然也有。王国之内估计也还有人在暗中支持哈孔。用史学家们的话来说，她的王座坐得并不稳。我们吃准的就是这一点。”

约翰逊衣兜里还有一副牌，我们三个人便趴在冰地板铺着的驯鹿皮上面，在小汽灯昏暗的光线下随便玩了一局。约翰逊赢了。过了半晌，守卫送来了几个厚重的毛皮睡袋。令我惊讶的是，我在睡袋里躺下的时候，是我几个星期以来感到最暖和的一刻，我很快便进入了梦乡。

我在黑暗中渐渐醒转，听见约翰逊和国王正在窃窃私语。

“您觉得他知道这件事之后，会有什么反应？”约翰逊问道。

“我不知道，”国王说，“他是个好人，但是实在太单纯了，他根本不会理解这种事情。”

约翰逊停顿了一下，然后轻轻地说：“陛下，您这可是在玩火啊。”

“我不是一直都这样吗？”国王说。

这段对话有些诡异，让我听了之后心里有些隐隐的不舒服。

清晨的时候，守卫让我们喝了一些燕麦粥，然后重新把我们带到了女王的殿堂。

女王的目光落在了我身上。“我知道约翰逊上尉，”她说，“但我还不知道你是谁。”

我望向国王。女王的北地语字正腔圆，我几乎全都能听得懂，自己却说不出口。

“尼尔森先生是我的参谋。”国王说。我想，他总不能说我是他的钟表匠吧。

“尼尔森？那这个应该是你的东西。”女王说。她拿起那个装着我的笔记本的皮包，她翻开笔记本，指着里面画了符文的一页问道：“这是什么？”

“陛下，这是我们在山里看到的东西，”国王说，“我们不知道它是什么意思。”

“符文在我们王国是被禁止的，因为它代表着巫术。你和女巫有来往吗？”

国王张开嘴刚要回答，女王就打断了他。

“海盗国王，你最好先考虑清楚了，再回答我的问题！”

“我听说符文不过是这一带流传的古老文字罢了。我们猜想，写下符文的人是想对我们传递某个消息，只是我们读不懂罢了。因为这样，我才请尼尔森替我记录了下来。”

“那个告诉你符文只是普通文字的人，多半是个什么都不懂的笨蛋，”女王说，“但是，这条消息并不是写给你的，而是写给我的。我知道是谁写下了这行字，你只不过是个传话的信使罢了。”

“如果真是这样，那么你可算是难倒我们了。我们对此一无所知。”

“一无所知？我可不信。你们既然从山的那边来，就一定穿过了她的领土。你们的人数不多，绝不可能在没有她批准的情况下走到这里。你还有什么事情瞒着我？快回答！”

“当地土著告诉我们，如果想要走到这里，就必须得到某个……德高望重的女人的批准。我们拜访了她，她也同意我们的请求。第二天早上，我们在雪地里发现了这行字。就是这样。”

女王长久地打量着我们，目光中满是寒意。

“先生们，我很难相信你们的故事——也很难相信你们竟然如此愚蠢。你们难道真的不知道她是谁？”

她的声音在冰雪的殿堂里回荡。

我凝视着国王，这是第一次，他脸上露出了真真正正的忧色。这场谈判已经濒临失控，他一言不发。

“我们今天的谈话到此为止，”女王说，“希望你回去好好思考思考，下一次与我会面的时候该说些什么。如果你和一个正在密谋篡夺本国王座的女巫结成了盟友，你将受到法律的惩戒。你们所有人都要上火刑架。”

我们又回到了牢房。国王脸色苍白，没有人预料到会发生这样的事情。

“我不理解——一个普普通通的女巫而已，怎么会是她的心腹大患？哥本堡的每一个市集都有预言家和占卜师啊。乌尔丽卡难道真的和谋反有关吗？”

约翰逊摇了摇头：“我们安插的间谍没有发现任何蛛丝马迹。”

“那她到底是何方神圣？我们肯定漏掉了什么。到底是怎么了？”

“我知道她是谁了。”我突然说。

他们同时看向我。

“她是哈孔国王的女儿。”

一片寂静。

“你一直都知道？”国王问。

“不，我也是刚刚才反应过来的。如果她确实是哈孔国王的女儿，那么她身上流着一半北地王国的血，一半土著部族的血。她是被废黜的国王和土著女巫的女儿。这代表，北方各个部落都会听命于她，而不是古德伦。这样一来，她就成了古德伦的劲敌。”

“这就能解释为何那些土著会效忠于她了，”国王说，“她可不仅仅是个女巫而已，她是一位公主啊！这就意味着……”

“……没错。”我已不需要再把话挑明了。

国王狠狠地骂了一声。

“哈孔和马格努斯都出身南方，埃里克的母亲也是，”约翰逊沉思着，开口说道，“但古德伦的家在东方。虽然她也有贵族血统，但她之所以能登上女王之位，只是借助了婚姻的力量——说到底，她不过是北地皇室的媳妇罢了，无法和国王的女儿相比。而乌尔丽卡……”

国王咂摸着约翰逊说的话，然后开口道：“据我们所知，北地诸省目前正处在动乱之中，或许正是出于这个原因，皇室才把政治中心从都城迁到了冬宫。”

“虽然南方各省并没有为哈孔举兵造反，但那里一定有人支持他，”约翰逊继续说道，“如今马格努斯已死，那些人绝不会放过这个机会。你看，假设北方部落和南方哈孔支持者都效忠乌尔丽卡，而我们又有艾尔戴族和各个南方部落的支持，加在一起的话……”

“我们就能除掉古德伦，”国王接着说道，“至少，古德伦会对此有所忌惮。”

“陛下，我们必须好好利用这一点。”约翰逊说。

“怎么利用？如今我们说的每一句话，都会让古德伦起疑。她会认为这一切都是我们的阴谋，想要扶持哈孔登上王座。如果哈孔死了，那就是乌尔丽卡——或者更糟，是我和她生下来的儿子！我的老天爷！”

“可是，如果女王真心认为这是我们的目的，她难道不应该早就杀了我们吗？何必拖到现在？”

“我有个建议……”我开口道。那两个人转向了我。

“在我看来，古德伦是在警告我们。她给了我们更多时间，让我们好好想一想该怎样讲述这个故事。如果我们刚刚对于目前北地的政治形势判断准确，那么她如今也是焦头烂额、走投无路了，正如你们所说，我们的到来给了她一个机会。她迫切地想要利用我们，一旦我们死了，就失去利用价值了，所以，她最不希望听到的，反而是事情的真相。如果我们把真相和盘托出，那么她就别无选择，必须对我们施以火刑了。”

“尼尔森，我发誓一定要把你任命为真正的参谋，”国王带着笑意说道，“那么，你觉得我们应该怎么办？”

“我们拒不承认。就算乌尔丽卡真的生下了孩子，她也无法证明这个孩子的父亲就是您。目睹一切发生的人只有我和约翰逊，还有阿诺。我们就告诉女王，在通过她的领地时，作为交换，我们给了她……那只机械蝴蝶，就这样而已。”

“古德伦绝对不会相信的。”约翰逊反对说。

“她确实不会。但是假如我刚刚的推测是正确的，那么她信与不信，其实都无所谓。”

三个人又陷入了沉默。

“这可能是我们最好的选择了，”国王叹息道，“希望这么做可以成功避免我们在火刑架上化成灰。”

晚些时候，一件令我欣慰不已的事情发生了。我们终于离开了冰雪囚牢，被转移到一片离矿山不远、有栅栏围护的居住区，住进了木屋里。在那里，我们和其他人会合了。幸好，所有人都毫发无损，除了伊布森——他可能是急着要立个大功挽回自己的声誉，就举着一把餐刀杀向了北地军队，最后被射伤了手臂。

北地人也还回了我们的私人物品，比如我的笔记本，还有国王的剑。起初这令我十分惊讶，后来我转念一想，北地人显然根本没有指望我们会尝试逃跑。

这片居住区很大，我们并不是唯一的住客。我们看到了不少来自北地王国各地的囚犯，邋邋遢遢，每日都在矿山做工，有些是犯了罪需要服刑，有些则是因为说出了什么反动言论，需要加以惩戒。然而，他们在矿山的日常工作也仅仅发生在地面上：分类、过筛、熔炼、碾磨。北地人还没有丧心病狂到把同胞亲手送到地底下，地下开采的工作全都留给了远方来打工的外国人。如约翰逊所说，那些人或许并不会像我们一样对地下世界心怀恐惧，又或者，像国王所说，那些人只是为了赚钱而不惜卖命罢了。

国王命令约翰逊和其他会说一点北地语的人去和别的囚犯社交，打探一些消息——凡是关于北地王国目前政治形势的消息，都能帮上我们的忙。我们收集到的信息表示（当然，也有一定的夸张成分），我们猜得没错，古德伦现在正是被内忧外患夹击。东方的厄桑帝国一直在对北地王国施压，要求他们上贡。根据传言，哈孔还活着，正在西方诸省间掀起叛乱，组织军队；而埃里克不知怎的，奇迹般地在海峡之战的飞艇事故中活了下来，加入了哈孔的大军。（最后这个故事，我们都不太相信。）从上个季度开始，矿山的大部分熔炼工作就已经终止了，因为黑石储备不够了。没有人知道为什么黑石会这样消耗殆尽，但是也有传闻，据说远北的那些黑石矿附近有可怕的怪兽出没。（“可能是熊。”国王说。说得就好像熊和可怕的怪兽之间还有区别似的！）奇怪的是，没有任何传言中提到了乌尔丽卡的名字，尽管她的领地离这里只有几天的路程。不过也是，这些囚犯大多来自北地王国的东方和南方；在这么极北的地方，除了矿山之外，再没有其他建筑物和人类聚集区了。

有一次，我刚刚和人聊完天，正在往我们自己的住处走。天色渐暗，我再次在天穹中望见了那些怪异的光带：它们就像云一样，可是它们会发光，始终在我们头顶的广阔天空中卷舞、飘动。在我看来，那可能是某个预兆，或是某种警告，可是即将到来的事情是好是坏，谁又能猜得准呢？

夜间天气寒冷刺骨，我加快了脚步，想要回到温暖的木屋去。当我走近的时候，我透过窗户，看到屋内灯火通明，国王和约翰逊正在与一个满头白发、戴眼镜的男人激烈地讨论着什么。

就在我走进房间的一刻，那个男人转向了我。

“尼尔森，你来了！真抱歉，我之前一直瞒着你。”汉森博士说。

第二十三章　国王手中的三张牌

我一向不喜欢动粗——上一次和人动手还是童年时期和别的男孩子玩耍打闹——但是那一刻，我觉得我甚至能把汉森活活掐死。他把我们的秘密全部卖给了北地人，他是全国的叛徒，他所做的一切直接让我白白蒙受了牢狱之灾、折磨拷打；而国王和约翰逊就站在那里，像是什么亲密好友一般若无其事地和他聊着天！

“瞒着什么？”我从齿间挤出了几个词。

“是这样的，其实，汉森博士一直以来都是我们的人，”国王说，“我们需要一个和北地王国建立联系的契机。我们预见到了哥本堡的政变，因此提前做好了准备。为了拿出诚意来，我们必须先送给北地人一份礼物才行。”

“那些发条大炮？”

“是为了赢得他们的信任。”

“陛下，有很多人——我们自己人——都是因为发条大炮才白白丧命的。”我的声音因为愤怒而颤抖着。

“是的，那确实……很不幸，”国王说，“我已经尽了最大的努力不要和北地人交火，克里斯蒂安比的遭遇战不是计划的一部分。那是个意外。”

从他口中说出来的仅仅是“不幸”两个字而已，然而从我目睹那一幕开始，伤员痛苦的哭号就夜夜出现在我的梦魇之中。

“这个人的背叛，直接把我送进了监狱！”

“我只不过是遵国王之命行事罢了，我背叛谁了？”汉森怒气冲冲地反驳道。

背叛了我，我心想。

“总而言之，”汉森继续说，“你本来不该被关进监狱的，我没有替你兄长还赌债，我也不知道那些债是谁还的。”

“其实……是我。”国王静静地说。

我瞪着他。

“对不起，卡尔，真的对不起。我们必须保证万无一失，才不得不故意撇清你和我之间的关系。这只是政治手段罢了，我没料到他们会把你送进西索恩，是我失算了。”

“所以这一切都是为了保护你？”

“不是保护我，卡尔！是保护整个王国。王国的存亡比我们任何一个人的生死都更加重要——即便身为国王，也要在王国面前让步。”

“这种话从你嘴里说出来真是可笑。”

“但我不是把你从西索恩救出来了吗？”

“还有艾丽卡·索恩呢？她和这件事情的关系是什么？”

国王一脸迷惑。

“那个民主联盟的女人？她不是毁坏了皇家所有物吗？”

“那件事真的是她做的吗？”

国王困惑而又不耐烦地瞥了我一眼，意思像是在说，我们如今正面临决定一个王国命运的关键时刻，而你怎么只知道惦记图书馆的几本破书？可是约翰逊完全明白我的意思。

“‘了解你的敌人，提防你的兄弟’，”他轻声说，“不是已经警告过你了吗？他得不到她，所以他也不想让你得到。”

我望着他，久久无言，然后我转身离开了小屋。

那夜，我坐在铺位上，在昏暗的灯光下，提笔在日记本里写了一句话：永远不要把政治和友谊混为一谈。

我凝视着那句话出神。再这样自怜自伤下去已经没有用了——这是我自找的，然而，我心里知道，从此刻起，有些事情便已经永远地改变了，再也回不去了。

在约翰逊的建议下，国王为古德伦女王递了口信，说他希望当着整个北地宫廷的面，进行公开保证——他希望这样一来，便能向她证明诚意，表示自己从始至终都清清白白，没有参与任何密谋反叛。至于具体他要说什么、怎么说，他则没有对任何人透露。

耶鲁节将近，白昼越来越短。如今每天的太阳只会在空中停留一个小时，因此那场冰宫殿堂中的正式会晤便被定在了日出之时——上午十一点钟。汉森陪同国王与约翰逊一起赴会，我垂头丧气地跟在后面，感觉自己多余极了。毕竟，看起来，这三个人从一开始就编排了整场大戏，而我不过是其中一颗被推来推去的卒子罢了。亏我之前还沾沾自喜地以为自己也成为国王的亲信之一。这场密谋从始至终都把我排除在外。当然了，他们凭什么拉我入伙呢？我不过是商人之子罢了，我的思维方式和那些贵族全然不同。我不是不理解计谋，我只是不理解政治，我永远不会理解的。

国王穿着全套盛装，腰间佩着剑。我们一行人昂首挺胸地沿着中央的通路向大殿尽头走去，我能感觉到两旁的北地贵族都在好奇地打量着我们。就像婚礼一样，我在心里刻薄地想道，只是不知道新娘是谁？

古德伦女王同样是王袍严整，端坐在王座之上。

她全身雪白，戴着银色的王冠，看上去庄严至极，丝毫没有流露出半点弱势或是忧心。当然，她这副样子，自然也是做给在场所有人看的。

“北地王国女王陛下，”国王开口道，“今日，我愿意站在你和你的整个宫廷面前，对你表达忠心与真诚。我之所以来到这里，正是想为北地王国和哥本堡王国带来繁荣与和平。”

“诺伯特国王，你继续说吧，”女王淡淡地说，“我们所有人洗耳恭听。”

“我为你带来了三件礼物。”国王手里的三张王牌，我心想。

“第一件礼物和黑石有关。像你和我这样诞生在新时代的国君，多半都有着更远大的梦想。我们希望自己的国家越来越强盛，甚至有朝一日能媲美那些庞大的古代王国。在我看来，这不仅是为了超越，更是为了生存。许多敌国已经发现了古代人的秘密，我们也不能落后。我们北方这些王国的人民不能再畏惧黑暗了，我们必须学会开采古代人留下的智慧与科技。”

“可是我们也面临着一个问题。古代那些巨大的机器是靠吸取大地的血液运转的，如今血液已经干涸殆尽，能源十分有限，你们的蒸汽机要靠黑石发动，但这片土地上已经没有黑石了。唯一能找到黑石的地方是极北的群岛，假如我的消息准确的话，你们近来一直深受熊的困扰。”

女王皱了皱眉头。

“困扰我们的，是某只特定的熊。”她说。

我立刻想到了女巫曾提到过的大熊，打了个寒战。但是国王比我的反应要快多了，他立即意识到了女王意有所指。

“是的，陛下，某只特定的熊，厄桑帝国侵占了你们的极北群岛。”

女王的脸色变了。国王猜对了，原来这才是北地人黑石短缺的真正原因。

“他们觊觎黑石资源已经有好几百年了，如今他们抓住了可乘之机。他们已经夺走了你们的黑石，接下来就是你们的生铁。即便你们选择与他们做交易，交易也是不平等的。他们的力量日渐强盛，版图也急剧扩张，如果你的眼睛只知道盯着东方看，最终会沦为他们的属国，这一点你心里早就知道。”

“那还真是劳烦你特意再来提醒我一次了，”女王讥讽道，“你觉得我们应该怎么做才好？”

“把目光转向南方。我们最新的发条技术可以帮助你们摆脱黑石的限制，这样就不必再仰仗厄桑帝国的鼻息了。你该听说过那个古老的谜语：我从未诞生，却能稳定生长；我没有声音，却能发出声响；我没有翅膀，却能高高飞翔；我不会死去，却会静止消亡。我是什么？”

“是风，”女王不耐烦地说，“我们的机械师已经检查过你们的列车和风车，确实，那些东西设计得非常巧妙，但其机理并非不可复制，更别说我们早就拥有了汉森博士提供的发条大炮。你这份礼物确实能解我们的燃眉之急，然而看上去，这份礼物早就被你们送出手了。你说还有别的礼物，是什么？”

“第二件礼物，是我的血统。”

一阵交头接耳。

“目前还有一件令你困扰的事情，就是王位的继承。既然说到这里，我也需要严正澄清：有些谣言说哥本堡国王或许有意参与谋反，想要推翻你和你的后裔。我发誓，我从未有一刻产生过这样的念头。在这里，我愿意当着整个北地宫廷的面保证，我承认陛下你和你的后裔为北地王国唯一的正统继承人。为了证明忠心、表示支持，我希望在今日这些证人的眼前，公开向您的一位女儿求婚。”

“你心里有人选吗？”女王问，“还是无论哪一个女儿都可以？”

殿堂里响起一阵笑声。

国王耐心地等候着，直到彻底安静下来，才继续开口道：“陛下，你和我都是统治者，你知道这样的联姻和爱情没有半点关系，从本质上来说，这更像是北地王国和哥本堡王国的联姻。即便你口口声声称呼我为‘海盗国王’，你也明白，倘若追溯族谱，我的祖先里也有北地人。我的血管里流着哥本堡皇室的血，也流着北地皇室的血。我和任何一位北地公主，都是门当户对的。”

“我猜，接下来你就会要求北地王国出兵帮你夺回王座、作为嫁妆送给你，是不是？真是打得一手如意算盘呢。”

“不是的。我之所以这样提议，是希望哥本堡王国和北地王国能够合二为一。在你薨逝之前，都将继续以女王的身份统治北地王国；我则会与你的女儿一起统治哥本堡，她将获得‘西界公主’的封号。这样一来，我和她的第一个孩子，就将成为几百年来第一位同时头戴三顶王冠的统治者。”

（我注意到国王并没有指明是“儿子”，而是仅仅说了“第一个孩子”。他是在表达男女平等的思想吗？还是仅仅看在女王的面子上才这么说，不想冒犯到她？）

“三顶王冠？不过是古代历史罢了！”女王不屑道，“几百年前，三个王国确实争战不休、血流成河，然而现在，不管是哥本堡还是西界，都不足以对我构成任何威胁。所谓‘三顶王冠’早就名存实亡，统领三国也没有任何实际意义。我只在乎自己国家的利益。”

“当然了，陛下——正因如此，我才要为你献上我的第三件礼物：哥本堡所有的金钱！”

有一刻，我还以为国王指的是字面意思上的金钱，哥本堡的国库——近年来战事不断，国库已经快被耗空了。然而，女王眸中却有一瞬闪过了神光。

“如你所知，哥本堡通过收税，攒下了一笔不小的财富。”

宫廷贵族之间传来了愤怒的低语。“海盗！”有人喊道。国王并没有理会。

“我们对每一艘穿过大海峡的船只收取关税，尽管这样做为我们带来了荣华富贵，却也同时极大地恶化了哥本堡王国和北地王国之间的关系。倘若我们两国合二为一，就理应平分这些财富。不仅如此，北地商人通过大海峡的时候，也不必再缴纳关税，北地与哥本堡之间的货物进出口税也会减半。这应该会对你们的经济有很大帮助吧？”

殿堂里一片沉寂，我想，这一次，国王终于实现了必杀的一击。

“陛下，总体而言，如果你接受我的礼物，那么你的名字一定会被北地人代代传颂。你会被称作‘安康女王古德伦’，为北方诸国带来和平与繁荣的伟大统治者。”

这样直白的恭维话令女王挑了挑眉。

可是，她紧接下来做的事情，却彻底出乎我的意料。她站起身，声音冷漠而清晰："我，古德伦，北地王国女王，哥特、温德与西界统治者，今日即在整个北地宫廷的见证之下，与哥本堡国王结下盟约。愿神保佑我们两个王国之间的联盟。"

人群中传来倒吸冷气的声音，然后便是震耳欲聋的欢呼声。形势突然间变了，北地王国的大臣和任何地方的大臣一样，深谙如何见风使舵。国王带着笑意走近了王座，鞠了一躬，两位王者郑重地握了握手。

"太厉害了！"离开殿堂的时候，我对约翰逊说，"她甚至没有片刻犹豫。"

约翰逊笑了。"犹豫？这样做的话，她的大臣就会有耍手段的机会。卡尔，你要记住，统治者从来不会冲动行事。从我们申请要进行公开保证的一刻，她就猜到我们要做什么了。两国之间的联盟早就决定了，她只是刻意要在臣子面前走个过场罢了。如今木已成舟，不管他们支持还是反对，她和她的后裔都可以高枕无忧了。只要接下来的二十四小时内她没有被人暗杀，那我们的任务就算成功了。"

正午昙花一现的太阳在远方地平线上闪了闪，然后消失了，黑暗笼罩了我们。

第二十四章 新的开始

在接下来的几个星期乃至几个月内，我们耗费了整个耶鲁节加上漫长极夜的时间，一直在进行后续的谈判和战争计划的制定。当然，我在其中并没有扮演什么角色，汉森取代了我在国王亲信圈中的地位。很明显，即便国王偶尔还会和颜悦色地与我说话，我也早已被放置在了一边。对我而言，这已经不再重要了。

铁矿的工人正忙着制造更多的汉森大炮，炮管排成长长的几列，摊在院子里。我们的列车头和北地人的蒸汽机拉着一节节拖车，将大炮不断运到东海岸的诺德海姆海军营地。

春季到来的时候，光照也逐渐恢复了正常。我们与北地人的联军在北地半岛的最南端集合，准备入侵哥本堡。国王准备在城中的圣玛丽莲教堂——皇家婚礼的传统举行地——迎娶北地公主茵格伯格。哥本堡入侵战的结果没有任何悬念，本来这座城的居民就很难真的动手反抗他们自己的国王，何况国王身后还站着黑压压的大军。

不知不觉就到了五月。海面彻底解冻之后，我们乘坐一列载了炮管的车抵达了诺德海姆，在那里换成北地护卫舰“锤盾号”向南扬帆起航。有一天，当我和国王并肩站在甲板上凝望右舷外树木茂盛的海岸线时，我对他表达了辞行的意思。

他的反应非常激烈。

“但是卡尔，你可是我的道德风向标，我最富有凝聚力的磁石！”他说，“如果没有你的话，我要怎么继续统治哥本堡？”

他当然是在夸大其词，但那些话里，或许又有几分真意。他深邃的褐色眸子中，流露出了真正的惊讶与悲伤。

“那么，有没有什么我能给你的东西？我可以封你为大臣，甚至部长……”

我笑了。

“陛下，我唯一想从您这里得到的东西，恰恰是您无法给予任何人的。”

“是什么？”

“是您的友谊。”

国王没有回答，然而他看上去，像是被我说的话触动了。

几天后，我们在沙湾镇停靠，那是一座位于大海峡岸边的北地小镇。隔着海，在大海峡的另一边，我隐约看到了哥本堡的高塔和尖顶——那里就是我期待已久的家乡。

国王给了我一些金币，建议我把它们兑换成北地通用的硬币。不久之后，北地硬币就将作为两国之间通用的钱币使用。钱并不算多，但也足以支持我几个月的生活开销。当其他人都在码头为大船卸货的时候，我悄悄溜走了。

我在撞见的第一家旅店歇脚，询问老板娘哪里可以找到食物。老板娘为我兑换了一枚金币，告诉我可以去市集的面包师那里买些糕点。

这座小镇美丽而安逸，春日的暖阳下，一切都显得懒洋洋的。今天会是天气和暖的一天。现在还是清晨，街巷里空荡荡的，我沿着鹅卵石铺的小街慢慢前行，路两旁的房屋都有些年头了，大多是一层楼或者两层楼，露出木制的支架，有些房子还有阳台，从墙侧探出，遮在小街上面。冬青枝轻柔地缠在管道上，孩子遗落的皮球静静地躺在水沟里，这个地方就像世外桃源，已经许久未曾经历战火了。

广场上有一座钟楼，钟楼上两面都嵌着钟，两面的钟都已经停止走动了，只不过停止的时间不一样。还有一面嵌着一个铜牌，上面有些我看不懂的铭文。

我推开面包店大门的时候，铃铛响了起来，一个美丽的少女从后厨走了进来。我一一指向我想要的糕点，她便替我拿起来包好。我努力用支离破碎的北地语和她对话的时候，她便忍不住露出了一丝笑意。

我向她询问了钟楼的事情。

“哦，你指的是‘双面的撒谎者’！”她说，“它已经罢工近一百年了。一个外国钟表匠造了这座钟楼，他死了之后，就没有人知道怎么维修了。”

“还有铭文……”

“Loft godt van al en drinckt den wijn, en laet de werelt de werelt sijn.”令我惊讶的是，她迅速地背出了那句话。

“歌颂万物之神，渴饮醇酒佳酿，一切顺其自然。”

然后，她对我灿烂地笑了笑，我竟感到脸颊有些发热。踏出店门的时候，我突然意识到——虽然经历了这么多事情，但我至少还年轻。

而这座小镇，恰恰缺少一个钟表匠。

我走到满是鹅卵石的沙滩，坐下来慢慢地吃完早餐。

“芙蕾雅”如今已经经过整修与调试，重新飞上了天，此时正在海湾上空飘浮着。在它下面，一支舰队严阵以待，等候着接下来的战役。

在北地战舰之外，我还认出了“阿里阿德涅”和“不屈号”，还有好几艘我们自己的船，其中一艘船载着发条列车。或许有一天，每座城镇里都会有这样的机器。或许铁轨会沿着北地海岸一直向北蔓延，直抵北方的铁矿。或许铁路还会出现在城市中，发条列车在街巷间隆隆行过，载着人们去上班。

我站起身，从衣兜里掏出国王曾因“英雄无畏”奖励给我的那枚奖章。我盯着它看了一会儿，然后用尽全身力气将它对着大海扔了出去。我看着它闪了闪，在空中划出一道长长的弧线，然后悄无声息地消失在了灰色的浪花之间。

我静静地笑了。我的人生，才刚刚开始。